走进蜜蜂王国

书名题字：中国书法家协会会员　骆建华

听妈妈讲那蜜蜂王国里的趣事

Entering Bee Kingdom
Hearing Mama's account of the interesting stories in Bee Kingdom

麻　毅　姜志宽　孙　晗　主编
插画　朱雨清

苏州大学出版社

图书在版编目(CIP)数据

走进蜜蜂王国：听妈妈讲那蜜蜂王国里的趣事 / 麻毅，姜志宽，孙晗主编. —苏州：苏州大学出版社，2015.10
 ISBN 978-7-5672-1542-9

Ⅰ. ①走… Ⅱ. ①麻… ②姜… ③孙… Ⅲ. ①儿童故事—作品集—中国—当代 Ⅳ. ①I287.5

中国版本图书馆CIP数据核字(2015)第242195号

走进蜜蜂王国

麻　毅　姜志宽　孙　晗　主编

责任编辑　张　希

苏州大学出版社出版发行
(地址：苏州市十梓街1号　邮编：215006)
苏州工业园区美柯乐制版印务有限责任公司印装
(地址：苏州工业园区娄葑镇东兴路7-1号　邮编：215021)

开本 787 mm×1 092 mm　1/16　印张 15.75　字数 275 千
2015年10月第1版　2015年10月第1次印刷
ISBN 978-7-5672-1542-9　定价：39.00元

苏州大学版图书若有印装错误，本社负责调换
苏州大学出版社营销部　电话：0512-65225020
苏州大学出版社网址　http://www.sudapress.com

编 委 会

主　　编：麻　毅　　姜志宽　　孙　晗
副 主 编：朱立仁　　辛　正　　曹勇平　　韩招久
美术主编：马万贞　　鲍海玲　　麻　进
插　　画：朱雨清
编　　委：(以姓氏笔画为序)
　　　　　丁凌云　　马万民　　马冰滢　　马　荣
　　　　　王昕瑶　　王　莉　　毛春青　　邓先松
　　　　　包珍皓　　李雅君　　刘兰芳　　束晓华
　　　　　汪森林　　柏　坤　　周留坤　　周　晔
　　　　　谢如松　　代庆楠　　张鹏飞　　王　佳
　　　　　徐加银　　王忠伟　　麻一泓(美)
装帧设计：吴文智　　刘　娟

走进蜜蜂王国 听妈妈讲那蜜蜂王国里的趣事
Entering Bee Kingdom: Hearing Mama's account of the interesting stories in Bee Kingdom

中学时代，在语文课本中曾经读过散文大家杨朔所写的一篇题为"荔枝蜜"的散文，在那篇文章的字里行间中，流露出作家对蜜蜂的品德和精神的赞美。光阴似隙，岁月如梭，如今整整五十年过去了，劳碌一生，不知不觉，自己也已步入了老年，开始注意保健养生，吃起了蜂蜜、蜂王浆。吃着吃着，我开始对蜜蜂有所了解；吃着吃着，慢慢地觉得我的健康指数倍增；吃着吃着，我对蜜蜂的精神和品德有了更多的感悟、更多的敬重。

于是我下定决心要写一本书来赞美它。历时两年，我深入养蜂场，与蜂农交朋友，了解蜜蜂的生物习性和养蜂人的艰辛，我无偿地帮他们推销蜂产品，为他们做市场策划，帮蜂产品做包装设计。我跑遍了北京、上海等城市的大书店，并通过"亚马逊"网购方式，将凡涉及"蜜蜂"两个字的书籍不管是低幼读物还是科普的，甚至是农业出版社出版的有关养蜂技术的专业书籍，买了200多本，慢慢阅读，深入了解，读着，读着，我越来越感觉到蜜蜂真是太伟大了！

难怪，多少历史伟人，马克思、恩格斯、列宁、斯大林以及周恩来、朱德等都曾经赞美过蜜蜂，科学家中从爱因斯坦到华罗庚等也都赞扬过蜜蜂；古今中外的人文墨客以及诗词、作曲家也都曾经以蜜蜂为题材创作出经久流传、脍炙人口的名诗、绝句和歌曲。这其中，唐代诗人罗隐"采得百花成蜜后，为谁辛苦为谁甜"的千古绝句，高度概括了蜜蜂一生的无私奉献精神，成为千古绝唱。在中国两千多年前的医书《黄帝内经》《本草纲目》以及探险家马可波罗的游记中，也都记载了如何利用蜂产品来治病，更是博大精深。

蜜蜂，这些小精灵不仅为我们社会的精神文明谱写了精彩的篇章，也为人类创造了丰富的物质文明。世界上许多国家和地区都把养蜂业与种植业、畜牧业、水产业相提并论，并制定了相关的政策和法规。全世界数十上百的高等院校和研究机构专门设有针对蜜蜂研究的课题和蜜蜂养殖的专业，在世界生物学研究中，针对一个物种投入如此的专注，这也是绝无仅有的。

蜜蜂，是人类最好的朋友。它与我们的生活与健康密切相关，人类食物链上游的1300多种植物中，有1100种植物要靠蜜蜂采花授粉来完成第一道工序后才能结出丰

硕的果实。没有它们辛勤的劳作，我们所吃的稻麦稷菽、瓜果鲜蔬，穿的玉帛锦带，还有情人节送的玫瑰都不会像今天这样丰富多产，生活就不会那么绚烂多姿；没有它们，我们这个地球村仅凭现有的耕地很难养活全球70亿人口。

　　蜜蜂，是一种社会昆虫。在这个国度里，从国王（蜂王）到臣民，也就是我们俗称的普通老百姓的工蜂和雄蜂，它们都有着明确的社会分工，且等级分明，各司其职，忠于职守，团结互助，无私奉献，勤奋终生。它们用毕生的精力，采集、加工、酿造各种具有养生、保健功能的佳品（蜂蜜、蜂王浆、蜂胶、花粉），除了留下很少一部分供自己食用外，其他都无私地奉献给人类。蜜蜂与生俱来唯一的信念就是要对"族人"、对"王国"无限地忠诚：为了群体的强盛，它们通力合作，自觉分工，任劳任怨，勤奋实干；当外来入侵者或其他"族群"来盗蜜时，它们又同仇敌忾，爱憎分明，情笃志坚；对自己的"母亲"蜂王更是关怀备至，体贴入微，情深意笃；为了抵御低温与酷热，它们齐心协力，分工协作，密切配合，一夜之间竟能赶造出成千上万间舒适、漂亮、牢固的蜂房来；当花季盛开时，它们又各司其职，协同作战，加班加点，不计辛劳，每次外出都要背负超过自身体重一倍之多的负荷。就连刚刚羽化出来甚至胎衣未除的小蜜蜂也都会很快地自觉忙碌起来。对一些青壮龄蜜蜂来说，它们更是闻鸡起舞，日落不息，加倍努力。在蜂巢中，最难的技术活往往都是由老龄蜂来担当的，巢内巢外一旦发生危险，它们总是义不容辞，当仁不让，勇往直前；对一些脏活、重活、危险活，也是自告奋勇，一马当先。有时为采一点点黏度极强的树脂，它们不惜冒着被粘连下身上一块"肌肤"的危险，挺身而出，奋不顾身；更让人感到难能可贵的是，当它们感到生命即将终结的时候，为了让自己的尸身不占据已经拥挤不堪的蜂房，同时也为了减少同伴们抬尸之劳，它们会自觉地挣扎着飞出蜂巢，默默地长逝于鲜花绿丛中，回归到大自然的怀抱。它们始终抱着一个信念："生为群体做贡献，死为群体减负担"，凡此种种，不一而足。笔者每每向人讲述它们这种"鞠躬尽瘁，死而后已"感人至深的行为和精神时，听者无不叹为观止，肃然起敬，为之动容。

　　在蜜蜂王国里，勤劳、勇敢、顽强、谦让、团结、责任、担当、无私、忠诚、奉献是蜜蜂"社会"群体的崇高精神，在这个群体里，可以说人人都是"雷锋"，个个都是"英雄"。它们相互帮助，不计得失，兢兢业业，任劳任怨，至死不渝。它们的这种品质和道德精神已经形成了一个自觉的信念，并在族群中蔚然成风。在这个国度里，没有所谓"劳动模范""道德模范"之说，更没有要去争评谁是最"美"，哪个最"佳"，因为它们的行为个个都值得"模范"，值得称赞。它们这种与生俱来的高尚品质和崇高精神，恰恰是我们人类所倡导的最难能可贵的精神。纵有千言万语，钟情万种，也难以囊括和表达人们对蜜蜂的崇敬之心。正是因为这个原因,笔者才萌生了要写这本书的念头。我们的社会以及生活在这个社会里的每一个人,不管年龄大小,都应该从蜜蜂精神中汲取一种营养,使自己成为一个纯粹的人,一个脱离低级趣味的人,一个有崇高信念和理想的人,一个对社会有用的人。

本书共分为以下七大篇。

第一篇"蜜蜂的生物习性与趣事":通过介绍蜜蜂的生物结构、群体内职能分工和生物习性等,让广大读者了解蜜蜂群体中有趣的故事。

第二篇"蜜蜂的高尚品质和精神":将蜜蜂王国里蜜蜂的品格和人类社会的角色相结合,让青少年从精神的内涵中去了解蜜蜂,从而激发他们主动学习蜜蜂团结互助、勤奋向上、责任担当等崇高的品质和风尚。

第三篇"蜜蜂王国里的科学":从数学、力学及航空航天学等角度介绍了蜜蜂的蜂巢设计,飞行的奥秘以及蜜蜂视觉和嗅觉等通过仿生学的研究应用到现代科学领域中去。

第四篇"蜜蜂与人类的关系":内容从远古时代人们对蜜蜂的认识,到现代社会蜜蜂与人类生态休戚相关,旨在让人们了解蜜蜂对人类生存的重要性。

第五篇"蜜蜂与人类健康的关系":介绍了蜂蜜、蜂王浆、蜂胶、花粉的保健功能和食用方法,以及用蜜蜂进行蜂疗治病的知识。

第六篇"蜜蜂的文化,博大精深":摘录了古今中外的名人对蜜蜂的赞颂,同时还收录了近代历史上的文豪巨匠以蜜蜂为题材所做的诗歌、散文等文学作品,供青少年参考学习。

第七篇"蜜蜂事业,前程远大":介绍了蜜蜂生物学术语等蜜蜂知识。

全书约30万字,精编了近百个故事,每个故事配有2～3幅漫画,图文并茂,对书中的故事情节起到画龙点睛的作用。适合从学龄前儿童到小学、初中的青少年以及对蜜蜂感兴趣的人群。集知识性、趣味性、科普性于一体,且每个故事都妙趣横生,引人入胜,定让您开卷有益,爱不释手。

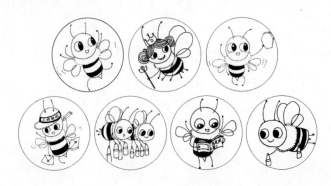

目录

第一篇　蜜蜂的生物习性与趣事　/1

1. 蜜蜂的体态结构与功能　/2
2. 雄蜂在得宠时威风凛凛,失宠后末日来临　/4
3. 小蜜蜂娇生不惯养　/6
4. 穷人的"孩子"早当家　/8
5. 修身、齐家、治国、平天下,蜜蜂全懂　/10
6. 蜜蜂不仅近视而且还色盲　/13
7. 蜜蜂也有"七情六欲"　/15
8. 蜂恋花,花恋蜂,究竟谁恋谁?　/17
9. 蜜蜂也喜欢打扮娇艳的"花姑娘"　/19
10. 蜜蜂传授花粉是万物生长之本　/22
11. 翩翩起舞是蜜蜂的肢体语言　/24
12. 一个12岁的中国女孩解开了蜂鸣声的奥秘　/26
13. 察色观天,蜜蜂也能预测天气　/28
14. 冬去春来,蜜蜂要做的第一件事就是"大便"　/30
15. 蜜蜂也懂得"近亲结婚"的危害　/32
16. 生命诚可贵,爱情价更高,为了王国梦,二者皆可抛　/33
17. 祸从天降,临危不惧,积极应对,转危为安　/36
18. 蜜蜂是如何对蜂巢进行采暖通风的?　/38
19. 蜜蜂也会因地制宜就地取材来造房　/40
20. 蜜蜂利用高科技手段寻蜜归巢　/42
21. 蜜蜂也有天生的防身武器　/44
22. 蜜蜂王国的王位世袭　/46
23. 蜜蜂王国里也有"强盗"　/48
24. 蜜蜂为了生存而战　/51
25. 成者为王,败者为寇　/53
26. 深入"虎穴"的卧底　/55
27. 本是同根生,相煎何太急　/57

28. 识时务者,当为俊杰 /58
29. 在位时,忠于职守;退位时,主动让贤 /60
30. 在蜜蜂王国里也会发生"宫廷政变" /62
31. 蜜蜂王国日益强大后的"分封制" /64
32. 新王国的建立 /66
33. 蜂群"分家"时的保驾护航行动 /69
34. 同仇敌忾御天敌,保家卫国齐协力 /70

第二篇 蜜蜂的高尚品质和精神 /73

35. 分工明确,各司其职 /74
36. 民以食为天,蜂以蜜为粮 /76
37. 逆风飞行,不惧困难的小蜜蜂 /78
38. 蜜蜂酿蜜堪比酿酒,工艺复杂 /81
39. 若知杯中蜜,滴滴皆辛苦 /83
40. 蜜蜂的洁癖 /85
41. 浴血奋战斗黄蜂,出生入死保家园 /88
42. 兴调研,善侦查,小蜜蜂做事计划强 /90
43. 小蜜蜂另立门户找新家 /92
44. 老骥伏枥,一马当先,越是艰难越要上 /94
45. 路见不平,拔刀相助,舍己救人 /96
46. 角蝉善隐蔽,黄蜂眼更尖 /98
47. 蜜蜂王国是文明礼仪之邦 /100
48. 尊老爱幼是蜜蜂王国里的传统美德 /102
49. 节衣缩食,反对铺张浪费 /104
50. 变废为宝,节约资源是蜜蜂的传统美德 /106
51. 蜜蜂王国里的计划生育政策 /107
52. 劳碌终生,自葬田野中 /110
53. 城市绿化为蜜蜂进城"务工"提供了岗位 /112
54. 只要精神在,家园指日待 /114

55. "共产主义"在蜜蜂王国里已延续了亿万年 /117

第三篇　蜜蜂王国里的科学 /119

56. 仅凭六只脚一张嘴,蜂巢怎么造的? /120
57. 揭开蜜蜂飞行的奥秘 /122
58. 蜜蜂是生物中最优秀的数学家 /124
59. 从蜂窝结构到仿生学的研究和应用 /126
60. 蜜蜂王国的蜂巢设计 /128
61. 蜂巢的结构最强,"得房率"最高 /130
62. 蜜蜂的嗅觉可以与警犬比高下 /132
63. 蜜蜂与生俱来的五种灵感 /133
64. 蜜蜂信息素——一种传递信息的神秘物质 /136
65. 蜜蜂头脑中的芯片 /138
66. 靠充电为生的蜜蜂机器人 /139

第四篇　蜜蜂与人类的关系 /143

67. 人类与蜜蜂相互依存的历史源远流长 /144
68. 远古时代,寻觅蜂巢是一种职业 /146
69. 冷兵器时代,蜜蜂曾被作为一种武器 /148
70. 没有蜜蜂,人类将会面临空前的饥荒 /150
71. 物竞天择,人类与蜜蜂息息相关 /152
72. 蜜蜂与生态环境 /154
73. 采集百花酿成蜜,为谁辛苦为谁甜 /156
74. 若知杯中蜜,养蜂人更苦 /158
75. 蜜蜂既能采花授粉,更是一个称职的"医生" /160
76. 蔬菜大棚里的专职授粉工——熊蜂 /162
77. 蜜蜂与人类休戚相关 /164
78. 远古时期蜂蜜曾经是一种"货币" /166

79. 杀人的蜜蜂 /168

第五篇 蜜蜂与人类健康的关系 /171

80. 蜂王浆——王者的食品 /172
81. 神奇妙用的花粉 /174
82. 一种神奇妙用的药——蜂胶 /176
83. 蜂毒虽毒,以毒攻毒可以治病 /178
84. 神奇珍贵、用途广泛的蜂蜡 /180
85. 用蜂蜜酿出来的酒象征着爱情的甜蜜 /182
86. 古今中外有关蜂产品医用的记载 /184
87. 蜂产品知识问答 /188

第六篇 蜜蜂的文化,博大精深 /197

88. 名人说蜜蜂 /198
89. 与蜜蜂有关的名言 /200
90. 历代文人赞蜜蜂 /201
91. 以蜜蜂为题材的散文选 /205
92. 历代诗人咏蜂诗词(十二首) /209
93. 与蜜蜂有关的成语和歇后语 /213
94. 古今中外与蜜蜂有关的音乐 /221
95. 蜂舞、蜂鼓与中国的鼓文化 /223
96. 蜜蜂是许多少数民族信奉的神灵 /225

第七篇 蜜蜂事业,前程远大 /229

97. 中国的蜜蜂资源 /230
98. 蜜蜂生物学术语 /234

第一篇

蜜蜂的生物习性与趣事

听妈妈讲那蜜蜂王国里的趣事 / Hearing Mama's account of the interesting stories in Bee Kingdom

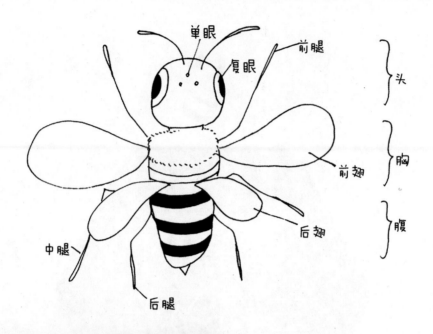

1. 蜜蜂的体态结构与功能

蜂是昆虫，所以它的身体构造也具有昆虫的共性：身体分为头、胸、腹三个部分，有一对触角、两双翅膀、三对腿。在蜜蜂王国里，蜂王、雄蜂、工蜂的分工有很大差异，这也很大程度上决定了它们的外形和特征有一定的差别。下面就让我们走进蜜蜂王国，观察一下构成蜜蜂世界的蜂王、雄蜂、工蜂的外形和特征，一起来认识它们吧。

蜂王，身长 15～20 毫米，身体细长，是蜜蜂王国里唯一会产卵的雌性，担当着如此重任，因此它的腹部充满了蜂卵，比其他蜜蜂的腹部要大两倍。雄蜂，身长 15～17 毫米，比蜂王略小，又比工蜂大。工蜂的身体非常适合采花蜜和花粉，身长 12～14 毫米，翅膀张开后长度为 24 毫米，虽然体型最小，数量却是最大，承担着劳动重任。

每只蜜蜂头上都有触角、复眼、单眼和嘴。触角位于两复眼的内侧，由柄节、梗节及鞭节所构成，为蜜蜂的主要感觉器官。触角柄节表面布满针状及毛状感觉器，它可以像人类的皮肤一样感觉温度和湿度，也可以像人类的鼻子一样嗅到气味。蜜蜂的触角对它们来说非常重要，因为触角可以帮助它们找到哪里有盛开的花朵，来获取食物。

蜜蜂的眼睛有复眼和单眼，它们分别有不同的功能。蜜蜂的复眼位于头部两侧，由 6000 只小眼组成，表面布满细毛，为蜜蜂主要的视觉器官，可以分辨颜色和形状。但是蜜蜂看到的世界是与人类不同的，在蜜蜂眼里，鲜花是由一个个小方块组成，只有飞到近处才能看出花的形状，它们无法像人类一样分辨各种颜色，在蜜蜂眼里，只有蓝色、绿色和黄色。而我们人类无法看到的紫外线，蜜蜂却看得十分清楚，这也为工蜂准确地找到花蜜和花粉提供了条件。单眼位于蜜蜂的两只复眼之间，具有辅助视觉的功能，可以分辨明暗。雄蜂的单眼有三个，成倒三角形状排列在两只复眼之间，而蜂王和工蜂都只有一个单眼。雄蜂的复眼也比工蜂和蜂王的复眼都要大，这样在它和蜂王进行婚飞的时候就不会看不到飞在高处的蜂王了，可以更快地发现蜂王。雄蜂的单眼要比蜂王和工蜂多也是这个原因。

　　蜂王、雄蜂和工蜂的嘴部长得很不一样。工蜂的嘴细长，雄蜂的嘴较短，而蜂王的嘴几乎看不到。因为工蜂会侍奉蜂王吃东西，所以蜂王的嘴就退化了；而雄蜂不必亲自去采蜜，只要能吃到蜂房里储存的食物就可以了，所以嘴也没有工蜂那么长；工蜂需要拥有细长的嘴，这样才能采集到花朵深处的蜜。

　　蜜蜂的胸部有两双翅膀和三双腿，全身都长满了密密麻麻的短毛，这些短毛可以轻易地将花粉吸附在身上。蜜蜂的翅膀是透明的灰色，并带有细长的网状条纹——翅脉，是支撑翅膀、增加强度的主要结构。有了翅膀，蜜蜂可以飞行数千米外采集花蜜和花粉，还会通过扇动翅膀来提高或降低蜂窝的温度。蜜蜂的胸部和腹部两侧都分布有气孔，这些气孔为蜜蜂呼吸系统对外的开口，内与呼吸器官相连；蜜蜂前足有触角清洁器，由触角

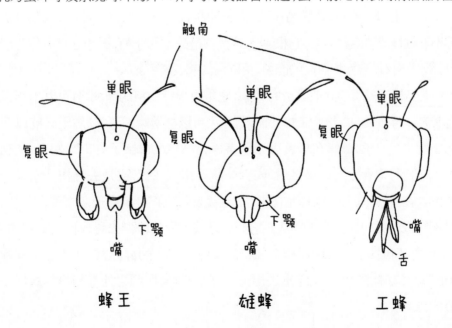

梳辫及半圆形的触角构成，足部末端具有爪及状垫，方便蜜蜂用于多种材质的物体上行走。工蜂后足第一跗节内侧是一个花粉梳，可刷取粘黏与身体上的花粉，胫节外侧有一个"花粉筐"，为携带花粉的特殊构造，蜜蜂后足携带的花粉团平均重量为8毫克。

蜜蜂的腹部相对简单。蜜蜂的腹部是黑黄相间的条纹，蜂王腹部的产卵管用来产卵，工蜂的产卵管进化成了一根一根钩状的毒针——螫针，可以释放毒液，为蜜蜂的防卫武器。工蜂的毒针用来螫刺其他昆虫的时候，螫刺后可以顺利地将针抽出，不会死；如果是螫刺了人的皮肤，却不容易抽出，与针相连的内脏器官在蜜蜂挣脱时也会被带出，不久工蜂就会死亡。雄蜂没有螫针。

工蜂肠子的一部分是蜜囊。它采集到花蜜后会储藏在蜜囊里，飞回蜂巢后再将其从蜜囊中吐出来。蜜蜂的体重约为90毫克，可以储存最多40毫克的花蜜，几乎相当于自己体重的一半。

2. 雄蜂在得宠时威风凛凛，失宠后末日来临

雄蜂是蜜蜂王国里的特殊成员，它们只有在分蜂季节才存在，而且它的职能单一，一辈子单纯地只做一件事，那就是与处女王交尾，其他什么本领都不会。雄蜂可谓是蜜蜂王国里的大力士和美男子，它腰圆体壮、虎背熊腰、翅膀有力、发声响亮，飞起来虎虎生威。你别看雄蜂威风凛凛，其实它根本不具有攻击敌手的能力，因为它没有像工蜂那样的螫针，所以不仅没有保护自己的能力，更别说保家卫国了。

雄蜂是蜜蜂王国里的其他成员的父亲，它是由未经受精的卵发育而成的，所以它自己没有父亲。孵出巢的雄蜂和工蜂一样，前三天可以享用蜂王浆，以后则只能以花粉和蜂蜜为主食。平日里，雄蜂在蜂巢里无所事事，养尊处优，饿了有工蜂们会喂它们，有时雄蜂也会自行取食。吃饱喝足后，或直奔蓝天练习飞行，或是去寻找处女蜂王与之谈情说爱。在蜜蜂王国里，蜜蜂也懂得"优生优育"，它们绝不会近亲繁殖，所以同巢的雄蜂绝不会跟同巢的处女蜂王寻欢。它们总是飞到别的蜂群去寻找自己真正的爱情，所以，雄蜂并不像蜂王和工蜂那样有独特的群味和专一的群界，就好比是持有特殊的"通行证"那样享有特权，可以随意进出任何一个蜂群，所到之处都能得到蜂群高规格礼宾般的待遇。

雄蜂们可谓是情场高手，它们会随时掌握处女王外出择夫的时间和规律，所以，它们往往会提前出巢等待，并成群结队地聚集在一起，等待着处女王来"选秀"。所以看得出来，这种竞争是非常激烈的。一般来说，只有少数的优胜者才能够成为幸运的宠儿，一些雄蜂虽然也明知自身竞争力的不足，但是它们是不会甘心的，仍然会采取各种"花言巧语"跳着各种优美的舞姿，紧紧地围着蜂王使尽浑身解数来表现一番，企图得到蜂王的幸宠。在蜜蜂王国里，雄蜂尽管平时养尊处优、无忧无虑、无所顾忌，但是在分蜂的季节，雄蜂由于要忙于情场的角逐，并不轻松，往往是累得筋疲力尽，有的甚至直接累垮在情场中。即使是竞飞成功的幸运儿也并不幸运，一经与处女王婚配结束，它也将会很快毙命。雄蜂对于整个蜂群的繁衍生息来说是重要的，没有它，蜂群就无法传宗接代，就不会有蜂王和工蜂生命的诞生。雄蜂的存在有特定的季节性，没有分蜂需求时，蜂群是不会繁殖雄蜂的。因为雄蜂的功能比较单一，所以它在蜜蜂王国里的地位并不高。雄蜂幼虫没有蜂王幼虫那种福分，享受的食品待遇与工蜂幼虫相同，就连它所住的巢房的位置也是靠近巢脾的边角，这是整个蜂巢中位置与环境最差的地方了。至于巢房中的温度、湿度和受照料程度等就更不用说了，每当遇到寒流或危险时，这里首当其冲是条件最恶劣的地

方,所以雄蜂的羽化过程要比其他蜜蜂长得多。

　　能够得到蜂王青睐的雄蜂是少数的,而且这种青睐往往也是以雄蜂的生命为代价的。那些绝大多数没有被蜂王看上的雄蜂,在蜂巢里的日子并不好过。加上它们又没有其他的本领,而每日的食量却是工蜂的好几倍,这对整个蜂群社会来说无疑是一种负担。所以一旦雄蜂失宠,也就意味着它们的末日即将来临。它们就只好在蜂巢周围闲荡着,饿了就去向工蜂讨吃的,工蜂也一改往日对他们的宠爱,拒绝再喂食它们,无论雄蜂怎么哀求,工蜂也不为其所动。雄蜂只好没趣地自己去饲料房找吃的,对于封了盖的蜜房它们又无法打开,只能趁工蜂不注意时趁机去偷一点来充饥。一旦被工蜂发现,就会被工蜂轰赶出巢。雄蜂也只好忍气吞声地受着挨饿的煎熬,再无往日的风采和威严。秋去冬来,随着天气一天天转凉,外面的蜜粉源渐渐少了,勤俭节约的工蜂此时再也无法忍受只吃不干活的雄蜂了,于是它们采取行动,把雄蜂驱逐出王国。此时,别看雄蜂虽然体强力大不愿离开,但是由于它们力量单薄,最后还是被赶出家门,开始过着流浪乞讨的生活。这对雄蜂来说无疑是致命的,因为它们不会采集食物,只好挨饿。随着秋末冬临,寒潮逼近,它们哪里抵得住那阵阵严寒来袭,加上没有食物补充,雄蜂很快就会渐渐地死去,它们的身躯也会成为蚂蚁们过冬的食物。这就是历经千万年进化过程所形成的自然食物链。

3. 小蜜蜂娇生不惯养

　　工蜂,在蜜蜂王国中数量最多,大约占蜂群总数的99%以上。当我们打开蜂箱时所看到的密密麻麻的蜜蜂基本上都是工蜂。在这数万成员的蜜蜂王国之中只有一只蜂王,雄蜂也只有在分蜂季节才会被繁育出来,并且数量不多只有几百只,一般分布在巢脾的边角。在蜂群社会中,工蜂承担着蜜蜂王国最繁重的工作,采集食物、建筑巢房、清洁卫生、侍喂仔蜂,以及防御敌害等等,均由工蜂来完成。特别是在盛花期到来的抢收采集季节,如此繁重的任务,就更需要大量的工蜂来一起做了。

在蜂群社会里,工蜂和蜂王都是由受精卵发育而成的,但是由于食物待遇不同,工蜂的卵巢萎缩退化,产卵器变成了保家卫国的武器——螯针。而蜂王则发育健全,具有产卵生育的功能。蜂王在这个国度里享有至尊无上的特权,它一生都享用着最珍贵、最有营养的食物——蜂王浆,而工蜂只在出生前三天享受蜂王浆,三天之后就只能享用一般大众的食品——花粉和蜂蜜。由此看来,在蜂群中也有着严格的等级制度和贵贱之分。蜂王是蜜蜂王国的一国之王,享受众蜂的特殊照顾,但是在王国治理及重大事件的决策上,它们却是绝对的民主,占据蜂群大多数的工蜂才是这个王国的主宰者。

一般来说,工蜂的出生要经过卵、幼虫、蛹和成蜂四个发育阶段。清洁蜂在蜂王要产卵前首先要做的是把工蜂房打扫得干干净净,以便蜂宝宝能在这里健康地成长。蜂王来到空空的工蜂房,在蜂房里产下了亮晶晶、乳白色、香蕉形状的卵。卵宝宝一出生就得到了饲养蜂的精心呵护,饲养蜂也像人类那样定时地给它们喂食蜂王浆。这些卵宝宝被浸

泡在新鲜的蜂王浆里,躺在温暖的巢房里,安逸地睡着大觉,汲取着丰富的营养快速地成长着。在蜂王浆的滋润下,3天后卵宝宝就长成了幼虫,身体也由原来的香蕉般的C字形慢慢伸直,变成了一字形。但是到了第4天之后,它们就要"断奶"了,这时候饲养蜂不再喂这些幼虫宝宝蜂王浆,取而代之的是蜂蜜和花粉做成的普通大众的"粗粮"了。好在幼虫宝宝也不挑食,它们尽情地享受着蜂粮的香甜。当这些幼虫宝宝成长到第6天时,饲养蜂开始在巢房口上封上蜡盖,幼虫宝宝要开始在封了盖的巢房里吐丝作茧了。它的头部也开始慢慢地发育出咽下腺,而且每一天都会进行一次蜕皮,长大一点。到了第10天,幼虫宝宝就长成了蛹,从这个时候开始,它的各个器官开始发育了。它的头、胸、腹、附肢都渐渐显露了出来,颜色也由乳白色变成了深色。随着蛹宝宝一天天长大,经过11天的生长发育,到了第21天,它终于脱下了薄薄的蛹壳,咬破了蜂巢的封盖,羽化成蜂。

工蜂宝宝们一个个从蜂房里爬出,开始了自己的新生活,原本安静的蜂房也一下子变得热闹起来。刚出房的工蜂宝宝胎衣裹身,毛茸茸的,这时候饲养蜂纷纷进来帮助小宝宝把胎衣脱除干净。刚出"胎"的工蜂宝宝体色较浅,十分柔嫩,看上去弱不禁风的样子。它们从蜂房封盖后都已经好几天没有吃东西了。饲养蜂一边帮它们脱掉胎衣,一边嘴对嘴地喂给它们食物,一些迫不及待的蜂宝宝也能自己到饲料房去独立进食。勤劳的小蜜蜂从诞生的这一刻起,就立即开始学习并适应蜂巢里的生活,并自觉地担当起王国里繁重的工作了。

4. 穷人的"孩子"早当家

一说起蜜蜂,我们的脑海里就会浮现"勤劳""奉献"等词语,同时还会联想到工蜂在花朵上飞来飞去忙碌工作的情景。其实,工蜂的寿命很短暂,一般在采集季节只能存活两个月左右,即使在北方冬季处于冬眠状态下,寿命也只有5~6个月。尽管它们的生命是如此的短暂,但是它们对"人生"的追求和对种群的奉献却无止境。自打它们一出生开始就不断地学习各种生存技能,并且任劳任怨地接受族群分给它们的任务。

在繁忙季节时的蜂巢里,每天都会有2000多只蜜蜂宝宝同时出生,蜂王忙着产卵,王国里的其他成员也都忙着自己的工作,根本没有足够多的蜜蜂和精力来全面照顾和溺爱这些刚出生的蜜蜂宝宝,所以,蜜蜂宝宝一出生就要学会独立。不管是多么能干的工蜂,起初并不是会做所有的工作。刚出生的蜜蜂宝宝从清洁自己的身体、学会进食和清洁自己的房间做起。它们在饲养蜂的帮助下,或在没有饲养蜂帮助时只能靠自己清理干净自己的身体。蜜蜂宝宝已经好多天没有进食了,它们必须靠自己去饲料房寻找饲料,自主进食。蜜蜂宝宝很乖巧,也很坚强,从来不会因为蜜蜂妈妈不在身边而"哭闹"。吃饱的蜜蜂宝宝会去巡视蜂巢,熟悉环境,并且开始学习本领了。蜜蜂宝宝出生后的第一件事就是要学会保温恒湿的工作。虽然它们还很年幼,各种器官和腺体还未发育成熟,但是从事保温恒湿的工作对它们来说可谓是与生俱来,无师自通的,因为它们只要聚集在一起以自身产生热量就可以了。

出生后的第3天,蜜蜂宝宝开始长出了大颚,这样它就可以去帮刚出生的蜂宝宝脱

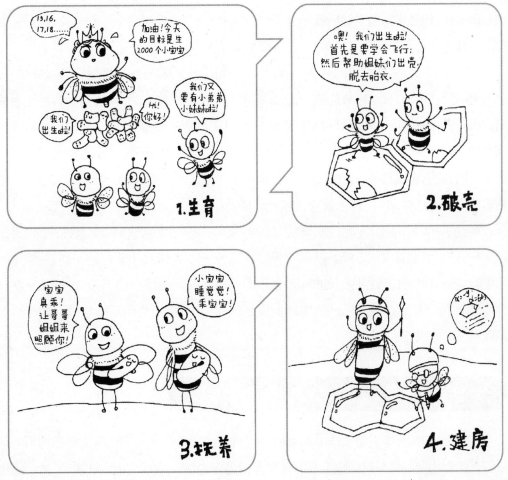

去胎衣了。一般来说,蜜蜂宝宝饿了会自己去找食物,一旦吃饱了就去做自己能做的工作。今天对它们来说也是非常重要的一天,因为它们可以出巢去认巢试飞了。它们在巢门口,振动翅膀,跃跃欲试,几下子便飞出了巢门,可以在空中飞舞了。它们很聪明,很快就把家门牢牢记住了并且一生都不会忘记。尽管蜜蜂宝宝很快就学会了飞行,但它们也没有得意忘形,很快就又去学习清理巢房了,那里还有很多繁琐的工作等着它们去完成。从笨拙到熟练,蜜蜂宝宝很快就掌握了清理的要领,清理的速度也越来越快,而且不厌其烦地一遍一遍清扫,直到符合蜂王的产卵要求。

到了第4天,蜜蜂宝宝的营养腺体发育成熟了,它吃得饱饱的开始学习分泌蜂王浆去照顾卵宝宝和蜂王,成为蜂巢的"小保姆",做起了"家政"工作。喂养卵宝宝,精心照料蜂王的衣食起居,伺候蜂王,喂食蜂王浆,帮它清洁身体、梳理毛发。这都是一些非常细心的工作,但是蜜蜂宝宝很快就学会了,并能独挡一面地胜任这项工作。除此之外,勤奋的蜜蜂宝宝每天还要出巢去练习飞行,掌握全面的飞行技巧。

到了第10天,蜜蜂宝宝的蜡腺发育成熟了,可以开始学习分泌蜂蜡来建造蜂房了。这可是一项技术活,分泌蜂蜡的前一天,蜜蜂宝宝要吃一顿饱饱的蜂蜜,然后要静止在蜂房的天花板上一昼夜才能从蜡腺里把蜡液分泌出来,分泌出来的蜡液一经空气就凝固成了蜡片,蜡的滋味虽然不怎么好,但是蜜蜂宝宝必须要经过自己的口器通过咀嚼把蜡片揉成一团,让它变成具有一定的柔软性的建房材料,然后用它的触角当尺子,来一点点地建造蜂房。就这样,小小年纪,蜜蜂宝宝已经成功地成为一名熟练的"建筑工人"了。

经过了12天的成长,此时蜜蜂宝宝的各项器官都已发育成熟,成了真正的"男子汉"——一个名副其实的工蜂。从现在开始,它就要担当起蜂巢中繁忙的工作,迎接更大的生存挑战。而它们曾经住过的蜂房,也因为调整而被及时地清扫干净,以便蜂王在此继续繁育下一代。在蜂群社会里,蜜蜂们就是这样生生息息、周而复始地维系着生命的轮回和王国的兴盛。

5. 修身、齐家、治国、平天下,蜜蜂全懂

在一个蜂群中,蜂王是蜜蜂中寿命最长的,一般可达到3～5年,这全要归功于它每日所食的食物——蜂王浆。蜂王浆中含有大量的蛋白质、21种以上的氨基酸、各种维生

素和矿物质等多达70余种的成分,这些营养成分不仅能够满足蜂王繁重的产卵繁育后代的需要,而且还为它的机体提供营养和能量,有效地延缓了蜂王的衰老,所以人们称之为"液体营养黄金"。蜂王的养生延年之道和人类保健养生的食疗观不谋而合。有人曾经做过专门的调查,发现在蜂场里的养蜂人大都身体健康,寿命也都比较长,有很多能活到百岁以上,其中的原因很简单,这不仅跟养蜂人常年在田野中养蜂、能够呼吸新鲜的空气、接触阳光有关,更重要的是和他们天天食用天然的蜂王浆和蜂蜜分不开的。

　　在蜂群中,工蜂是一个劳碌命,它似乎天生就是为劳作而生的,所以它的寿命最短暂,在采集季节通常只能存活1～2个月,在蜜粉源衔接期最多也只能活3～4个月,只有在漫长的越冬期,处在冬眠状态下才能活6～8个月。工蜂寿命的长短和它们所食的食物以及劳动量密切相关,工蜂每日所食的是蜂蜜和花粉,营养价值和蜂王浆相差甚远,身体得到的营养和能量不能与蜂王相比,所以寿命自然也就短暂了。这并非是工蜂不懂得食物的差别,而是它们清楚,自己卑微的地位和职责。在采集季节,花开短暂,蜜蜂必须抓住时机采集花蜜,这种过量的劳动对它们身体的损耗是非常大的,理所当然它们的寿命也就短暂了。不过一旦过了采集季节,蜜蜂也懂得要抓紧在淡季时修身养性,它们养生的最好方法就是卧着闭目养神,养精蓄锐,积蓄周身元气。经过一段休养生息以后,它们的寿命往往比采集季节忙碌的工蜂要长1倍还要多。蜜蜂通过冬眠养精蓄锐后,寿命往往是采集蜂的3～5倍。工蜂虽然没有资格食用蜂王浆以求延年益寿,但是它们也懂得养生的动静观和精气观,主要是靠劳逸结合来达到养生延年的目的。现代的年轻人在工作中发生猝死的现象越来越多,这也可能跟劳动强度太大、缺乏休息有关吧,这就要引起我们的重视了。

由此看来,蜜蜂的养生之道是非常高明的,它们不但在生活中遵循"外动内静,身动心静"的修养法则,在繁忙的采集期,它们也会和人类一样,采取"轮班工作制度"。这样既能获得补充体力的睡眠时间,又能提高生产效率、增大产量。

在宇宙的空间里,蜜蜂也和人类一样具有强烈的昼夜倾向,它们一般在晚上是不外出活动的,只是睡觉。据科学家观察,它们在睡觉时身体静止不动,呼吸时腹部会表现出有节律的振动。采集蜂具有一个特殊的功能,就是它能够根据外界花开的多少来灵活掌握每天的采集时间,采取"轮班制"的工作方式,从而留出更多的休息睡眠时间,今天工作的时间长了,睡觉晚了,第二天就会晚起或者睡得更久。如果遇到白天没活干的时候,它们也会抓紧时间用"打瞌睡"的方式来给自己充电。所以在蜂巢中有时候你会看到许多蜜蜂像幼儿园里的小朋友那样集体睡午觉。

蜜蜂的轮班工作制不仅调节了睡眠时间的分布,还减少了新陈代谢和能量的消耗以此来增加行动效率。它们利用睡眠的方式来强化自己的行为模式,从而能够大大提高采集的效率。

6. 蜜蜂不仅近视而且还色盲

蜜蜂的感官非常发达，特别是视觉。它的视觉部分分为复眼和单眼，不同的眼睛承担着不同的功能。单眼可以分辨明暗，复眼可以分辨颜色和形状。借助单眼和复眼，蜜蜂的视角几乎达到360度。它们的视觉敏锐度尽管高于许多昆虫，却只及人类的80%。因为蜜蜂的眼睛高度散光，所以察觉垂直运动胜过水平运动。蜜蜂的连续视觉是每秒300帧图像，而人类是每秒24帧，所以对于蜜蜂而言，一部电影只是一连串静止的画面。而人类要想看清蜜蜂的动作，就只能借助电影的慢镜头了。蜜蜂的眼睛具有偏光特性，它能测出天空中不同亮度的各个地段，即使太阳被云彩遮盖掉，蜜蜂也能利用偏光效应测定自己相对于太阳的位置。

蜜蜂的复眼由6000多只小眼组成，所以蜜蜂眼里所看到的世界与我们人类眼里的世界是不同的。如果我们不断放大电脑上的图片或照片的话，就会看到图片呈现出由小方块组成的马赛克现象，而在昆虫眼里，它们看到的情景也是像人类所看到的打了马赛

克似的,所以它们必须要飞到花的近处,才能看出花的形状。此外,花的颜色是引导昆虫寻花的标志,蜜蜂通过视觉可以在五彩缤纷的大草原中,选择它中意的那些花。但是蜜蜂所看到的颜色与我们人类所看到的不同。蜜蜂能看见的颜色是黄色、蓝绿色、蓝色和人类看不见的紫外线色,凡是能显出以上颜色的花,都是蜜蜂采集的对象。蜜蜂看不见红色,我们人类眼中看到的红色花朵对它来说是黑白的。红色的虞美人之所以吸引蜜蜂,是因为蜜蜂看到了花瓣里撒满了蜜蜂眼里可以看到的紫外线,就像夜晚照亮道路的路灯一样,指引着蜜蜂花蜜和花粉的位置。但是仅仅从颜色来寻花不能保证蜜蜂不犯错误,蜜蜂还必须根据花的形状和气味来辨别各种植物的花朵。帮助蜜蜂判断花的形状和气味的是触觉器官和嗅觉器官,这些器官都长在蜜蜂的触角上。花朵的颜色在很远的地方就吸引着蜜蜂,飞到较近的距离时,蜜蜂就根据气味来做最后的挑选,从相似的颜色中认出自己需要的花来。

蜜蜂在林中花间灵巧地高速飞行,却不会撞上各种障碍物,这是因为它能够非常精确地判断飞行途中各种障碍物的距离。蜜蜂在飞行时,周边的花丛树木等事物呈现在视网膜上的图像也都在运动,视网膜上图像的这种运动即为"视流",蜜蜂正是根据这种"视流"来调整自己的飞行。当蜜蜂在飞行时,如果突然发觉某物体移动过快,就会判定那一定是一个障碍物,于是采取急速转向,迅速远离障碍物。对采用"视流"测距的蜜蜂来说,景物在它眼中形成的像移动的速度较慢,景物的距离就更远,反之亦然。蜜蜂就是这样通过"视流"观察景物,自动调节飞行速度的"视流"还能帮助蜜蜂平稳地降落,当蜜蜂要停降在物体上时,它就会使用"视流"观察景物,同时自动放慢飞行速度,调整与地面的角度,使景物在它眼中形成的像匀速地移动,从而实现平稳降落。

长期以来,科学家们一直对蜜蜂的视觉系统原理有着广泛的研究兴趣,如果将其运用到机器人的智能视觉领域,就能够使机器人具备敏锐的识别能力,能够更好地"察颜观色",这将赋予机器人更强的活力,使其更具智能化来完成一些我们人类无法完成的特殊工作。蜜蜂在飞行中的平稳降落也给飞机机器人实现自动导航安全着陆提供了参考价值。

7. 蜜蜂也有"七情六欲"

蜜蜂的嗅觉非常灵敏，它们像人类一样，也有七情六欲，也有喜欢闻的和不喜欢闻的味道。比如说酒味、大葱、大蒜味等，它们绝对反感，如果你身上一股酒气，或者吃过大蒜到蜂场去，蜜蜂立刻就会群起而攻之，非要把你叮得个鼻青脸肿，到处起包为止。那么，小小的蜜蜂几乎没有鼻子，它是靠什么闻到这些气味的呢？科学家们用显微镜观察了工蜂的触角，发现触角表面大约六千个小孔，而雄蜂的触角有三万个小孔，原来蜜蜂就是靠这些小孔里面的嗅细胞来闻气味的。蜜蜂对花朵的辨认，也是依靠触觉进行的。科学家发现，蜜蜂的触角对蔗糖汁还有味觉的反应，可见它的触角既能当鼻子用，又有舌头的功能。

小蜜蜂的"鼻子"非常灵敏，对气味的辨别能力超强，对酒、蒜、葱、汽油、化妆品、香水等气味它们非常反感。有一次，一对年轻人在靠近养蜂场的地方举办婚礼，结果新娘、新郎均挨了蜜蜂的"吻"，就是因为他们化了妆，喷了浓郁的香水，引起了蜜蜂的不快。蜜蜂

对他们不喜欢的气味不是避而远之,而是出于好奇心理,很想探个究竟,所以就要用毒针去试探。这也是基于蜜蜂敢于冒险、嫉恶如仇的倔强精神,对厌恶的东西从不姑息迁就或自己偷偷溜掉,而是发挥其能蜇善刺的优势,一定要将其赶跑才肯罢休。蜂毒是人们从蜜蜂身上提取的可以用来治病的珍贵药品,它对治疗人们的风湿性关节炎等病症有很好的效果。每一只工蜂肚子上都带有一个自卫用的蜇针,平时这个像"短剑"一样的蜇针收藏在身上的鞘内,等到危险逼近才突然放出来。这个"短剑"在使用时还会连同毒液一起刺进人体,所以在被蜂蜇到后,不但会痛还会肿起来,就是毒液在人体内起了作用。人们利用蜜蜂的这种特性,研究发明了一种自动取蜂毒的仪器,将机器放置在蜂房门口,当一只蜜蜂发现有危险后,立即向群体报警,不一会儿一大批的蜜蜂都飞出来,想要赶走这个"危险装置",它们联合起来向"敌人"发起一次又一次的进攻。研究表明,一只蜜蜂一次所产毒液的价值等于一只鸡蛋的价值,看来一只小小的蜜蜂,它的价值并不比一只鸡对人类的贡献小啊!

8. 蜂恋花,花恋蜂,究竟谁恋谁?

法国的著名作家雨果曾有这样的比喻:"生活之所以成为鲜花,乃是因为有了蜜蜂这样的爱情。"也有人曾经这样比喻过:"如果地球上没有植物,那么蜜蜂就不复存在;如果没有蜜蜂,那么植物也将不会繁衍生存。"为了增加基因的变异,提高对环境和竞争的适应,植物开出了花朵,朝着异花授粉的方向发展。花朵自己不能亲力亲为,而蜜蜂就成为最合适的"媒婆"。它需要做的事就是把一朵花上的花粉带到另一朵花的蕊头上以便帮助它们完成受精这个必需的过程。至于花朵是以什么手段吸引蜜蜂这个"媒婆"前来授粉的呢?在这个问题上,其实花朵们可是绞尽了脑汁、费尽了心思了。这边花在恋着蜜蜂,那边蜜蜂也在相思着花,这就出现了我们常说的"花恋蜂"了。"蜂恋花"是蜜蜂对花朵深深的爱恋和依赖,所以花儿们也会想方设法"涂脂抹粉"把自己打扮得花枝招展,只为招揽更多蜜蜂的青睐。

许多花儿甚至摸清了蜜蜂的眼睛对黄色和蓝色特别敏感,所以投其所好,更多地选

择这两种颜色来打扮,甚至把花蜜和花粉的颜色都标注成了这惹眼的黄色。花朵分泌出香甜可口的花蜜作为"媒婆"的酬劳,有的生产出能够满足自身和蜜蜂需求的花粉来供蜜蜂食用,有的还向蜜蜂提供树脂等筑巢用的材料。蜜蜂喜欢温度高的花朵,因为它需要将体温提高到 30 摄氏度左右才可以飞行,而停留在表面温度较高的花朵上可以提高自身的温度,这样并不需要消耗自身的热能就可以飞行。保存下来的体力可以采集更多的食物。一般来说,花朵的表面细胞结构都是呈圆锥形的,这样可以吸收到更多的光从而使自己的温度更高,这时生产出来的"热腾腾"的花蜜也是蜜蜂的最爱。

在自然界中,大多数植物的花距里面都带有花蜜来吸引蜜蜂授粉,但是有的花朵会起坏心眼,采取欺骗性手段,卑鄙地欺骗蜜蜂来授粉,最臭名远扬的大骗子就是兰花家族了。蕙兰、兔耳兰就会通过模仿百合花瓣的斑点来对蜜蜂实施欺骗,蜜蜂看到这种花以为有花蜜就会来拜访,当发现此花中并没有花蜜而直呼上当时却为时已晚了,因为它无意中已经帮助兰花完成了授粉。还有的兰花开的花长得和雌性蜂王非常相似,使得雄蜂也难分辨真假。比如一种原产英国的蜜蜂兰,它的形态和一只雌蜂完全一样,并且还散发出吸引雄蜂的香味;一种角蜂眉兰开的花也像极了一种雌性的胡蜂,同时它还会模仿雌性胡蜂特有的气味来吸引雄性胡蜂拜访。雄性胡蜂误以为这是雌性蜂王,扑上来并试图与它交配的时候,雄蜂全身就会粘上兰花的花粉,当雄蜂发现这是一朵花而并不是蜂

王时,虽然自己也感到上当了,但为时已晚,它依然痴迷地继续寻找蜂王,而且像发痴了似的继续扑向另一朵兰花,就这样角蜂眉兰"不花分文"却让蜜蜂免费帮它们授粉了。自然界中像兰花这种用"性欺骗"的手段来吸引单一物种的雄性虽然实属罕见,但也反映出了千奇百怪的自然生物互相依存,不仅形成了一个食物链,同时也维系着一种相互帮助、相互依存的共生链。

由此可见,每当春天到来时,万物复苏,自然界中所有的生物都会以婀娜的姿态争奇斗艳,其目的只有一个,找个"媒人"来帮它生儿育女、传宗接代,它所揭示出来的生物密码简直令人类叫绝。蜂恋花,花恋媒,它们互相利用,各得其所,构成了自然界中生物多样性的精彩篇章。这里面还隐藏着多少科学奥妙等待着我们人类去研究、去揭秘、去开发。

9. 蜜蜂也喜欢打扮娇艳的"花姑娘"

花朵中有香甜可口、营养丰富的花蜜和花粉,这是蜜蜂们赖以生存的食物。在花儿盛开的季节,蜜蜂在花朵间飞来飞去采集花蜜,它们毛茸茸的身上会粘上许多花粉,当它再飞行到另一朵花采蜜时,脱落的花粉就会为植物"授粉"。如果没有蜜蜂去帮助花朵完成这一过程,很多植物就无法结出果实繁衍后代,那么植物种类会逐渐消失,而靠植物及其果实生存的小动物们也将难以生存下去,所以马克思曾说过:"没有蜜蜂的授粉,人类只能生存几年。"蜜蜂和花朵的这种相互利用、相互依存的关系是大自然进化的杰作。

花朵和蜜蜂协同进化有着悠久的历史。据考证,在距今1亿3000万年前,地球上出现了花朵植物。最先出现的是风媒花,这些花只能依靠风来传播花粉,完成授粉繁殖。因为授粉成功率并不高,风媒花需要产生大量的花粉。它一次可以生产大约100万粒花粉,但要真正让风把它吹到别的花上来授粉的概率是少之又少,所以效率极其低下。直到昆虫出现后,才有了依靠昆虫来授粉的虫媒花。这些花为了吸引昆虫来授粉,不仅开出了颜色鲜艳的花朵,并且分泌出浓郁的花香和花蜜来吸引昆虫。有了能够进行授粉的昆虫,特别是既能不伤害花,还能提高授粉成功率的蜜蜂出现后,花朵的花粉生产量就大幅减少了。而作为花粉媒介的昆虫们,特别是蜜蜂在外观和行为上都逐渐进化,能够更方便、更快地采集花蜜和花粉。蜜蜂为了能够安全地搬运这些宝贵的花粉,后腿还专门

进化成了能够容纳花粉的"花粉筐",加上全身的绒毛,这就能够携带更多的花粉。为了适应从更深花蕊中吸取出花蜜,蜜蜂的嘴随着进化也变得越来越细长。更加离奇的是,为了"出勤"一个来回能够携带更多的花蜜回来,蜜蜂将肠的一部分通过进化也变成了难以置信的蜜囊来储存运输采来的花蜜,一只体重为90毫克的蜜蜂,它的蜜囊里一次最多可以储存运输40毫克的花蜜。

花粉中含有大量蛋白质和脂肪,是蜜蜂最好的食物。但是花粉并不是那么容易吃的。它的外表裹有一层蛋白质外膜,来采花粉的蜜蜂如果把花粉都吃光的话,植物就无法繁殖后代了,所以它们也有自己的计谋。花朵们为了吸引更多的蜜蜂前来,并让蜜蜂们展开激烈的竞争,会采取限量生产的方式,这样就迫使蜜蜂要到其他的花朵上继续采集。大部分蜜蜂都喜欢黄色和蓝色的花,一只蜜蜂一天最多采集3000朵花,在不知不觉中,蜜蜂就会把它身上的花粉带到更多的花朵上,从而达到了远亲繁殖的目的。

蜜蜂采蜜不会像蝴蝶、果蝇那样东采采、西采采,蜜蜂会坚持它的职业操守,从一而终,非常专注。比如说,它正在一片南瓜地上采蜜,而旁边又恰逢是一块花正盛开的西瓜地,那它绝对不会贪婪,它会坚持把这块南瓜地采完为止。蜜蜂的这种与生俱来的生物特性,从生物逻辑学上,客观地避免了不同植物因混乱杂交而引起的物种变异和退化,保

持了自然界物种的多样性。有多少种花就有多少种蜜,蜂群只向最近处,最具有吸引力的花朵去采蜜,花的种类影响到蜂蜜的味道和颜色。一个蜂群就像是一块海绵,从不同的景物与季节出现的水塘中汲取不同的气和味。假如蜂箱放置在柑橘花盛开的林子里,就会生产出淡琥珀色、有独特的柑橘香味的蜂蜜;如果放置在桉树林里,就会获得浓烈药味的蜂蜜。据说蜂蜜鉴定家能同葡萄酒鉴定家相媲美,他们不止能分辨出蜂蜜的品种,甚至可以精确地分辨出生产的季节及产地。

蜜蜂之所以成为自然界里最重要的授粉昆虫,是因为蜜蜂在与植物长期协同进化的过程中,其形态结构、活动习性与植物的形态结构、生理生化特性和授粉的最佳时间等方面都形成了相互依赖的关系。例如,蜜蜂需要花蜜和花粉,需要授粉的植物在长期进化过程中,就形成了鲜艳的花瓣,同时散发香味,产生蜂蜜和花粉,但每一朵花上的量又很少,蜜蜂一次飞行需要采几十或几百个花朵才能满载而归。植物为了吸引昆虫来传粉,蜜汁和花粉一般互生在一块,蜜腺位于花朵底部,蜜蜂在采蜜过程中必须刷擦花药或柱头从而完成传递花粉和授粉的过程。

10. 蜜蜂传授花粉是万物生长之本

在地球这个庞大的生态系统中,绿色植物是万物之本,也是所有生物生存的源泉,它通过吸收水分和阳光进行光合作用,不仅维持了自身的生存,也为食草动物提供了充沛的食物,而食草动物又为食肉动物提供了生命的保证。因此,从绿色植物到食草动物再到食肉动物以及食腐动物到细菌所形成的这条相互依存的生物链中,起到最关键作用的就是为所有植物从中采花授粉,使之繁衍不息的小蜜蜂。有科学家曾经推算过,在开花植物中约有84%是通过昆虫来帮助它们授粉的,而在这些昆虫中,又唯有蜜蜂最专注、最专心。

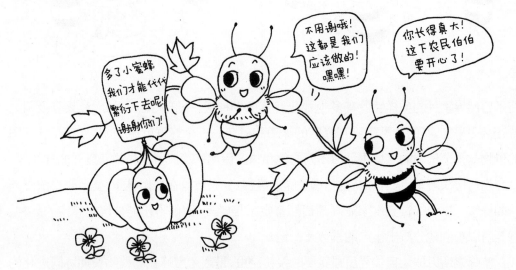

人们常说"种瓜得瓜,种豆得豆",其实这句话只说对了一半,如果没有蜜蜂去传授花粉,种的瓜和豆就不一定会结出丰硕的果实来。你知道西瓜是怎么结出来的吗?当西瓜开花后,它的三个裂片上有1000粒胚珠,每一个胚珠都要经过受精才能长成有模有样的大西瓜。蜜蜂在采集花粉的过程中就算是梳理的技术再高,也会有成千的花粉末附着在绒毛上,再带到下一朵花上。西瓜花每长一朵雌花就有六到七朵雄花,因此沾满花粉的蜜蜂总会偶尔停到雌花上面寻找花粉,当找不到时也会停留数十秒才离去,蜜蜂也会感到很失望,但是几百粒雄花粉从蜜蜂身上掉下来落在黏黏的雌花柱头上,雌花就完成了授粉的过程,数周后,这朵雌花将自豪地结出一个初生的小西瓜。

采集花粉粒的小蜜蜂,就像摇晃果树把成熟的果子摇落下来,临近的雄花蕊上黏黏的花粉也被摇落下来,粘到蜜蜂浑身的绒毛上面,蜜蜂每条腿上都有像木梳那样的刚毛,当它从上到下梳理绒毛时,就把花粉收集起来了,然后蜜蜂利用后腿把花粉搓成一颗颗小球,再掺进一点花蜜,揉成软软的花粉团,最后把双腿弯起来,把花粉踢进花粉筐。蜜蜂采集花粉时除了这种全身采集的方法外,还有赖于静电的帮助,那是蜜蜂在飞行时拍打翅膀所产生的静电,这种静电相当于450伏的电压,当蜜蜂停在一个绝缘的花蕊内,花粉粒就可以自动跳到蜜蜂带电的身体上去,当蜜蜂在花蕊里停留六七秒的时间,花粉筐就可以装满一大半。一只蜜蜂在西瓜地里穿梭采集后可以采集到大小如同煮熟的米粒三分之一大小的花粉团,而重量相当于它体重的三分之一。

蜜蜂是世界上最专一的授粉昆虫,它们不仅干活专心致志,采集花粉也非常专一,无论开始采集的是西瓜花、苹果花还是梨树花,蜜蜂都坚持一贯到底的作风。只要采集一种花就要坚持到花朵凋谢才会转移目标。它们堪称世界上最负责的传授花粉的"小冠军",手艺高、速度快,据有经验的养蜂人介绍,小蜜蜂一次可以为500~1000朵鲜花义务授粉。由于蜜蜂在授粉舞台上所扮演的明星角色,我们人类才有了各种各样的食品,正如著名的昆虫学家威尔逊所形容的那样:"我们每吃三口食物中必有一口,每喝三口饮料中必有一口,是由一只能授粉的会飞的小生物提供的。"

目前,除了为我们生产营养丰富的蜂蜜外,蜜蜂为各种农作物,果树、蔬菜和牧草授粉所产生的经济效益远远超过了各种蜂产品的价值。有人估算蜜蜂为农作物传播花粉所创造的经济效益,超过蜂产品的100多倍。现在人们不仅利用蜜蜂来生产蜂蜜,还利用它为植物授粉。近来发展最快的要算蜜蜂为油茶授粉了,因为在油茶的花粉中含有较多的棉籽糖等有毒物质,蜜蜂一旦吸食以后就会中毒而死。因此,过去的油茶林被视为"放蜂禁区",油茶也因不能完全授粉而产量一直很低。科学家们研制成功了一种解毒办法,油茶林也不再是放蜂的禁区了,因而油茶的结实率提高了1.7~2.4倍。

11. 翩翩起舞是蜜蜂的肢体语言

圆圈舞　　八字舞

蜜蜂作为一种社会昆虫,在社交活动中是通过舞蹈来完成信息传递的。经过研究,蜜蜂们的舞蹈还是多姿多彩的呢!

侦察蜂外出寻找花源回来,跳起了"圆圈舞",即转着直径两厘米左右的小圈,迅速而急促地一会儿向左转圆圈,一会儿又向右转圆圈。这个舞蹈是在向蜂巢里的同伴表达:"在蜂巢附近发现了蜜源,出巢就能够嗅得到、找得到,伙伴们赶紧出去采集。"其他的蜜蜂看懂了它的舞姿,就会紧跟其后,并用触角轻触几下舞蹈蜂的腹部,以便获取花蜜香的样本,然后出巢去寻找花源。但这种舞蹈表达的内容很简单,它不能指示蜜源的距离和方向,因为花源就在蜂巢附近,很容易被找到。如果侦察蜂外出寻找花源回来,跳起了"8"字形的摆尾舞蹈,即先跳个半圈,转一个方向再跳个半圈,在直跑的时候,腹部末端还不停地摆动摇尾的舞蹈;并且在一个地点如此反复多次后,再爬到另一个地点进行同样的舞蹈的话,那这种舞蹈不仅能够指出蜜源的方向,还能指出蜜源到蜂巢的距离有多远。

由此看来,蜜蜂舞蹈跳的快慢、摆尾次数,跑直线时头尾的方向不同,表达的内容也都不同,由于蜜源距离的不同,蜜蜂在一定时间内舞蹈的次数也不同。在同一时间里,摆尾次数多的表示距离近,利用率高;摆尾次数少的则表示距离远,利用率低。如蜜源距离巢约100米时,15秒钟内重复摆尾舞10次;蜜源为200米时,15秒内重复8次;当蜜源在数千米时,15秒内只完成一次摆尾舞。但是,光知道距离也不行,还要知道蜜源所处的方位在哪里。那么蜜蜂是怎么来表达方向的呢?经科学家研究后发现,原来蜜蜂是以三个点来定方位的,即蜂箱、蜜源和太阳,而这三个点中又首先是借助太阳来辨别方向的。蜜蜂通过摆尾舞中线直线爬行时的方向与蜂巢地面的垂直线之间的夹角来告诉伙伴蜜源

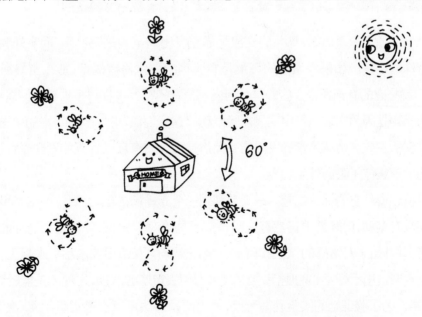

的方向,这样方向和距离都表达出来了,其他的蜜蜂就心领神会,踊跃地出巢采集了。那又有人要问了,如果天气不好,没有太阳怎么办呢?蜜蜂有复眼,靠偏振光定向即使乌云蔽日或太阳处于地平线以下时,仍可准确判断方向。即使太阳在不停地运动当中,蜜蜂也能够准确的计算出太阳移动的位置,找到位移的方向。

动物行为学家们通过对蜜蜂不同的形体舞蹈的研究后发现,在蜂群社会中,当你平时看到发出嗡嗡声的蜜蜂在狂飞乱舞时,其实它们相互之间是在交流沟通或者在传达着一种信息。而这种传达的方式在不同的地区、不同的种群之间也各有所异,这就如同我们人类一样,由于地域的差别,形成了不同的语言,有的人讲英语,有的人讲法语,有的人讲汉语。蜜蜂也是,不同地区的蜜蜂舞蹈方式不同,表达的信息也不尽相同。蜜蜂有很多种类,有中华蜂、意大利蜂、印度蜂、无刺蜂等等。它们也都是靠舞蹈来表达蜜源的位置。意大利蜂会跳一种"镰形舞",通过"镰面"来指示蜜源;印度蜂舞蹈的快慢表达的距离和中华蜂不同;而无刺蜂发现食物后,只是在蜂巢里乱跑乱蹦来引起蜂群骚动,带领同伴随它一同出巢去采蜜。由此看来,看似简单的蜜蜂世界里,真是如同人类社会那样又复杂又巧妙啊!

12. 一个 12 岁的中国女孩解开了蜂鸣声的奥秘

人类的沟通交流靠语言,鸟儿的交流是靠它发出的美妙的鸣叫声,而蜜蜂呢?它也有自己特殊的语言。如果说蜜蜂的舞蹈是它无声的肢体语言的话,那么蜜蜂所发出的"嗡嗡"声就是它的有声语言。蜜蜂是如何发出声音的呢?也许很多人都会回答:"小蜜蜂发出嗡嗡声是因为它在飞行中两只翅膀振动。"这一说法却被一个 12 岁的中国小女孩聂利的发现所打破。她认为蜜蜂发出的嗡嗡声是因为它有自己独立的发音器官,她这一鸣惊人的发现震惊了国内外生物界。

这事情还得从它的源头说起。一天聂利到一个养蜂场去玩,发现许多蜜蜂聚集在蜂箱上翅膀没有扇动,但蜂巢中仍然有嗡嗡声。于是她对教材、科普读物和老师的讲解产生了质疑,并开始了对蜜蜂的试验和研究。她把蜜蜂的双翅用胶水粘在木板上,蜜蜂仍然发出了声音。出于好奇心的驱使,她又用剪刀剪去蜜蜂的双翅,发现还是能听到"嗡嗡嗡"的叫声。为了验证她的实验确凿无误,她用两种方法反复交替进行了 42 次实验,每

次用去48只蜜蜂,实验结果表明:蜜蜂在不振动翅膀的情况下也能够发出嗡嗡声。为了探清蜜蜂的声源究竟在哪里,她又做了这样一个实验:把蜜蜂粘在木板上,用放大镜仔细观察。经过一个多月的观察,终于在蜜蜂的双翅根部发现两粒比油菜籽还小的黑点,蜜蜂叫时,黑点上下鼓动,她想这声音会不会是从这里发出的呢?于是,她用大头针捅破了这两个小黑点,结果发现这时蜜蜂就不发声了。为了继续验证这两个小黑点究竟是什么东西,她又找来一些蜜蜂,在不损伤它们双翅的前提下,只刺破它的两个小黑点,然后把它们放在蚊帐里,让它们在蚊帐里飞来飞去。结果发现,这些蜜蜂再也没有发出过声音。接下来,她把这项实验又反复做了10次,最终得出的结果都一样。最后,她将这一发现写成论文,认为蜜蜂的发音器官就是这两个小黑点。后来,聂利的论文被中国教育协会、小学自然教学专业委员会会刊全文发表,并在兰州举行的第18届全国青少年科技创新大赛上获得了优秀科技项目银奖和"高士其"科普专项奖。

知道了蜜蜂发出嗡嗡声的声源是来自它身上的蜂鸣器官,那么这嗡嗡声又是在表达一些什么内容呢?科学家们在蜂巢中放入了小型微音机来研究蜜蜂的语言,随着研究的深入,发现当侦察蜂外出寻找蜜源回来后会边跳舞边发出"特尔~特尔~"的声音,短暂停顿后又周而复始,不断重复。这种声音持续时间的长短与蜜源的距离有关,而单个声音的高度及其停顿的延续时间不同,这表明蜜源的质量和数量也各不相同,这种声音和不同的舞姿配合,准确地向众蜂指示了蜜源的信息。当处女蜂在达不到破坏其他王台的目的时,就会发出"呸～呸～"的愤怒声,王台内已羽化成熟即将出房的幼王也会发出"哗～哗～"的示威声。分蜂前,部分蜜蜂会发出"吱～吱～"的声音,这就像是在发出动员命令,5分钟后蜜蜂就会倾巢而出离家出走。如果蜂王在蜂巢里消失两小时,蜂王物质彻底消失后,个别蜜蜂发现后就会发出"涕～涕～"的尖叫声,这是在告诉大家"蜂王消失了",这种声音一出来整个蜂群就会开始躁动不安起来,"嘘～嘘～"声此起彼伏、时起时落,就像是在呼唤蜂王"你在哪儿"似的。

　　破译蜜蜂的语言对人类来说意义非凡,因为它可以让我们进一步了解并掌握蜜蜂所发出的不同声音、不同音频,经复制后应用,就能使蜜蜂听从人类的"指挥",更好地管理蜂群、发展蜂群。其最终目的不仅是要为我们提供更多人类所需要的蜂蜜、蜂王浆等营养丰富的保健品,更重要的是要让小蜜蜂们能为我们农作物和瓜果蔬菜等采花授粉,以提高农产品的品质和产量。

13. 察色观天,蜜蜂也能预测天气

　　在科学技术发达的当今,人类预报天气是靠科技手段,那小动物们又是靠什么来预测天气变化的呢?它们天生就是杰出的气象学家!据生物学家研究得知,青蛙会在空气潮湿、要下雨之前从水中爬上岸;如果看见大群麻雀洗澡,不久就会有大暴雨;而当蜘蛛大量吐丝结网时天气将会变得晴好,1940年英军正是通过这一现象得知天气将变好、雾将散尽的信息,于是做好战斗准备,使希特勒的"鹰计划"彻底泡汤的;在地震到来之前,家中的猫狗、鱼缸里的鱼会变得异常、躁动。蜜蜂王国里的蜜蜂也不例外,它们也是动物界杰出的气象学家。

　　冬天,蜜蜂们都躲在巢内足不出户,那它们又是怎样来预报天气变化的呢?每当严冬刚过,春天初至,蜂巢内温度逐渐上升,蜂团逐渐变得疏松,这时候一种奇怪的现象发生了,蜂团长出了一条长长的"尾巴",这条"尾巴"是由几百只蜜蜂自发组成,排在后面的蜜蜂将头埋在前面蜜蜂的腹部下面,它们相互交错,展开翅膀,好像一个抱着一个的

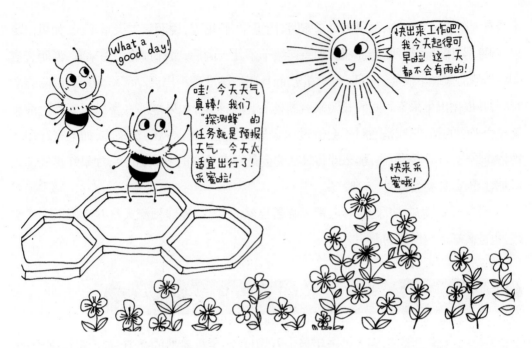

腰,这条"尾巴"由巢门口一直延伸到蜂团内部,同时为了便于联络,传递信息,它们还在蜂团上面架起了一个"桥梁",这个桥梁和尾巴的组成一样,也是它们肩并肩、手拉手,挨挨挤挤形成了一个环绕着蜂团的"腰带"。这条尾巴最靠近蜂巢门口的蜜蜂,它撅起屁股,将自己的尾巴末梢伸到巢门外,就好像探测仪和感应器,用它来体验和接受气象的变化信息,并通过层层传递的作用,及时汇报给蜂团内部的蜜蜂们,"腰带"正好为蜂团不同位置蜜蜂的沟通架起了一个桥梁,这样更快、更便捷地将"尾巴"末端的信息和蜂团内部的信息汇总,从而得出最终的预报信息。春暖花开的季节,它们预先知道了花朵流蜜期,于是在此前一个多月里,它们就会加快繁殖速度,培育出大量的适龄采集蜂来为收获打基础。等花蜜期一过,蜂群的繁殖速度就会恢复平缓,直到下一个流蜜期到来前再加快繁殖速度,这样不仅能解决忙季时因劳动力不足而影响族群当年的收成,还有效地减少了饲料消耗。蜜蜂就是这样巧妙利用自然规律,并结合计划生育来调节它们的"国民经济"发展的。

　　采集季节的天气复杂多变,如果遇到恶劣的天气,蜜蜂在外工作就会遇到危险。所以,蜜蜂的身体就像是一个气象雷达,它能够随时感觉气候的变化,能够准确预知未来的天气,以此来安排生产活动。中国华南地区有句谚语:"蜜蜂不出巢,半夜雨来到",可见蜜蜂对天气的预测是多么的准确。据养蜂人观测:如果蜜蜂出勤正常,采集积极,则当天不会有大雨或风暴降临;如果蜜蜂采蜜时,出巢早、归巢迟,说明第二天是晴天;如果出巢迟、归巢早,说明雨很快就会来临;如果连续下了几天雨后,蜜蜂顶着雨去采蜜,说明天气即将转晴。蜜蜂不仅能够预测天气情况,而且还能够准确测出活动区域内暴风雨降临的时间,并根据出巢采集时间的长短来判断能否出巢采集,如果能够在暴风雨来临之前采集一个来回的话,它们是绝对不会放过这宝贵机会的。当深秋时节来临,如果蜜蜂用蜜蜡将蜂巢出入口死死封住,那么即将来临的会是一个严寒的冬天;相反,如果蜂巢的出入口是敞开的,那将会迎来一个暖冬。

任何一种动物在地球上生存,都面临着自然的考验,能够预测天气并适用于生产实践,也是蜜蜂适应自然的高明之处。

14. 冬去春来,蜜蜂要做的第一件事就是"大便"

"一年之计在于春",春天是一年当中万物复苏、生机盎然的季节,对于蜜蜂来讲,春天决定着整个蜂群一年的生产收成。经过一个冬天的休假,越冬后的蜜蜂又是怎样开始一年工作的呢?

漫长的冬季终于在一声声春雷的轰鸣中结束了,在那严寒、冰雪交加的冬天,尽管蜜蜂由于活动范围的限制,体能消耗很小,但对于在繁忙季节只有45天寿命的蜜蜂来说,相当于一觉醒来后已经由稚气未脱的儿童步入了古稀之年。所以这个时期的蜜蜂生命活力极其有限,可以说是弱不禁风。随着春回大地,气候变暖万物复苏,蜂群内部的活动也越来越频繁,这时候首先要做的就是把憋在体内一个冬天未排泄的垃圾排到户外去。"排泄飞行"是蜂群全年工作的起点,这是因为它们非常爱干净,讲究清洁卫生,蜜蜂有"洁癖"的习惯,整整一个冬季它们都躲在巢内,靠存储的蜂蜜来保持体能,即使大肠中充满了粪便也不会在巢内随意排泄,一直忍耐着,等待早春时机成熟时集体出巢作排泄飞行。

蜜蜂在越冬期间为了保持体温,在巢内是采取"抱团取暖"的方式过冬的,同时还要靠吃自己采回来的蜂蜜维持蜂团所需的温度,在此期间又不能随时出外排泄,只能把粪便积存在后肠中。尤其是在北方,越冬期长达4~5个月,蜜蜂后肠的积粪量有时可达自身体重的50%。到了冬末,蜜蜂凭借对季节气温的敏感,以及粪便的刺激,它们不能继续

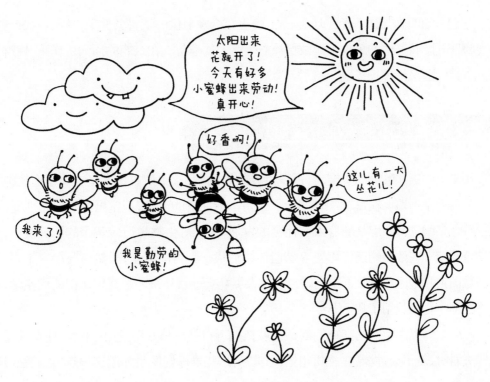

保持安静状态,从而导致蜂团中心的温度上升,却保证了蜂王的产卵。蜂王的产卵和幼虫的成活温度必须保持在 34～35 摄氏度,所以在这一阶段蜜蜂们就要成倍地增加饲料消耗,这样一来更加引起腹中积粪量的增多。每年春季的排泄飞行对于蜜蜂来讲是一件头等大事,排泄的最佳时间是早春蜜粉源植物开花之前的 20～30 天。

蜂群社会也像我们人类一样有专门的人从事天气的预测工作,在蜂群中专门从事这项工作的蜜蜂叫"探测蜂"。当"探测蜂"用探测温度的"尾巴"末梢探测出温度的变化之后,它会先试探性地飞出去,振翅低飞,经过试验飞行确认适合做排泄行动后,便返回巢做详细的工作汇报。此时对于憋了一个冬天的蜂群来说,它们迫不及待的心情是可想而知的,于是它们兴奋无比,立即倾巢出动,纷纷涌出巢门飞到外面的田野中排便。经过这次排泄飞行后,蜜蜂们群情亢奋,精神焕发,虽然此时外面的花朵还没有开放,但它们已经在为春天采集季节的到来而做准备工作了。于是有的开始清理,有的修补巢孔,有的则敦促蜂王准备产卵繁育子嗣,与此同时为了确保蜂王产卵的营养,它们对蜂王的饮食结构也做了调整,增加了蜂王浆喂食次数。为了保持蜂巢内适宜产卵的温度,众蜂齐心协力,采取增加活动量等办法使得巢内中心位置的温度恒定在 34 摄氏度以适宜哺育幼虫。它们方向明确,目标一致,万众一心,蜂王在众蜂提供的适宜条件下,开始积极产卵,为春暖花开即将繁忙的采收工作做着补充生产力的准备。在众蜂的通力协作下,蜂群内部的复兴大业又沸沸扬扬地开始了。

15. 蜜蜂也懂得"近亲结婚"的危害

历史上中国和欧洲的皇族,有很多近亲结婚的例子,比如古日本皇族为了血统纯正就只允许近亲通婚。在古埃及时期为了保持王族高贵的血统,王室婚姻也常常在兄妹、叔侄等近亲间进行。但是随着人类社会的发展,人们对生物学遗传基因的研究发现,近亲结婚致使一些致命的遗传病更容易遗传给后代。到目前为止,虽然情况稍有不同,但大多数国家和地区都禁止近亲结婚。这种人类社会近百年来才被真正认识的优生学,在蜜蜂王国中竟已应用了几千万年。

同一个蜂巢内生活的蜜蜂们都是亲戚,它们都是同一只蜂王生出来的,处女蜂王在选择夫君时,就不会钟情这些同群出生的雄蜂,这些雄蜂好像也知道这一点,它们在蜂巢

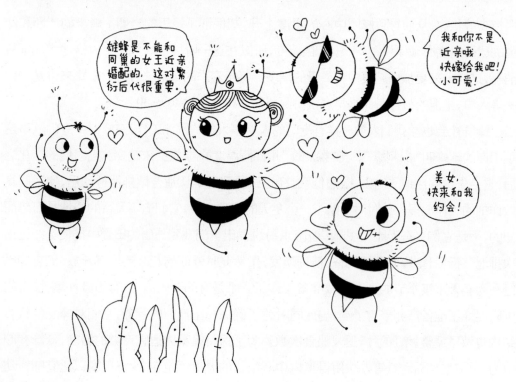

内会表现得非常规矩,从没有什么轻薄非分之举。因为雄蜂主要是被蜂王身上特有的气味吸引才对它产生兴趣进行交配的,而蜂王的这种气味只有在婚飞时才会释放,所以处在同一个蜂巢里的纵然处于青春旺盛期,雄蜂也不会产生任何反应。这也是蜜蜂们防止近亲结婚而采取的一种与生俱来的特定本能。而到了婚配阶段,处女蜂王也总是不惜耗神费力,飞到离蜂巢很远的地方去寻找同一种族却不同血缘的健壮雄蜂来做丈夫。

那么,在婚飞过程中处女蜂王又是如何分辨雄蜂是不是自己同巢近亲的呢?

德国波恩大学的动物学家们研究发现,蜜蜂能够散发出一种特殊的气味,这使得它们能够避免近亲交配和繁殖。据负责这项研究的惠特曼教授称,他们在对一种名叫"切叶蜂"的蜜蜂进行研究后发现,雄切叶蜂的前肢末端有一种特殊的腺体,在婚飞交配时这种腺体能够散发出一种特别的气味,它只能吸引某些特定的雌蜂。雌切叶蜂还能够从雄蜂的气味中辨别出它们是否是近亲,如果是的话,雌蜂就不会与之进行交配。雄切叶蜂的前肢看上去就像一支铁铲,雌蜂在交配之前总要用触须触摸一下雄蜂的前肢,在这个过程中,雌蜂能够准确地识别雄蜂的气味,并根据这种气味判别雄蜂是否与自己是近亲。借助这种方式,切叶蜂就可以避免近亲交配和繁殖了。动物学家在对其他种类的蜜蜂和黄蜂进行研究后发现,其他种类的蜜蜂和黄蜂也具有类似的避免近亲交配和繁殖的能力。

16. 生命诚可贵,爱情价更高,为了王国梦,二者皆可抛

在蜜蜂王国里,蜜蜂公主也不是好当的,从小对她的培养就有许多清规戒律,"大人们"为了她可是煞费苦心。首先在公主幼年阶段,它们要谨防母后对公主的迫害,成年之后,它们又要开始忙着张罗公主的婚事了。蜜蜂公主的"婚事"可是蜜蜂王国里头等的大事,它关系着整个王国的兴衰成败,是王国里最重要、最隆重的一次庆典。

蜜蜂公主必须经过婚配才能成为一国之君,真正履行蜂王的职责,没有经过婚配的蜂王是国内集万千宠爱于一身的闺阁公主,得到蜜蜂们的悉心照料,它羽化后 3 日就要走出巢做巢门的辨认试飞。这时,未来的蜂王就像一位天真烂漫、活泼爱动的少女,喜欢四处游玩,无拘无束,每天从巢外练习完飞行的本领后回到巢内更是兴奋异常,就像成熟的大姑娘一样,喜欢到处搔首弄姿。经过 3 天的刻苦飞行训练后,她已经掌握了娴熟的

　　飞行技巧，此时她的性器官也发育成熟，到了第5日，便是她的大婚之日。这时的处女蜂王正处在最美好的青春期，青春焕发，体态窈窕，同时已具有强健的体魄和高超的飞行技艺。将要出嫁前，蜜蜂们会对它作一番精心的装扮，一些蜜蜂用自己的花粉刷当梳子，轻轻梳理她身上的绒毛，还有一些伙伴们则轻轻地抚摸公主的腹部，好让它充满信心和激情，在众蜂的精心打扮下，蜜蜂公主就像待嫁的少女，越发显得妩媚动人，活力十足。一般来说，蜂巢内部比较拥挤，场面摆不开，蜜蜂公主的婚礼是在户外的空中举行，婚礼上首先开场的是公主，通过婚飞竞技，她要在上百甚至上千只雄蜂中挑选出自己的如意郎君。

　　当一切准备就绪后，婚礼进行曲及时奏响，蜜蜂公主款款步出蜂巢，振翅飞向空中，它选择了一处开阔地，背风向阳。蜜蜂公主刚刚飞到这里，立即被一群雄蜂围在中间，它们上下翻飞，并借此机会使出浑身的解数，在公主面前表现一番，好像在对蜜蜂公主说："选我吧！看我多么棒！"等逐个亮相之后，正式比赛即将开始。这是一场体力、毅力、内在素质与技巧的较量，只有飞行技艺超群、体魄强健、风流倜傥的王子才配得上蜜蜂公主。因为蜜蜂公主是食用蜂王浆长大的，在体力上更胜雄蜂一筹，但是为了筛选出身体

健壮、德技双馨、品貌出众的"丈夫",它丝毫不怠慢,使出全身的力气奋力向前飞去,同时还在空中做着花式飞翔的动作,时而来个急转弯,时而又向下飞去,每只雄蜂也拿出看家的本领,亮翅竞追,就像航空表演中的特技飞行那样,争先恐后,目的是要在蜜蜂公主面前表现一番。但是公主并不会轻易为之所动,她不时回首悄悄地窥视,目的是要从中挑选出最理想的。原本齐头并进的婚飞队伍这时也发生了变化,高大威猛、体格强健的雄蜂紧随其后,而身体弱小者也在后面紧追不舍。整个队伍就像空中划过的彗星,拖着一条长长的尾巴,在空中变幻着姿态。蜜蜂公主之所以不断地变化队形,就是因为要选的如意郎君不仅要体格棒,还要有灵活的反应能力,也就是要德、智、体全面优异。经过这样精心的筛选之后,蜜蜂公主终于在这上千只雄蜂中找到了她的"如意"郎君了,它们在飞行的旅程中,相互挑逗,抱成一团情意绵绵,最终经过短暂的"洞房花烛夜"之后,蜜蜂公主成为新一代的蜂王,成了备受敬仰的国君。而此时的郎君为了成就蜂王的事业,一旦完成交配之后,也就寿终正寝了。最后它将自己的躯体埋在了鲜花丛中,这就是蜜蜂王国里忠贞不渝的爱情!

17. 祸从天降,临危不惧,积极应对,转危为安

山路崎岖难走,运输蜂箱的汽车颠簸严重,捆绑蜂箱的绳索松散了,汽车边缘的几只蜂箱从汽车上跌落到山涧,蜂箱被摔得七零八落的,有的底盖分离,有的巢脾都摔烂了。幸存的蜜蜂受到惊吓,从蜂箱里一哄而出,嗡嗡地在被摔烂的蜂箱上方狂飞乱舞,它们被这突如其来的灾难吓坏了,乱哄哄的一片蜂云。很快,蜜蜂清醒了过来,明白发生了什么事情,很是愤怒,疯狂地在其视野范围内寻找着"凶手",随时准备着战斗,要和破坏它们家园的"凶手"决一死战。这时,一旦有目标进入蜜蜂的视野,无论对手多么强大,愤怒的蜜蜂也会毫不畏惧,共同向这个目标发起攻击,与之拼个你死我活。

不一会儿,蜜蜂们平静了下来,飞舞狂躁不安的蜜蜂大大地减少了,它们开始秩序井然地重建家园的大事。有的蜂箱受损较轻,蜂箱虽破裂,但是蜂王和幼仔并无受伤,存活下来的蜜蜂立刻分工协作,共渡难关。一部分蜜蜂开始忙着清除残脾虫尸,保持蜂箱的

清洁;一部分蜜蜂开始泌蜡,对破裂开缝的仔脾进行修补连接;一部分蜜蜂用身体组合成了一堵蜂墙,将仔脾保护起来,避免阳光直射、风沙吹打;哺育蜂也开始专心致志哺育幼虫。这时蜜蜂们的一切活动都是以幼虫和蜂王为中心,因为这是它们王国的未来,只要把它们安顿好了,它们的蜜蜂王国就可以很快地繁盛起来。

那些受了重伤的蜜蜂,知道自己无法再为王国尽力了,为了减轻群体的负担,主动地挣扎着爬离了蜂巢,伤逝于山涧。伤势较轻的蜜蜂,忍着伤痛,坚持在巢脾上继续为自己的群体做点力所能及的事情。这就是蜜蜂,它们面对突如其来的灾难和伤痛,不沮丧、不悲观,甚至身遭伤残也无所顾忌,它们自始至终顾全大局、心系群体,齐心协力,共渡难关。

翻落山涧的蜂箱,对蜜蜂王国来说可是致命的打击。受损较轻的蜂群,通过蜜蜂的通力合作,很快就恢复了秩序井然的正常生活,开始了抗灾自救的生产活动;受损较重的蜂群,通过一个昼夜的工作,也能使蜂巢大大改观,看来恢复有序的生活也只是时间问题。然而有的蜂群却并没有这么幸运,有几个陈旧的蜂箱在事故中,重重地摔在了溪流边的石头上,蜂箱被摔得粉碎,巢脾也碎了一地,大部分蜜蜂都被摔落的蜂箱砸死了,其中也包括了关乎蜂群存亡的蜂王。面对蜂王的惨死,幸存的蜜蜂都很悲伤,聚集在蜂王的尸体旁边不停地哀鸣,巢脾破碎,蜂群失去了重造王台繁育蜂王的条件,等待它们的将是死亡。

巢脾碎了一地,饲料和食物损失殆尽,幸存的蜜蜂毫无办法聚集在一起,只得吸食着散落在地上的蜂蜜,将蜜囊装得满满的,以备不时之需。然而天有不测风云,傍晚时分天空又下起了大雨,溪水逐渐高涨,将石头上破碎的蜂箱冲得一干二净,散蜂们也不得不转移到附近的树上。山涧里,雨后的夜晚温度急剧下降,蜜蜂们紧紧靠在一起结团取暖,靠蜜囊中仅存的点滴饲料来维持生命。没有蜂巢无处安身,没有了蜂王无法繁衍后代,它们失去了一切可以生存的条件。

一天、两天还能勉强维持,可山里的雨说来就来,每一阵风雨过后蜂群就会减少,每经过一个月星风黑夜之后蜂群又会再度减少,就这样,一个强大的蜜蜂王国在这次灾难中逐渐走向了衰亡。即便是这样,它们仍然热爱着自己的群体,留恋自己的家,在天灾突然降临时,即使失去了家园,它们也不离不弃,更不会去另寻高就,忠诚与坚守是它们共同的信念。它们风雨同舟、患难与共、同舟共济。

这就是蜜蜂,这就是自强不息、团结奋斗、顽强拼搏、令人佩服的蜜蜂精神。

18. 蜜蜂是如何对蜂巢进行采暖通风的？

为了解决冬天的食物问题，蜜蜂们勤奋地工作，为冬天储备了足量的蜂蜜和花粉。寒冷的天气，蜂巢内的低温对蜜蜂是极为不利的，养蜂场里的蜂箱依旧露天排放整齐，养蜂人在蜂箱上为它们盖上了薄薄的草帘，这样既能保持蜂箱的通风，又能预防严寒。蜜蜂没有空调和暖炉，克服寒冷和炎热的办法都是利用自己的身体，它们通过胸部翅膀的肌肉快速运动时产生热量。当外界气温下降，巢内温度低到13摄氏度时，蜜蜂就会采取抱团取暖的方式，在巢内互相靠拢，以蜂王为中心抱成团，形成一个由蜜蜂的血肉之躯构筑的球体，然后开始振动它们的肌肉和翅膀来获得热能。温度越低，它们就会抱得越紧，这样可以缩小蜂团的表面积，增加密度，有效地防止热量散失。球体最外面的一层是工蜂，它们拼命地扇动着翅膀，像厚厚的衣服一样阻隔着外面的寒冷。在这样严严实实的"包裹"之下，球心的温度保持在15摄氏度左右，舒适如春。据测量，在最冷的时候，蜂球内的温度最高仍可达到24摄氏度左右。一般来说，蜂团内部的温度往往比蜂团表面的

温度要高,蜜蜂们首先会让蜂王处在球的中心。所有的蜜蜂都不会只顾自己不顾他人,不会拼命地往蜂球温度较高的中心钻,而是会相互照顾。球外缘的蜜蜂头朝球心慢慢往里爬,球心的蜜蜂则往外挤到蜂球的外缘。就这样,来回重复、周而复始地慢慢移动、交换位置,不致被冻死。由于运动量加大了,蜜蜂们的食欲也加大了,食物为蜜蜂自身产生更多的热量。但是此时这么多的蜜蜂挤成一个球似的怎么去进食呢?放心,不要为它们着急,它们自有妙招。它们不需要解散球体自己爬出去取食,而是靠近饲料室的蜜蜂会一个一个互相传递食物,这样食物就可以一点点慢慢传递给蜂团中央的伙伴了。外层的蜜蜂保持为一个动态稳定的隔热层,使里层的弟兄们免受风寒之苦。蜜蜂的幼虫每天要接受"保姆"给予的1300多次喂食,从而获得了丰厚的热量。但幼虫无法在单个的巢房中独自越冬,为了使"育婴室"内的温度不低于35摄氏度,工蜂以密集的聚会形式,结成严密的绝热层,以保全幼蜂免受严寒的侵袭。倘若如此这般还达不到升温的目的,工蜂就像抱窝鸡那样,振翅飞舞,使蜂房迅速升温,确保幼蜂的越冬安全。虽然外面的温度在零下十几度,但是蜂箱里的温度始终保持在15摄氏度左右,就像一个奇妙的"温度控制装置"保持了蜂巢温度的恒定。到了夏天,当温度过热时,蜜蜂们可不能再像冬季御寒那样大家抱成团了,因为这样会越抱越热。它们会疏散开来,纷纷把翅膀扇动起来,让蜂巢内空气流动,促进散热。如果温度仍然降不下来,蜜蜂还会增加采水,大量的工蜂在巢门前扇风,加速了水分的蒸发,达到降温的目的。

据科学家研究,蜜蜂群中这个奇妙的"温度控制装置"其实跟蜂群中蜜蜂的基因多样性有关。蜂王和多个雄蜂交配,生下了多种基因的蜜蜂,这些蜜蜂对温度有不同的喜好,有的蜜蜂喜欢温度稍微低一点,有的蜜蜂喜欢温度稍微高一点,不同的喜好会使蜜蜂在感受到不同的温度变化时扇动翅膀,从而稳定地控制温度,这样就防止了蜜蜂在同一个时间开始或停止扇风而引起温度的剧烈变化,从而保持了蜂巢温度的恒定,成为蜂巢的天然空调。

19. 蜜蜂也会因地制宜就地取材来造房

我们人类的住房会根据不同民族、不同变化和不同的生活习惯风格迥异多姿多彩,对于世界各地不同种群的蜜蜂来说,它们所筑的巢穴,同样也是风格各异、千姿百态。在蜜蜂的大家族里,全世界已知的约有 100 科,超过 115000 种。那么它们是用什么材料来建巢的呢?一般来说,蜜蜂是靠身体分泌的蜂蜡来筑巢的。但也有例外,许多地方的蜜蜂由于受当地自然条件所限,建巢材料会有所不同。例如,胡蜂和大黄蜂用纸浆和泥土

来修筑蜂巢,每当春天来临,群居的胡蜂就开始忙着筑巢组建自己的王国了。我们经常说,造纸术是中国人发明的,其实聪明的胡蜂才是自然界里发明"造纸术"的始创者呢!它们先是用嘴啃咬风化或腐朽的木头,然后用嘴咀嚼并混合自己的唾液,从而得到和纸浆一样的材质,这种建筑材料使得蜂巢质地轻盈,但有很好的承重和保温能力。有些胡蜂甚至将它的蜂巢做成一个倒挂的莲蓬模样,挂在野外树木的枝丫上,这样既可以遮风避雨安身,又可以防止别的天敌的侵扰,安全可靠。

还有一些喜欢独居的蜜蜂,它们生活得自由随意,对住宅也不挑剔,随处安家。大多数野生蜜蜂会选择在地下挖洞产卵,还有一些蜜蜂就更省心了,它们为了省事,索性利用一些树上天然的洞穴安了家,毫不费心,也自得其乐。例如,德国有一种木蜂,它会在腐朽的木头上啃咬出一条通道,再将通道隔成一个个小屋,然后将卵产在里面,作为自己宝宝的巢穴,然后分配好幼虫的食品,同时还会用自己分泌出的丝、植物纤维或新鲜的碎叶片将蜂房和外界隔离,防止幼虫受到病菌的侵害。另外,还有一种沙漠石蜂,它将巢修筑在峭壁的石缝中,再用唾液将小沙粒混合成有黏性的泥浆,就像人类建造房子的水泥材料一样,用它来筑巢。因为沙漠石蜂是野生独栖性蜜蜂,它们建筑的巢室就像是粘在石头上带盖的泥罐,泥罐的外壁是用泥浆一层层堆起来的环形,而内壁却用唾液涂抹得光滑细致。完成一个巢室后,它们会紧挨着再进行建造,为繁衍后代做好准备。沙漠石蜂对于这种房屋的建造可以说是自然选择的结果,因地制宜,蜜蜂也像人类一样,对大自然有着极强的适应性。沙漠石蜂是沙漠里植物的传媒使者,在中国鄂尔多斯沙漠地区对多种濒危植物的保护和自然生态系统的平衡有着重要的作用。

在动物漫长的历史演进中,不管是天生的本能也好,还是后天的自然蜕变,生物与环境的依存关系是永恒的主题,我们人类的生存也依赖于地球环境的和谐发展。

20. 蜜蜂利用高科技手段寻蜜归巢

提起蜜蜂,人们首先想到的是它高超的采蜜技术和筑巢的本领,其实蜜蜂还是辨别方向的高手。养蜂场共同生活着很多群蜜蜂,每一个蜂箱就是一群蜜蜂,它们一箱箱地整齐排列,每个蜂箱的颜色和形状也都大同小异,那么小蜜蜂是依靠什么来找到自己家的呢?采集蜂每天都要飞到两三千米外的地方去采集花蜜,路途那么遥远,它们又是怎么准确找到回家路的呢?蜜蜂与其他哺乳动物一样,具有出色的智力和学习、记忆的能力,它不仅能够分辨不同的颜色、形状和气味,而且还能够辨别方向,具有超强的定位能力。

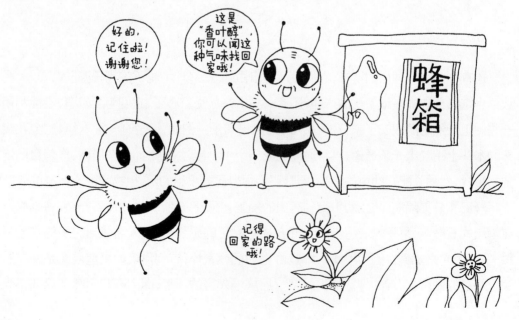

蜜蜂识途靠的是两种本领：一是"偏光导航"，二是"香气走廊"。蜂巢是蜜蜂生存发展的必然场所，也是蜜蜂们的避风港湾和安乐窝。每只蜜蜂刚出生3天就要出巢学习认巢飞行，一开始，它们会先跟着经验丰富的采集蜂去熟悉自己蜂窝周围的环境。它们头朝着蜂箱，观察蜂箱的颜色、形状和周围相邻物体的特征。慢慢地，它们开始扩大飞行的范围，它们反复地从蜂窝出发，向不同的方向飞行，同时会记住各个区域中经过的醒目标识，来记忆蜂箱的方向、位置和周围的环境。经过几天的学习，这些特征就会牢牢地锁定在它们的记忆里，为以后出巢采蜜能够准确找回家做着准备，即便是经过一个漫长的冬眠时期也不会忘记。不仅如此，长在蜜蜂腹部底端的嗅腺还会分泌一种叫作香叶醇的物质，这种物质会被老年蜂涂在蜂巢门口来训练经验尚不丰富的蜜蜂，它们扇动翅膀将气味分散到空气中，这样一来，蜜蜂们就可以根据气味找到自己的家。由此可见，蜜蜂的视觉和嗅觉在它们辨别方向时也起到了至关重要的作用。

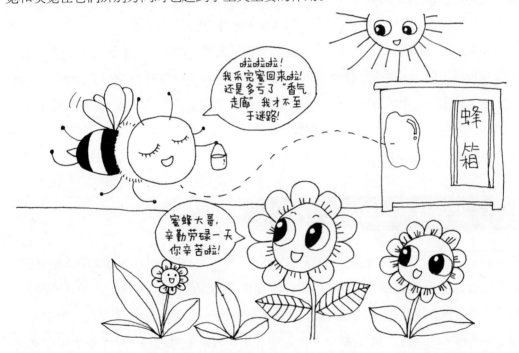

偏光就是人眼看不见的紫外线。许多昆虫能借助太阳导航，它们能感受由不同角度射来的光线，见到阳光即知方向。蜜蜂的头上有一对奇异的复眼，每只复眼由6300个小眼组成，光线进入眼晶体，通过晶锥，就到达含有感光色素的感光束。感光色素位于密集的微绒毛中，感光色素分子对偏振光特别敏感，因而有着良好的定向功能，能测出天空中各个地段的不同亮度。侦察蜂外出侦查蜜源地时,准确地说就像我们人类发射到太空中的卫星,卫星在太空中绕着地球转,带有 GPS 的移动目标。如汽车在不断移动的过程中不断地向空中发出数字信号,卫星接到地面上发来的信号后再反射回地面的接收器。不同于人类的是,蜜蜂是依靠蜜源地和太阳之间的夹角来告诉同伴蜜源地的位置,太阳就像是一个指南针,蜜蜂正是直接依靠太阳来辨别方向的。蜜蜂辨别方向的本领很大,斗转星移、天气变幻多端,即使是阴雨天,甚至是黑夜,蜜蜂依然能够准确地找到蜜源地并采集回香甜可口的食物,这是为什么呢?因为阴雨天也有部分紫外线能透过云层反射到地面,蜜蜂利用这一点偏光,就能感知太阳的位置,准确地飞回巢去。另外,在蜜蜂的腹部肌体中含磁铁晶体的细胞呈环状排列,利用地球磁场与之发生作用也能够感觉方向。即便是黑夜也能依循固定路线,并清楚地辨别方向。蜜蜂腹部嗅腺分泌香叶醇的物质留在飞过的地方,蜜蜂们沿着香气去采蜜,很多只蜜蜂来来往往,就在蜜源和蜂房之间形成一条"香气走廊",沿着这条"香气走廊",蜜蜂采运花粉归家,就不会迷路。

由此可见,蜜蜂这只小精灵在寻找蜜源和识别归巢上的本领还真远比我们人类高明得多呢!城市里,如果那些密如蛛网的道路不标上名称,家家户户不标上门牌号码的话,找到自己的家还是个大难题。然而,我们的小蜜蜂却与生俱来就掌握了利用太阳的偏光紫外线、地球的磁场以及自身的香囊中发出的香味等手段,再加上颜色、形状、环境等外界因素来辨识自己的家门,人类还真是自叹不如啊!

21. 蜜蜂也有天生的防身武器

自然界中残酷的食物链使得众多生物为了生存下去,演化出许多抵御敌人侵害的本领。比如,变色龙会根据周围环境的变化改变自身的颜色,使自己跟周围的环境融为一体来逃避敌人的眼睛;壁虎在遇到危险时会果断地舍弃自己的尾巴,用尾巴来吸引敌人,从而逃脱敌人的追捕,逃生的壁虎不久还能长出一根新的尾巴。蜜蜂不是食肉性动物,它不需要具备锋利的牙齿等主动攻击的武器,但是为了繁衍生息也必须有自己的防身武器。

蜜蜂的防身武器就是藏在它腹下的螫针,也就是工蜂未发育完全的产卵管,位于腹部末端,与毒腺相连。当螫针刺入敌人身体时随即注入毒液。在蜂群里只有负责保卫蜜

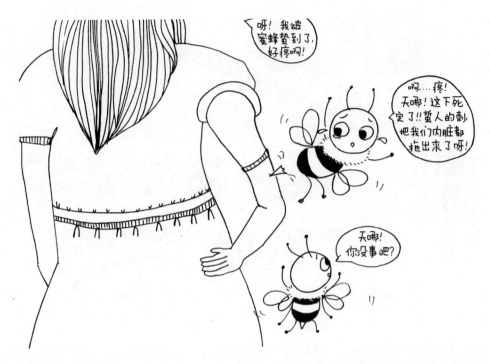

　　蜂王国安全的工蜂才有这种防御武器,雄蜂没有。螫针是蜜蜂们的作战武器,平时这根针在身上藏着,当自身或伙伴们遇到危险或其家园受到威胁时,才会把它的锋利"匕首"拿出来。螫针是锯齿状的,短而不尖锐,不会使敌人感到疼痛,使敌人感到疼痛的是随着螫针注入体内的毒液。蜂类毒液中含有蚁酸、神经毒素和组织胺等,能引起溶血及出血,对中枢神经系统具有抑制作用,还可使部分蜇伤者产生过敏反应。作战时,毒囊会一面喷汁,一面制造新汁,取之不尽。这种毒液能致其他昆虫于死命,哺乳动物感到疼痛难忍,受蜂群攻击严重时甚至能造成死亡。这种螫针对同类的昆虫,比如马蜂来说,蜇刺后蜜蜂还能将针抽出,所以不会死。但蜜蜂在对人实施蜇刺后,因为进入皮肤的针不容易抽出,所以螫针连同一部分后肠会被带出,这样一来,蜜蜂很快便会死亡。唯独黄蜂在刺人后,其螫针可以缩回,而自身不会受到伤害,且螫针还可以继续伤人。

　　由于蜜蜂天生所具有的防身自卫武器,加上它们那种效忠王国的团结奋斗、视死如归的精神,所以它们总是那样勇敢无畏。每当遇到危险时,甚至不惜以牺牲自己生命为代价来换取家族的安全。但是作为首战牺牲的蜜蜂来说,也并不会白白牺牲的,当它实施蜇刺后会散发出一种信息素,来告诉同伴们敌人的方位。古人们就利用蜜蜂的这一特点,把蜜蜂群作为战场上的一种特殊武器来作战,让前来支援的蜜蜂们一起奋勇抗敌。

例如在中世纪时，人们在城墙后养蜂窝，这样一来，如果受到敌人攻击，就将蜂窝扔向敌人，让他们接受蜜蜂螫针的"洗礼"。法国的亨利一世在被敌人包围时，士兵们就曾向敌人投掷蜂窝，致使敌人惊慌而逃，从而赢得了胜利。不仅如此，美国南北战争、第一次世界大战中都有使用蜂窝的记录。但是在生活中，一旦我们遇到蜜蜂在身旁盘旋时，最好不要用手拍打。如果是在野外不小心惹怒了野蜂引起骚动的话，千万不要惊慌失措，更不要拔腿狂奔，而应该利用地形或障碍物等做掩体就地蹲下，屏息静气，纹丝不动。继而可慢慢地移动随身携带的帽子、头巾等遮挡脸面和头颈，保持镇定，耐心静候 10～20 分钟，等野蜂恢复平静散去之后，再慢慢向后退出。如果不慎被蜜蜂螫了也不要慌张，轻轻地刮除扎入皮肤的螫刺，以防将蜂刺上的毒囊挤破，使更多的毒素进入皮肤组织。

22. 蜜蜂王国的王位世袭

蜜蜂王国里，当老蜂王逐渐年老，不能继续完成王国的使命时，她便开始培育一个新王来接位。这时的王国里面，工蜂就开始忙碌着建造未来女王的"宫殿"了，这个"宫殿"可是王国里最宽敞的了，比一般的巢房要大好几倍呢。

老蜂王在巢房里产下了受精卵，这粒受精卵受到了工蜂的特殊照料，每天都享受着

王国里最珍贵、最上乘的食物——蜂王浆。蜂王浆含有丰富的蛋白质、维生素和生物激素,为蜂王的成功羽化提供了丰富的营养。随着蜂王幼虫的生长,工蜂也不断地把台基加高,还在顶部封了蜡盖,为蜂王舒适、健康地成长提供了条件。

经过16天的特殊照料,处女王终于羽化出房了。处女王身体柔嫩,一边尽情享受着工蜂奉献的蜂王浆,一边由工蜂为它梳理身上的绒毛。刚出生的处女王活泼好动,对王国的一切都充满了好奇,一梳洗完毕就由工蜂陪着在蜂巢内熟悉环境了。

经过3天的成长,处女王已经强壮了很多,可以出巢学习飞行了。虽然是第一次飞行,但是处女王信心满满,丝毫没有胆怯。它昂胸缩腹,不停地振翅跳跃,但始终没有成功。因为它的体形要比一般的工蜂大很多,而翅膀却没有足够大,所以给它的初次飞行带来了很大的困难。它气喘吁吁,累得停了下来,工蜂连忙送来了水和蜂王浆。饱餐之后,处女王更有体力了,翅膀经过锻炼也更有力量了。飞行练习又开始了,这次顺利多了,处女王振动双翅,轻轻一跃,竟然飞了起来。它欣喜地在巢门口试飞,打量着巢外的风景。经过两天的练习,处女王已经完全掌握了飞行的技巧并且也能准确地辨认巢门方位,能够找到家了。

短短6天后,在蜂王浆的滋润下,处女王已经完全发育成熟,蜜蜂王国里繁衍生息的重要使命也在等着它去完成。但是要成为真正的蜂王,还需要进行婚飞典礼才可以加冕。动物世界里的昆虫、鸟类、哺乳动物等,雌性择偶往往都是选择在决斗中获胜的雄

性,只有这样它们才能确保得到最优秀的传代基因。在蜂群中,蜂王也要进行择夫竞选。

处女王是食用蜂王浆长大的,所以它体质强壮,飞行起来轻便灵活、急速迅猛,它的择夫标准就是雄蜂要有健壮的体魄,能够与自己竞飞。处女王在高空飞行中,完成了"空中婚礼",成为这个王国真正的"一国之君",这时的老蜂王便完成了交接使命,静静地等待死神的降临。

新蜂王担负起了整个王国繁衍生息的重要使命,它去空巢房视察,等到时机成熟,蜂王开始产卵了。它将头部探进巢房,细致地检查巢房是否清洁,用触角丈量巢房的大小,判断这间巢房究竟是适合雄蜂还是工蜂的生长条件,因为雄蜂和工蜂的体形要求各不相同,一旦确定后,约十几秒钟的时间就能产下一粒形体像香蕉的乳白色卵子。在蜂群社会中,蜂王的职责只管产卵,卵宝宝产下后则由工蜂来照料和养育,丝毫不用蜂王来费神。因为,每天仅仅产卵这一项任务就够蜂王忙活的了。繁忙季节,工蜂的寿命很短,一般只有 50 天左右,如果蜂王不抓紧时间产卵,稍有懈怠,这个王国就会后继无人逐渐衰弱,所以蜂王要昼夜不歇地连续工作十几天或是更长时间,有时连吃饭的时间都没有,只能由工蜂把蜂王浆送到它的嘴里。一只蜂王在一天内要产下 2000～2500 枚卵来,这些卵加起来的重量几乎超过了蜂王自身的体重,实在是令人惊叹啊!

在蜜蜂的国度里,这种世袭王位制度代代相传,从而保证了王国里人丁兴旺,繁荣昌盛。

23. 蜜蜂王国里也有"强盗"

在蜜蜂王国中,巢与巢之间由于各种原因,还不能做到桃花源中那种"夜不闭户"的安定生活,特别是在淡花季节或突遇自然灾害发生饥荒时,它们历经辛苦劳动所贮藏的赖以生存的蜂蜜还不时地会遭到别的蜂群蜜蜂来盗取,这种闯入别人巢穴中盗取食物的蜜蜂就叫"盗蜂"。出现盗蜂的原因有很多,除了自然界因素之外,与蜂群管理不善,如喂蜂时糖水洒在地上、蜂箱破烂和巢门过大等也有关。在一个养蜂场内,这种现象特别是当两个蜂箱距离太近时也容易发生。一般来说,盗蜂多数是强群里的工蜂,它们会选择防御能力较差的弱群、无王的蜂群、交尾群或者是病群等。严重时甚至还会发生整场蜂群之间互相盗蜜的现象。初期的盗蜂多为老年工蜂,它们常在被盗群蜂箱的缝隙和巢门

附近徘徊，神态举止慌张，所以常遭到被盗群守卫蜂的拦阻；一旦盗蜂有机会进入了被盗群蜂箱，就会饱餐一顿，直到腹部饱胀，并且会引来大量盗蜂，此时被盗群蜂箱周围常出现抱团厮杀的工蜂。在蜂巢内部守卫的门警蜂发现了可疑的盗蜂时，在整个蜂群内部会拉响预警信息，蜂群内部会立即采取紧急预案，增派强壮的工蜂来加强防卫力量把盗蜂轰走，全力维护本群的保卫工作。与此同时，门口的警卫工作也会更加严格，嗅觉灵敏的小蜜蜂们会对每个进入王国的蜜蜂进行仔细盘查，以免敌人混入蜂巢。因为每个蜂群都有自己独特的气味，小蜜蜂就是靠气味来分辨敌我的，特别是专职守门的警卫蜂触角非常灵敏，尽管一个蜂群中蜜蜂的数量高达上万只，但对那些进入警戒区的敌人，它们只要闻一下，就能分辨得出谁是外来的盗贼，谁是自己家里的人。即便是盗蜂想趁着采集蜂送花蜜的时机偷偷地混进去，也很难逃脱，会被警卫蜂的火眼金睛识别出来。在万般无奈的情况下，盗蜂往往会耍点小伎俩，会用点小恩小惠贿赂警卫蜂，挥动自己的触角和警卫蜂套近乎，或者从口中吐出一点蜜来行贿守门的警卫蜂，但是警卫蜂们才不吃这一套，它们早已识破了盗蜂的企图，仍然一动不动地抬头挺胸，像一架翘首待飞的战斗机，摆好姿态随时准备扑向来犯的敌人。

但是蜂群内部的防守毕竟是有限的，在养蜂场，为了防止"盗蜂"的偷盗行为，往往还

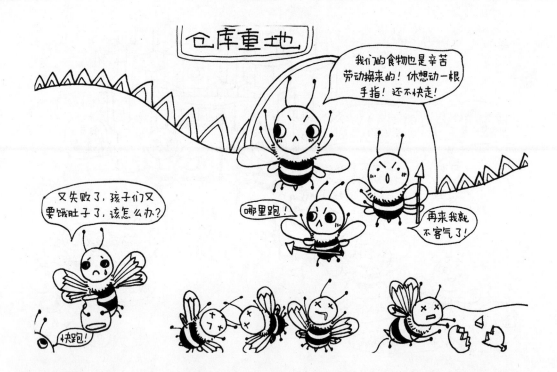

需要人为的干涉。例如,一旦发现在养蜂场门口有盗蜂出现,为了准确判别盗蜂蜂群的位置,养蜂人常常在被盗群的巢门口撒上白色粉末(如面粉、滑石粉等),然后巡查各蜂群,发现工蜂身上带白粉回巢的蜂群,就是盗蜂群。对于盗蜂的预防尤为关键,常年饲养应保持充足的饲料,在缺蜜期蜜蜂外出活动时,尽量减少开箱次数和时间,对无王群和弱群要及时进行合并,对缺乏食料的蜂群,要及时调入蜜脾或及早补助饲喂。喂蜂时,也要以先喂强群后喂弱群和当晚饲喂当晚蜜蜂能搬完为原则,不要让糖浆滴洒在蜂场上,还要注意填补蜂箱缝隙,抽出的巢脾要及时处理,不要乱丢。缺乏蜜粉源植物开花的季节,要注意缩小巢门。如果发生盗蜂现象,初期应立即把被盗蜂群的巢门缩小到仅能容一只蜂进出,同时涂一些有刺激味道的物质,如煤油、樟脑油、氨水和苯酚等进行驱赶。如果此法还是无效,就要找出做盗的蜂群,把它搬到别的地方,原位放一个空箱收集飞回来的蜜蜂。晚上给搬走的作盗群调入蜜脾,第二天再把它放回原地。把用于收集盗蜂的蜂箱放在原箱上面,这样就可以让盗蜂逐渐飞回原群。如果发生全场互盗时,所有的蜂群都要关小巢门,晚上给全场的蜂群都喂足糖浆,然后把蜂场搬迁到蜜源条件好的地方。

24. 蜜蜂为了生存而战

在蜜蜂社会中,每一群蜜蜂都是一个独立的"王国",在这个"王国"里,每只蜜蜂都兢兢业业为王国的兴旺和发展终生奋斗着。它们同舟共济,与王国共存亡。而在不同的蜂群之间,它们每天日出而作、日落而息,即使在同一个地方采集花蜜,也是"井水不犯河水",不会相互碰触对方,连陌路相逢时点一下头或打一声招呼都不会。不同的蜂群之间没有任何交情,有的只是为了王国发展的利益而引起的战争。

在花蜜繁盛的季节里,它们之间各自为酿蜜事业忙碌着,也无暇顾及对方的生活,过着自给自足、平静而殷实的小康日子。但是,随着气候的变化,田野间各种鲜花先后凋谢,在流蜜期末或在外界蜜源断绝的晴暖天气,蜂巢内部人丁兴旺,部落里存贮的粮食由于"人口"众多,生活渐渐入不敷出。每天大批精力旺盛的侦察蜂飞出去寻找蜜源,但是花季迟迟不来,无事可做的蜂群内部烦躁声越来越大,这时候那些年老的工蜂为了王国的生计开始到处游荡、窥探,把注意力集中到了和它们处在同一蜜源地区的其他蜂群里。

　　通过战争来转移自己王国内部的矛盾，扩大自己的生存空间，这不仅是人类社会的生存法则，也是蜜蜂在自然界中适者生存的需要。这些老工蜂们个个身强体壮，凭借着丰富的战斗经验，它们虎视眈眈地在别的蜂巢门口打转，趁机从巢门口向里面看看这个蜂群的战斗力，打探一下虚实，偶尔也会飞到蜂巢门前，伺机向巢门里进犯。此时把守巢门的警卫蜂当然不会放它进去了，所以一场你死我活的肉搏战开始了。一般来说，入侵者往往是势单力薄，寡不敌众，要么赶紧溜走，要么就是被打得缺胳膊断腿，或者战死疆场。在这种情况下，进犯者往往也会吃一堑长一智，更加小心谨慎，没有把握的话它们绝不敢贸然行动，但是不这样做拿什么去喂那些饥肠辘辘和嗷嗷待哺的幼蜂呢？它们也相信"天无绝人之路"，于是它们又想方设法，趁着守门的卫士一不留神或从某个缝隙间偷偷地钻进去急匆匆盗满蜜囊后，兴冲冲地飞回家，拿着初战的胜利品分发给大家，并且向它们汇报自己的战绩，它们要在自己的王国内部点燃这场侵略战争的火苗。

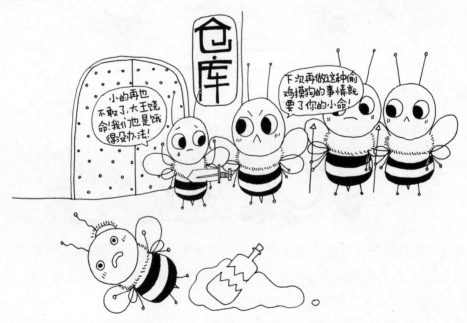

　　在饥饿的王国内部，老工蜂们带回来的战利品立即激发了众蜂们的兴趣，在老工蜂的煽动下，很快一部分蜜蜂就加入到了侵略者的行列中，它们开始对掠夺的蜂巢采取包围措施，这是一场侵略与反侵略、强与弱、攻与守、生与死的对抗战，双方虽然力量悬殊，

但对于保家卫国的一方来说,也是拿出了与家园共存亡的勇气。偷袭的老工蜂将被盗蜂群团团包围,它们将巢门口作为主攻目标,发出"吱吱"的挑衅,而守门的警卫蜂也毫不示弱,它们张开大颚,迎上敌人,傲然对视,也发出"吱吱"的叫声予以警告。本来心虚的侵犯者有的会被吓退几步,有的则胆大妄为,依然进犯,扑过去与敌人扭成一团。参与战斗的蜜蜂愈来愈多,它们捉对厮杀,足蹬针蜇,恨不得置对方于死地。巢门边上,侵略者步步紧逼,见缝就钻,保卫者左扑右挡,寸步不让。蜂巢边上蜂尸遍地,虽然入侵者中的老工蜂都劲头足、个头大,但是保卫者毫不畏惧,同仇敌忾,斗志昂扬,前赴后继。它们有的从巢中飞出来急匆匆赶赴战场,有的则从战场快速退回巢中,似乎是在向战场补充兵力,又好像是在进行战斗轮换。在战场的外围,还有的则时而交头接耳,时而各奔东西,好像是在进行战场警戒,又好像是在传递胜利捷报。然而,外围的情况以及不断增加的老工蜂的尸体说明,在这场残酷的战斗中,保家卫国者已经掌握了战场的主动权。而这些身为侵犯者的老工蜂,为了解除本群的饥荒问题,挑起了这场侵略战,虽然没有品尝到胜利的甜蜜,却成了为国捐躯、战死沙场的英勇"烈士"。

25. 成者为王,败者为寇

俗话说:"一山不容二虎",这种情况在蜜蜂王国中也同样存在。同一批出房的处女蜂王尽管是同母所生,但是因为王台的位置及哺喂的差别,体质会有差异,每一批处女王中,总有两只"鹤立鸡群",脱颖而出,它们体格强健,无疑是下一届蜂王竞选赛强有力的竞争者。谁如果能在这场激烈竞争中角逐获胜,谁就会夺得王者的宝座,也将有权参加加冕的"婚飞典礼",成为下一届真正的蜂王。处女蜂王竞选赛的第一阶段为前期的预选赛,每个选手找好自己的对手,一对一地进行厮杀,被淘汰者或身体伤残或一命呜呼,胜出者再另找对手进行对决,这样一轮下来,只能留下来几只获得下一轮复选擂台赛的资格。在第二阶段的复赛阶段,由于参赛选手的实力都很强大,所以竞争也异常激烈,可以说是进入到了白热化阶段。两只处女蜂王一旦相遇到一块儿,马上有一股无名的嫉火升起,它们相距2～3厘米后停住脚步,怒目对视,各自发出"哐哐~"的吼叫声,片刻后对视着开始转圈,就好像日本的相扑,二个选手在比武时相互拉开架势似的,相互在试探双方的实力,以便拿出一个先发制人,一定要击败对手的方案,在碰到体格条件相当的对手

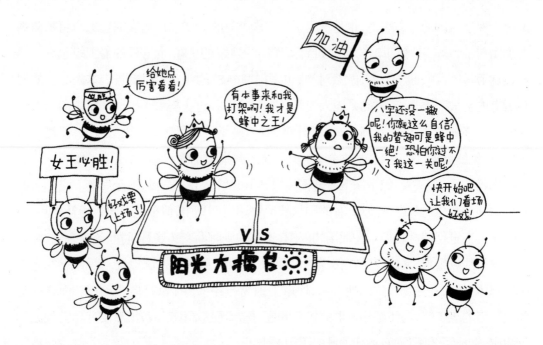

时，它们就更是格外小心认真对待了。一般来说，蜂王搏斗的主要武器是大颚、螫针和三对足。打斗时，用前、中足先将对方抱住滚打在一起，用后足使劲蹬踹对手，无论是出拳或蹬脚都专击对方的致命处，同时张大嘴巴咬住对方某一部位，并弯曲腹部，露出螫针，寻找机会将螫针刺入对方身体让它中毒身亡。

　　蜂王之间的这种残酷厮杀，一般要搏斗到一方被另一方打败，甚至直到用螫针把对方刺死为止。蜂王之间的这种天然敌对行为，到底是为了争夺王位还是其他什么理由，至今仍是一个谜。但据专门从事蜜蜂生态及行为学研究的专家认为，蜂王之间并不存在争权夺利。那它们之间势不两立、你死我活的打斗到底又是为了什么呢？如果说这是由于它们的习性所致，必须这样，那么作为主宰蜂群的养蜂人能否采取一些措施来改变一下它们这种自然天生的习性呢？可以在同一个蜂群中多留一只蜂王，让两只甚至三只蜂王共处一巢，这样可以加快繁殖速度，扩大蜂群的数量。于是有人曾经想出了一个有趣的方法来化解这种矛盾，选择两只势均力敌的蜂王，把它们的螫针都剪掉，再放到一起，让它们两个充分殴打、厮杀，因为双方没有螫针，谁也不能置对方于死地。结果，两王不分胜负，打了个平局，但都筋疲力尽，无力再战，只好握手言和，同处一室了。

26. 深入"虎穴"的卧底

在中国,有一种养殖千年的蜜蜂,它就是中华蜜蜂,又叫作"中蜂",是中国独有的蜜蜂品种。意大利蜂,又叫作"意蜂",是西方蜜蜂的一个品种。

20世纪80年代,中国开始大量引进意大利蜂养殖,意大利蜂养殖量渐渐超过中华蜜蜂。本来种群之间,每个蜂群都能保卫自己的家园,如果别的蜂群来的话,肯定是不能容忍的。为了深入敌后打进中蜂的巢穴中去,一群经乔装打扮的意蜂来到了中华蜜蜂蜂巢的门口,居然骗过了守卫蜂轻易地进入到了中蜂的巢穴内。因为意蜂和中蜂的翅膀振动频率相似,中华蜜蜂误认为这个家伙是自己人,就这样意蜂轻易地混进了中蜂蜂箱。众工蜂不仅对这个潜入的"间谍"深信不疑,而且还纷纷跑过来主动献殷勤示好,它们用蜂蜜饲喂这些它们眼中的雄蜂。此时,就连蜂王也丝毫没有察觉出它的王国里已经混进来了一个潜伏的敌人。然而受到特别照顾的意蜂,却像《农夫与蛇》里的那条毒蛇一样,不但不感恩,而且吃饱喝足后,还居心叵测地开始去执行此行的任务——寻找蜂王并将其刺杀。经过一番观察后,意蜂终于发现了目标,与此同时,又有两只意蜂混了进来,小小的蜂箱里顿时杀机四伏,这时的蜂王似乎已感觉到危险的信号,但也为时已晚了。意蜂已将中蜂蜂王逼杀到一个偏僻的角落,此时意蜂采取了先发制人的手段,用它的尾部对准蜂王,以迅雷不及掩耳之势将带毒的螫针刺向蜂王。意蜂在杀死中蜂蜂王之后,又招呼自己的同伴纷纷前来,开始盗走中蜂蜂箱里的蜂蜜,并与抵抗者展开了激烈的厮杀。要知道,这些蜂蜜是中蜂辛劳大半年储存下来过冬的食品,争夺食品实际上也就是在争夺生存的权利。仅仅几十分钟,中蜂蜂箱里的蜂蜜就被洗劫一空。中蜂蜂王死去了,失去了王国的工蜂们也各自飞散,一个"王朝"也就这样被入侵的敌人消灭了。

由于意大利蜜蜂只采大的蜜源,中华蜜蜂却能寻找零星的小蜜源,这才使得很多植物成为中国独有的品种。目前,全国中华蜜蜂仅存100万群,已经濒临灭绝,壮大中华蜜蜂种群,依然是任重道远。中华蜜蜂一旦完全灭绝,很多靠它授粉的被子植物都会随之逐渐消亡。因此,怎样才能保护中华蜜蜂不受意蜂的伤害而灭绝呢?为了保护中华蜜蜂,中国专门建立了中蜂自然保护区对中蜂进行保护。在保护区内禁止饲养意大利蜂,并相继出台了一系列优惠政策,鼓励中华蜜蜂养殖。同时,这场发生在蜂群之间的战争

也再次为我们敲响了警钟:某些外来物种的引进,虽然能够带来眼前的经济利益,但长远来看,存在着种种隐患,一定要统筹考虑,着眼长远,切实保护生态安全和农民的长远利益。

27. 本是同根生,相煎何太急

蜂群是一个高度科学的合作群体,独裁的恰当,民主的到位,对于蜂王的"统治",它们唯命是从,绝对服从,但反过来蜂王好像也服从于工蜂,因为工蜂随时可以废立蜂王,工蜂也可以培养蜂王……一切的出发点都是为了让自己的家族兴旺,大家同心同德,和谐相处。蜜蜂王国这个具有高度民主的社会,却在处女蜂王的培养计划中,也包含着自然法则优胜劣汰的竞争规则。虽然这些处女蜂王同为一个母亲所生,但"煮豆燃豆萁,豆在釜中泣。本是同根生,相煎何太急?"就如同古代帝王争夺皇位的战争一样,为了排除异己,它们自相残杀,在残酷的竞争中能登上蜂王宝座的只有一个。

对于处女蜂王的培养,也是蜂群内部统一决定后,一旦有"分家"的计划,那么头等大

事就是着手对王位继承人的培养。它们先是谆谆诱导老蜂王，让它在修筑好的一座座新王台内产卵，对于"接班人"处女蜂王的培养，它们采取依次分批的形式，每批相隔1～3天，每批培育3只以上，当蜂王在王台内产卵后，蜜蜂们便派出守卫蜂对王台严加看管，重兵把守，对这些在台内精心哺育出来的一只只幼王，它们将会参加王位的竞选，所以它们绝不会放松对幼王的保护和照料。当第一批处女蜂王羽化成功后，老蜂王已经离开了王位，而后一批的幼王还在王台内孵化着。这些新诞生的处女蜂王岂能容忍还有别的蜂王的存在，它们一心排除异己，将竞争对手置之死地而后快。对于第一批蜂王之间的战争，众蜂熟视无睹，不加任何干涉，对于蜂群来说，这场战争是不可避免的，也是必不可少的，只有通过相同条件下的相互较量，才可以从中选拔出最优秀的来担当本群的未来之王。经过残酷的战争，第一批胜出的处女蜂王虽然将同时诞生的姐妹杀死了，但它还不甘心，它决意要将这些未来的竞争对手统统杀死在襁褓中，为今后的顺利登基扫平障碍。它四处寻找机会，企图接近王台。这不是有悖于蜂群内部的公平竞争原则了吗？众蜂可不能让它这么做，它们在王台上下结成了一道道防线，同时发出"嗤嗤～"的警告声，面对众蜂的阻拦，处女蜂王还是不甘示弱，它不时发出"呸呸～"的示威，不时左顾右盼，希望找到机会。但是众蜂依然不让步，还是牢牢把守着王台，不让它越雷池一步。在处女蜂王的培养计划中，保证其在同样的条件下，公平、公正地竞争，从而选出优胜者，众蜂可谓是煞费苦心。但这种看似残酷却又合情合理的竞争方式，却印证了"物竞天择，适者生存"的自然法则，从这点上来看，我们在人类社会中帝王的产生也不可能如此公平。

28. 识时务者，当为俊杰

中国有句古话："识时务者为俊杰"，在蜂群的国度里，这个古训同样也适用。

在蜜蜂王国，"老百姓"工蜂几乎占了百分之九十几，而它们的平均寿命却只有两个月还不到，为了便于这个国度"人丁兴旺"，蜂王每天必须要产下2000多枚卵。但这样又带来了一个新问题——"人满为患"。有些蜂王还比较开明，能识时务顾大局，看得清形势，顺从民意主动让贤，培养新一代蜂王来接班，自己则心甘情愿地"退居二线"。但是有些蜂王则不愿意，它们总认为自己辛辛苦苦创业了一辈子，如今要把权利拱手让给别人，不但心不甘情不愿，甚至采取敌对的态度，拒绝在臣民们筑好的王台内产卵。当新的王

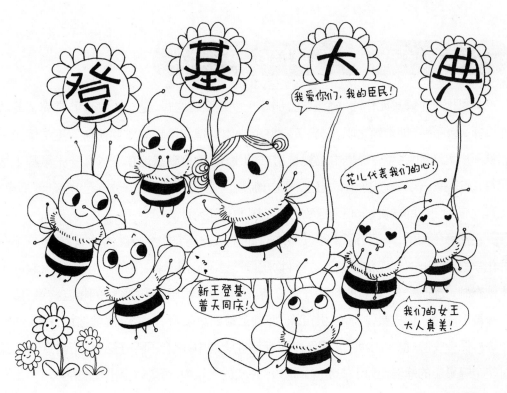

台建好后它装作没有看到,继续干自己的事,有时还故意躲得远远的,不顾臣民的民意,一意孤行,我行我素。面对这种情况,蜂群也有蜂群的办法。众蜂开始节制蜂王食量,同时增加侍从蜂的数量,很快侍从蜂就增多了,俗话说"人多好办事",于是它们每天派出几十个侍从蜂紧盯着蜂王,在蜂王身边形成两道蜂墙,构成一道通往王台的通道,在通道的最前面还有几只饲喂蜂在引路,走几步就回过头对蜂王伸出长吻,引诱蜂王慢慢走向王台,如果蜂王还是不愿意配合,后面的侍从蜂就推推搡搡,逼迫它走到范围狭小的王台内,因为产卵范围的限制,磨蹭了半天后,蜂王"临盆"了,无奈地只好产下了卵。所以在这个国度里,蜂王虽然是一国之君,但是必须听从众蜂的民意。由此看来,蜜蜂国度里的民主政治与我们人类的政治民主也是相通的,一个国家只有人民当家做主,统治者顺应民意,这个国家才能稳定,才能保证长治久安,繁荣昌盛。而在蜂群社会中蜜蜂当家做主,享有实实在在的主人翁的权利,这也是亿万年来蜜蜂之所以能在自然界中立于不败之地的缘故。

29. 在位时,忠于职守;退位时,主动让贤

如果把一个蜂巢比作为一个家庭,那蜂王就是众蜂之母,是一个发育非常完善的雌性母蜂,专门尽产卵繁殖之职,它肩负着整个群体繁殖和稳定的重要使命。正常情况下它从不出巢活动,终生在蜂巢中巡视巢房产卵生子,整日默默地在一张又一张巢脾上忙碌着,续送着一代又一代子女的出生、死亡,兢兢业业,勤勤恳恳,安分守己,丝毫不马虎,认真地履行自己的职责,全心全意致力于王国的兴旺大计。

在蜜蜂王国中,蜂王除了产卵以外,蜂王的上颚腺还有一个特殊的功能,它能分泌一种化学物质,叫作"蜂王信息素"。这种物质虽然看不见摸不着,但是作用非常大,它能牢牢地牵制、支配每一只蜜蜂的行为。一般情况下这种"物质"通过蜜蜂间相互接触,传导给蜂群中的每一位成员,起着吸引蜜蜂、抑制工蜂卵巢发育、稳定蜂群情绪的作用,使整个蜂群保持安静、稳定的状态。只要蜂王活动在蜂群中,就会不断分泌"蜂王信息素",这时整个蜂巢中的蜂群便处于安定祥和、秩序井然的气氛中,否则就会出现混乱。

然而,蜂王也和世界上所有的生物一样,不能做到长生不老。终有一天,当蜂王年事

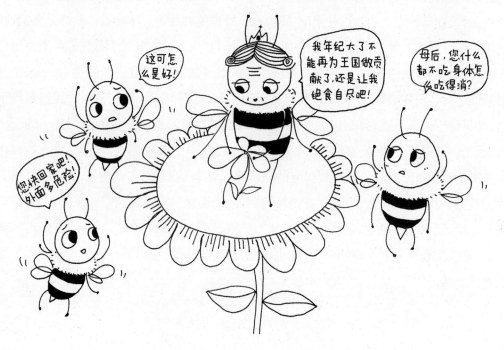

已高,产卵能力和分泌"蜂王物质"的能力逐渐衰退,不能再胜任王国的重任时,众蜂得到信息后,便会开始修筑王台。等王台造好后,年迈的老蜂王会主动向里面产下受精卵,蜜蜂们便开始精心哺育它们新的接班人了。这和自然分蜂时期不同,新蜂王的培育将面临老蜂王的"下岗"和末日的来临,可歌可泣的是,老蜂王并不会去考虑自身的权益和性命的安危,它积极地配合众蜂培育着理想的接班人。等到新的接班人竞选成功后,老蜂王还在默默地履行自己最后的职责,尽力去产更多的卵,直至新蜂王婚飞典礼过后,产卵走向正规,完全胜任蜂王之职时,老蜂王再采取绝食的办法来结束自己的生命。虽然众蜜蜂还是热情地饲喂,但是它表现冷漠,好像因为自己没有劳动不能白吃一样的想法,在一个风和日丽的早上,老蜂王慢慢地走出蜂巢,这可是它年轻出巢寻找伴侣婚飞后第一次离巢外出,然而此次出巢却是"壮士一去兮不复还"了。长期以来为了王国的大计它辛辛苦苦一辈子,老年"退休后"本该享享清福了,可它却选择了不归路。为了不给群体添负担,它跟跟跄跄地来到了田野的花丛中,溘然长眠于大自然,结束了自己辉煌的一生。老蜂王这种退位让贤、勇于献身的壮举,还真让我们人类为之动容。

30. 在蜜蜂王国里也会发生"宫廷政变"

蜜蜂王国是一个团结的整体，它们对蜂王忠心耿耿，尽职尽责，但是蜜蜂也是一种有思想的小精灵，它们并不一味地尊崇"王者"。在蜂群中偶尔也会出现蜂王遭到众多蜜蜂围攻的现象，这种情况大多出现在新老蜂王更替阶段，养蜂人委派新的"接班人"来替代老蜂王的工作，是要经过养蜂人的精心设计的。因为老蜂王已经具有了本群的气味，平时蜜蜂们对蜂王的维护、服侍也很称职，对于临时受命者，蜜蜂对它的工作能力还有待考察，如果这只蜂王也能够像老蜂王那样勤勤勉勉，尽职尽责，众蜂倒也无可厚非，但是如果这只新任蜂王稍有懒散，就会引起部分蜜蜂的不满和反感。积累到一定程度，它们就会发动"宫廷政变"，对新蜂王"欲除之而后快"，这也是蜜蜂敢爱敢恨的性格使然。在人类社会中，经常会发生对某一事物或人有正反两方面的看法，在蜂群社会中也同样，对新任的蜂王有一部分蜜蜂从心理上已经接纳了这位新的领导者，它们主张加以保护以观后效。这就形成了两大派，一派是反对派，另一派是保皇派。在矛盾不可调和的情况下，战争是解决问题的最好途径，况且它们都是雷厉风行的实干者，就这样，一场殊死拼搏的内

战开始了。原本平静祥和的蜂群内部变得群情激昂,它们纷纷停止了手中的工作,在选择自己的立场"站边"后,加入到了这场持不同立场对峙的战斗中。保皇派纷纷簇拥到蜂王周围,形成一个球形的保护层,全力抗击着反对派的进攻;而反对派则奋勇进攻,凶猛强悍,极力排除一切阻挠,力图靠近蜂王伺机行刺。蜂巢内部就像燃烧着的火球,蜜蜂们"人人"亢奋激昂,个个怒不可遏,这种搏斗有时候会持续数小时之久,伤亡程度甚至比盗蜂来侵袭时的场面还要惨烈。而这个时候蜂王的态度也至关重要,就像古代的宫廷政变时,有缴械投降悬梁自尽的国王,也有誓死抵抗的国王,更有带领部下逃跑的国王一样。蜂王也是这样,有的蜂王表现得沉稳强健,有利于保皇派这方;而有的惊慌失措,抱头乱窜,更容易丢失性命;还有一些蜂王会带领这些拥护者出逃。有时候养蜂人会在高高的树梢发现黑压压的一团蜜蜂,原来是蜂王逃跑了。如果逃跑的蜂王带领的蜜蜂太多,养蜂人就会对它们进行招降。养蜂人把一块满是蜂蜜的蜂巢伸到逃跑蜂群所在的树梢周围,蜜蜂闻到甜味就会飞到蜂巢上,然后养蜂人把蜂巢再移到蜂箱,这样来回好多次,逃跑蜂群带来的损失也就降到了最低。有时候逃跑的蜂群悬挂得太高,没办法招降,养蜂人就只有惋惜的份了。

31. 蜜蜂王国日益强大后的"分封制"

在鲜花盛开、百花竞放的春天，蜜蜂王国里的工蜂都加入到了争分夺秒抢收大自然赋予它们食物的攻坚战中。蜂王在这个时候也格外忙碌，因为这个季节也是蜜蜂王国最需要"劳动力"的时候，所以它不分昼夜，废寝忘食，埋头苦干，经常一边由饲喂蜂给它喂蜂王浆一边产卵，它以平均30秒产下一粒卵的速度扩充着王国的力量。有人曾做过这样的统计：在蜂王产卵最繁忙的季节里，一只蜂王一天平均能产2000～2500粒卵，这些卵经孵化后，再经工蜂三天的精心喂养，就很快能生产劳动了，它们源源不断地加入到繁忙的采蜜工作中。原本弱小的王国由于蜂王和工蜂的紧密配合及辛勤劳作，王国里的人丁成倍增加，蜂群逐渐发展成一个蜂多势众的"泱泱大国"。在实力增加的同时，日常的生产和蜂巢内的管理等事务也越来越多了，这些蜜蜂们永不停歇地为王国的事务操劳着。采蜜的工蜂早出晚归，白天采蜜晚上忙着酿造；养育幼虫的饲养蜂精心照料蜂宝宝，让它们茁壮成长，尽快投入王国发展大计的工作中；为蜂王产卵做准备筑巢扩房的建造蜂们也干劲十足，做出的房子干净舒适，整齐划一，让王国里的日子过得井井有条，蒸蒸

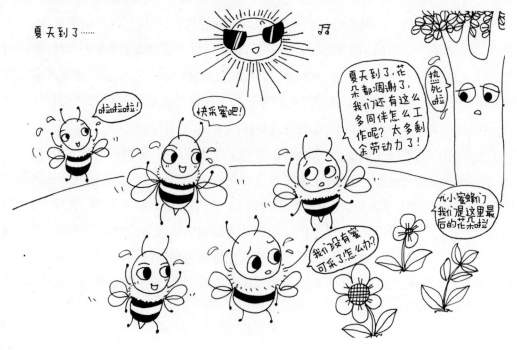

日上,红红火火。

　　但是随着夏季的来临,花朵逐渐凋谢,蜜源也开始缩小,王国内部逐渐出现一部分富余的劳动力,这部分失业者每天也跃跃欲试想外出去找工作,但是由于蜜源有限,工作也实在不好找,只好怏怏地回到家里养精蓄锐等待采蜜的工作机会。季节的更替变换,使花蜜源越来越少了,王国内部壮丁待业者越来越多,这样长时间地等待对它们来说真是折磨人啊!虽然王国内部吃喝不愁,但是它们的本性就是闲不下来,一生永不停歇,兢兢业业是每只蜜蜂从出生到终老恪守的生活准则。现在突然让它们无事可做,虚度光阴,尽管安逸舒服但是违背了自己的人生信条。对于它们来说,当生命的价值无法体现时,必定尽最大努力创造条件,改变生活,来施展自己的人生理想。不行!必须寻找新的出路。于是,这些待业蜂聚在一起开始商讨人生大计,它们不能再无限期地等待下去了,一场王国内部的变革在悄悄酝酿着,它们准备着重新建立一个王国。

　　如同人类社会发展一样,为了适应经济基础的要求,为了维护蜂群社会的长治久安,推动蜂群社会的发展和"民生"的改善,从而巩固蜂王的统治,确保蜜蜂王国强盛不衰,在蜜蜂王国里,蜂群也会像人类封建社会时期那样,采取诸侯"分封制"。西周时期,周王为了巩固国家政权,把王族、功臣和先代的贵族分封到各地做诸侯,建立诸侯国,并规定了

诸侯享有的权力和对周王应尽的义务。分封制以血缘为纽带，官职为世袭。西周时期的"分封制"从天子到士大夫阶层，就像切蛋糕一样层层分封下去，全国便形成了一个以周王室为核心，不断向周边辐射与向底部延伸的网络。由下向上观察，从地方诸侯到王朝天子，台阶连台阶地实施层层拱卫的格局，恰似一座基础庞大、结构牢固的金字塔。蜜蜂也巧妙地利用了这种"分封制"的自然分裂方式来进行种族繁衍，发展壮大自己的族群。当富余劳动力过剩时，随着物质条件的成熟度不断提高，蜜蜂王国里为了让它所能容纳的全部社会生产力充分地发挥自己的所能，大家都可以为蜜蜂王国经济的繁荣昌盛做贡献，于是这些过剩的生产力要求派生一个新王国的愿望越来越强烈。众蜂在商讨后达成了一致目标，将由老蜂王带领这些闲散劳动力另辟一个生产环境，创建一个新的独立王国，从而壮大自己的族群，做到人人有事做，它们便开始为"分蜂"做起了前期的准备工作。

32. 新王国的建立

在蜂群社会中，每当由于繁殖速度过快，巢中日益拥挤，直接影响到蜂群的正常采蜜、酿制以及幼蜂的成长时，就不得不采取分巢而居了。"分巢"也就是由探测蜂外出重新选址后，另建一个新巢，这个蜂巢要一分为二，因为只有分巢才能使蜂群维持正常的生产和生活，蜜蜂的这种行为叫作"分蜂"。当"分蜂"的目标明确后，众蜂就开始付诸行动了。它们首先将巢脾上的雄蜂房打扫干净，让蜂王产下未受精的卵，给处女蜂王培育众多可供挑选的夫婿。10天后，众蜂又在巢脾边角筑造了十多个整齐漂亮的王台，在这些王台里面将会诞生日后掌握整个王国生死兴衰的新一代蜂王，而从中挑选一个可靠的接班人是众蜂的共同夙愿。往往要在5～10个之中筛选出最优秀的一个，它不仅要体格强健，还要德才兼备。一旦蜂王经挑选确认后，众蜂们对新蜂王的培育会格外重视，它们每天都要用蜂王浆精心哺育这些即将争雄的新蜂王，同时还派专人保护它的安全，以免老蜂王对它们进行伤害。在大多数情况下，老蜂王与众蜂配合紧密，并按照王国内臣民的意愿去履行自己的职责。当处女蜂王出世登基完成自己的婚礼后，它就可以肩负起繁衍王国后代的职责了，此时老蜂王便默默地带领着愿意跟随自己出走的蜜蜂离开曾经创建的江山社稷，开始了新生活的征程。

分蜂当天的早晨,蜜蜂很少出巢,并且暂时停止了所有的采集活动。它们好像知道今天的活动意义非凡,是王国内部最为重大的分蜂活动。分蜂时间一般为下午4点左右,这时候要分蜂出走跟随老蜂王另立门户的老工蜂们都开始准备携带足够多的食物,因为它们将要另建巢房,需要消耗大量的体能,这些工蜂的蜜囊中都吸满蜂蜜,它们纷纷聚集在蜂巢壁的外侧和巢门踏板下。由于蜜囊饱满,它们腹部弯曲,腰也直不起来了。而那些还没有装上食物的出走者则非常兴奋,它们就像竞选时拉选票的助选者,四处奔走游说,希望发动更多的伙伴和自己一路同行。还有一些则围绕在老蜂王身边,用触角碰触老蜂王的翅膀,有的还非常兴奋地在一边跳起了舞蹈,意思是在告诉老蜂王:"我们快启程吧。"此时的老蜂王好像还在犹豫,又好像在恋恋不舍,前途未卜的它显然有些迷茫。但是它的追随者们已决意要离开这里,下定决心要开创新的王国。他们在巢房内呼呼振翅,喧闹沸扬,奔走鸣叫,迫不及待要赶紧启程了,因为它们憧憬着美好的新生活。在这种气氛的烘托下,老蜂王开始慢慢向外踱步,它边走边停,依依不舍,好像对曾经生活过的"故土"还留有深厚的感情,无限眷恋。是啊,自从老蜂王婚礼过后,它就寸步不离地守在这里,从来没有出过巢门半步,这是它婚后第一次出巢,眼前这一切都将永远不属于它了,能不凄凉吗?在打好行包准备出发的众蜂敦促簇拥下,老蜂王终于踱步走出了

蜂巢。此时巢外已经有不少的工蜂在巢前低空飞绕，一时间飞绕的蜜蜂逐渐增多，随着蜂王走出巢门，大量蜜蜂顷刻间"蜂拥而至"。参加分蜂的蜜蜂先在蜂场上空飞绕，然后在附近选择树干、房屋等地结成一团，等其余蜜蜂簇拥着蜂王进入分蜂团后，飞绕着的工蜂也快速落到蜂团上。在侦查蜂的带领下，这个球形的黑团开始向前移动，它们团结一致，紧紧护卫着蜂王。蜂团下方的中央形成一个空洞以利于空气流通，它们在高度3~5米的上空，和人慢跑一样的速度，没有锣鼓，没有鞭炮，更没有彩旗飘飘，就这样静悄悄地向它们的新家飞去。

到达新巢后，蜜蜂们会用带来的满腹蜂蜜开始泌蜡建巢房；还有一些蜜蜂开始在作辨识方向的飞行，准备出巢去采集花蜜；新巢门口还配有守卫蜂的岗哨。就这样，群蜂开始了它们的新生活，蜂王开始在新筑成的巢房里产卵，别的巢房里也贮存了蜜蜂新酿的蜂蜜，一个新王国建成了。

33. 蜂群"分家"时的保驾护航行动

分蜂前的蜂群内部大有"山雨欲来风满楼"之势，每只蜜蜂虽然没有言语，表面看起来平静如水，但是它们个个充满了热情。每一只蜜蜂的神经都绷得紧紧的，都在紧锣密鼓地为这项重大变革做着准备。随着准备工作的不断完善，它们神经末端的敏感度越来越高，机警地观察着周围的动静，个个如同箭在弦上，等待着分蜂时刻的来临。这个时期最为关键的事情就是保护幼蜂王，它是王国交替的接班人，是众蜂的希望和寄托，许多蜜蜂在王台的上下四周巡查着，精心照料幼王。对于老蜂王它们开始采取特殊集训，因为老蜂王长期从事产卵工作，腹部硕大，行动不便，加之翅膀长时间不用，飞行的本领已经大大衰退。老蜂王要带领它的臣民出走另觅家园，只有改变它现有的身体状况才能适应分蜂时的集体行动。在不影响蜂王体质的前提下，饲喂蜂对它的食量采取限制，同时一些蜜蜂也跟在蜂王后面追逐它，让它跑步锻炼，紧跟着的侍卫蜂也成了陪练团，簇拥着它不停地运动。这时的蜂王没有了平时的威严，虽然吃不饱但也不沮丧，每天兴致勃勃和臣民们一起到处游走运动，有时候还自己到蜂房中找些蜂蜜吃。这样训练几天后，蜂王

的体型发生了明显的变化,它又变成了一个窈窕淑女,腹部缩小了,身体也灵活了很多。

分蜂前的另一项重要工作就是寻找新居所,这项工作先是由分蜂中的积极分子出去侦察寻找,最后是众蜂拿主意。在考察过程中,可能上百只蜜蜂寻找的结果不同,对于它们带回来的信息,蜜蜂们先进行信息汇总,然后再筛选分析,等确定备选的之后,再派出一定数量的"考察团"进行实地考察,反复论证,看备选的哪个更适合。

蜜蜂这种对蜂王的无限忠诚和护恋之情,在进行分蜂活动的特殊时期尤显突出。每当分蜂团正式踏上征程时,对于从未出过门的老蜂王来讲,这个旅程并不轻松,振翅远行还真有些困难,刚开始老蜂王的飞行速度比较慢,并且飞行高度也很低,这种情况就更增加了蜂王处境的危险性。蜜蜂们采取一系列的"保驾护航"行动,它们将蜂王团团围在中间,形成了个由蜜蜂组成的球状保护团,这个大球在空中慢慢移动着,有的蜜蜂在前面引路,有的则跟在后面护驾,大部队则环绕在蜂王的上方和左右,以防有飞鸟等从天而降的敌人对它进行空袭。有人用高倍望远镜看到过这样一个镜头:在分蜂团的飞行过程中,突然前面冲下来一只号称"蜂虎"的飞鸟,这种鸟是蜜蜂的天敌,它的飞行速度比蜜蜂快,专门以捕捉飞行中的蜜蜂为食,而作为蜂王来说,它从未外出过,自然也不知道这其中的厉害,仍在低头飞行,面对这种危险的处境,蜂王一无所知。就在飞鸟即将冲下来的瞬间,跟在后面的护卫队突然加快了飞行速度,奋力越过蜂王将其团团围住,并且迫使它迅速下降,而另一部分蜜蜂则与蜂虎展开了周旋,掩护蜂王脱离险境。通过这次蜜蜂分巢的过程,可以看出,蜜蜂王国里,蜂王作为一国之君不仅享有至尊至上的威望,而且深受臣民的拥护和爱戴,所以在关键时刻,它们能做到挺身而出,不顾自己的生命也要把生的希望留给自己的国王和伙伴们,将困难和危险自己独揽。蜜蜂为了自己母亲和伙伴们的安危,置自己的生死于不顾,这就是蜜蜂的大无畏精神,真是值得我们人类由衷地敬佩。

34. 同仇敌忾御天敌,保家卫国齐协力

俗话说:"一物降一物",地球上每一种生物都有其相对应的天敌,也就是它的上游食物链。比如植物长出的叶和果为昆虫提供了食物,昆虫又成为鸟的食物,有了鸟,才会有鹰和蛇,有了鹰和蛇,鼠类才不会成灾。当动物的粪便和尸体回归土壤后,土壤中的微生物会把它们分解成简单化合物,为植物提供养分,植物再长出新的叶和果。这就是大

自然的食物链,有了这种循环,自然界的物种数量才能保持平衡,人类才会存在于一个健康的生存空间中。

对于自然界里的蜜蜂来说,它的天敌可真不少,包括燕子、蜂虎、山雀等食虫的鸟类,还有蚂蚁、蜘蛛、天蛾、蜻蜓等。蜜蜂的天敌虽然众多,但是任何一个天敌都不可能因吞食了几只蜜蜂而把整群蜜蜂毁灭掉。寒冷的冬天,绿啄木鸟找不到吃的,就会用强有力的喙啄穿蜂巢,啄食闭

门过冬的蜜蜂。还有一种蜂鹰由于羽毛密实,因此不怕蜜蜂叮蛰,它们捣毁蜂巢啄食蜂卵和幼虫。还有一种大胡蜂,它抓住蜜蜂后先挤压其腹部取出全部花蜜,然后把蜜蜂残体留给自己的幼虫当食物。羽翼轻盈的蜻蜓也把蜜蜂当作美食来享用。对擅长布下天罗地网的蜘蛛而言,更是喜欢在花冠里设下陷阱捕捉蜜蜂。

蜜蜂虽小,但它的蜂房却是难以攻破的堡垒。熊的力气巨大无比,它身圆腰粗,可是动物中的大力士,它也喜欢吃蜂蜜,每发现一处蜂巢就会伸出大手去抓。可它一旦袭击蜂房,蜜蜂们也绝不示弱,它们有着王国严密的组织,最终大熊会在蜂群的攻击下,鼻青脸肿地狼狈逃窜。

在蜜蜂王国里,它们有着一整套严密的"保卫"制度和分工,在巢门口机警万分的"哨兵"总是守卫着蜂房的大门,"外来者"想要偷偷摸摸地溜进去几乎是不可能的。可是有一种叫"鬼脸天蛾"的昆虫,它的翅膀和腹部呈黑色和黄色,背上有"鬼脸"一样的黑白斑纹,只有它才有本事大摇大摆地混进蜂房。蜂王的声音不同于"平民百姓",鬼脸天蛾会模仿年轻蜂王的"嗓音",发出一种特别急促的声音,这种声音对于蜂群来说,就像是念咒语一般,使它们肃然起敬,俯首帖耳。有一天,"鬼脸天蛾"发现了一个蜂巢,便打起了蜂蜜的主意。它好像熟知蜂王内部的组织结构,知道蜂王享有至高无上的权力。它飞近正采蜜的工蜂,只一声轻轻地"召唤",工蜂立即停止"工作",以为"新蜂王"在唤它起驾回巢,便领着天蛾向蜂房飞去。因为它模仿年轻蜂王的声音,以假乱真,天蛾来到蜂巢旁,

同样以声音作为"敲门砖",警卫蜂以为蜂王驾到,赶快迎来接驾,到了蜂巢后,天蛾敞开肚皮,大吃大喝,饱餐之后,还偷盗一些蜂蜜藏进身体里,然后在工蜂的欢送下,大摇大摆、镇定自若地走出蜂房。"鬼脸天蛾"不仅伪装窃蜜,有时候也会强行占领蜂巢。当它闻到蜂蜜的香味,便从巢门或裂缝中潜入,用翅膀拍打蜜蜂,鬼脸天蛾的躯体坚硬,蜜蜂难以蜇刺抵抗,造成大量伤亡,"鬼脸天蛾"强行占巢并盗蜜,是蜜蜂天敌里不折不扣的狡猾猎手。

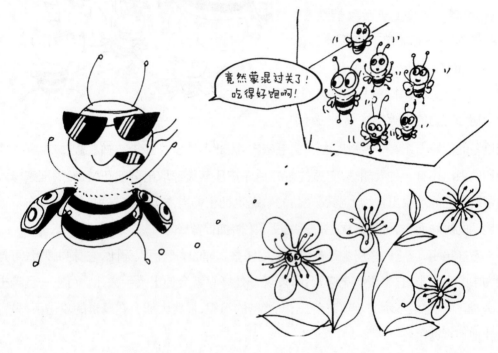

第二篇

第二篇

蜜蜂的高尚品质和精神

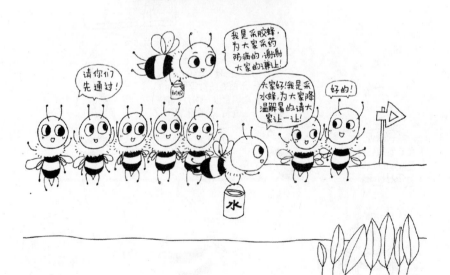

听妈妈讲那蜜蜂王国里的趣事 / Hearing Mama's account of the interesting stories in Bee Kingdom

35. 分工明确,各司其职

蜜蜂是一种社会性昆虫,不能以个体生存,它们集体生活在蜂巢或养蜂人为它们提供的"蜂箱"里。对于群居的蜜蜂来说,失去群体就意味着失去生命,而拥有群体则拥有一切。一个蜂群往往能在一个月内由小团队变成非常强大的团队,在这个大团队中,法规严明、信息灵通、上下统一,俨然是一个讲民权、重文明的王国社会。它们分工明确、各司其职、精诚合作,总是圆满完成各自所负的任务,保证了蜜蜂王国的安定和谐、繁荣昌盛,使蜜蜂王国形成了一个绝对高效的集体。

每一个蜂巢或蜂箱就是一个"蜜蜂王国",每一个"王国"由蜂王、雄蜂和工蜂组成。蜜蜂为什么会有蜂王、雄蜂和工蜂之分呢?因为蜂王产的卵有两种,一种是受精卵,一种是未受精的卵。雄蜂是由未受精的卵发育而成的,它们只在婴儿时期才吃2～3天蜂王浆,以后改吃蜂蜜和花粉。蜂王和工蜂由受精卵发育而成,蜂王终生都吃蜂王浆,而工蜂和雄蜂一样只在婴儿时期吃2～3天蜂王浆,以后改吃蜂蜜和花粉。蜜蜂王国和人类社会一样,它们分工明确,团结协作,共同维持着秩序井然的集体生活。下面我们就来认识

一下蜜蜂王国的成员们，看看它们在这个国度里是怎样生活和工作的。

首先要介绍的是蜜蜂王国里最重要的成员——蜂王。当然，一国不能二君，一个蜂巢里面只能有一只蜂王，这只蜂王控制着整个蜂群的活动，失去了它，蜜蜂王国也将不复存在。蜂王是蜜蜂家庭里的母亲，只有它能生儿育女，这也是它一生中唯一的任务。它的一生中除了短时间的"旅行结婚"外，其余时间都待在蜂巢里产卵，再也不出巢门一步。蜂王过着优裕的生活，每天吃着最高级的食物——蜂王浆，寿命能达到3～5年。

雄蜂，蜜蜂王国中的"男性公民"，一生唯一的任务就是与蜂王交配。蜜蜂王国是个典型的"母系社会"，一个蜂巢里有600～800只雄蜂，但是它们在王国里毫无地位。除了繁殖季节外，整天都无所事事，好吃懒做。它们身体强壮，食量是工蜂的5倍，但是它们从不劳动，宁愿饿死，也不去采花酿蜜。因此，在天气好、蜜源充足的时候它们还能生存，但到了冬天蜂蜜不够吃的时候，工蜂常常把它们赶出巢外，任其饿死在寒风中。

生物学家称蜜蜂为社会昆虫，所以在蜜蜂的国度里，也像人类那样做了分工，它们各司其职，忠于职守，而且往往是干一行、爱一行。那它们是怎么分工的呢？譬如，工蜂在蜜蜂王国里数量最多，在一个蜂巢中一般能有成千上万只。它们虽然和蜂王一样是雌性，但是由于食物不同，生殖器官退化，所以不能繁殖后代。工蜂是蜜蜂王国里最主要的劳动力，它们负责着王国里除了生育外的一切事物。服侍蜂负责服侍蜂王的生活起居；保姆蜂负责照顾刚出生的蜂宝宝；清洁蜂负责清洁蜂房，保持蜂巢的清洁；酿乳蜂负责酿造蜂乳供蜂王和蜂宝宝食用；建造蜂负责分泌蜂蜡建筑巢房；采水蜂负责外出吸水；采集蜂负责采集花蜜和花粉；侦察蜂负责保护王国安全，防止敌人入侵；采胶蜂负责外出采集树胶供王国使用。但需要说明的是，所有工蜂的工作都不是一成不变的，它们虽然有分工，但是分工不分家，它们要参加哪项工作都是按照各自的身体各阶段发育情况来决定的。它们从出生就开始工作，直至耗尽生命，所以，工蜂也是蜜蜂王国里生命最短暂的，繁忙季节，工蜂的生命往往只有一个月。

36. 民以食为天,蜂以蜜为粮

俗话说,"民以食为天",在蜜蜂王国里也一样,人类一日三餐吃小麦、大米,而蜜蜂一日三餐所吃的是花蜜和花粉。然而在自然界中,各种植物的花开都有很强的季节性,有的花朵盛开的时间只有几天,而且一旦进入冬季,漫山遍野白雪皑皑,蜜蜂待在巢内寸步不出,进入了休整阶段,所以每逢秋末冬初,蜜蜂要赶在植物花败之前完成食物的"抢收"工作,为绝蜜期做好储粮准备。尽管如此,有时也会断炊,此时养蜂人也会喂养白糖浆给它们吃,但是蜜蜂从来也不会把它当作一种坐享其成的指望,它们依然习惯了自食其力,不怕辛劳艰难,到大自然中去采集食物过自给自足的生活。

为了生产和备足越冬的口粮,日复一日,年复一年,小蜜蜂们始终遵循它们千万年来所养成的习惯。每当春末夏初花朵产蜜期来临时,蜜蜂们全体总动员,全力以赴地投入到"农忙"季节中去,探蜜的探蜜、采集的采集、酿造的酿造、建房的建房,个个都忙得不亦乐乎。因为它们知道如果错过了花期就等于贻误了一年的收成。首先,它们必须要找到大规模的蜜粉源,这是战斗成功的开始,这项任务一般是由侦察蜂来完成,侦查蜂需要弄

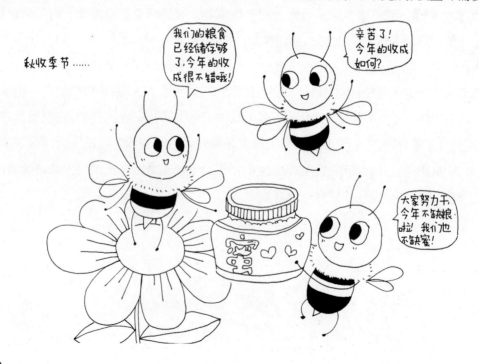

清楚蜜粉源的种类、面积、盛开状况、与蜂巢的距离和方向等。然后,向大部队反馈真实准确的情报,蜜蜂群会根据情报派出数量合适的蜜蜂前往采集,做到合理的部署。接受采集任务的工蜂,会按照侦查蜂提供的信息飞往采集地,开始采集花蜜和花粉的战斗。

那么,工蜂是如何来完成采集花蜜和花粉的任务的呢?它们自身身体的构造为它们完成任务创造了条件。工蜂的口器,也就是嘴比较有特点。根据昆虫取食方式和食物类别的不同,昆虫的口器一般有以下几种类型:咀嚼式口器和刺吸式口器、虹吸式口器、舐吸式口器和嚼吸式口器。嚼吸式口器既能咀嚼固体食物,又能吸收液体食物,蜜蜂的口器就是此类口器的典型代表。它的口器保持着一对左右对称刀斧状的上颚,这种口器既具有咀嚼固体花粉的功能又具有建筑蜂巢的本领。它的下唇延长,与下颚、舌组成细长的小管,中间有一条长槽,有助于吸吮的作用。每当蜜蜂钻进一朵花里去,它会把小管深入花蕊中,舌头一伸一缩,就好像吸管吸水一样,蜜汁就顺着小管子吸到蜜囊里去了,这样便可源源不断地吸取蜜汁,吸完一朵再吸另一朵,直到蜜囊里装满为止。蜜蜂有了这样的口器,所以既能采花粉,又能吸吮花蜜。蜜蜂自身的体重为 90 毫克,可以储存最多 40 毫克的蜜,它们几乎可以运送相当于自己体重一半重量的蜜呢!

那么蜜蜂又是怎样采集花粉的呢?这就要归功于蜜蜂的一对后足了。蜜蜂的后足

跗节格外庞大，外侧有一条凹槽，在周围长着又长又密的绒毛，组成了一个"花粉筐"，适于携带花粉，它的第一跗节扁平，内侧有硬鬃毛形成的一把花粉刷，能把花粉刷进筐里。蜜蜂的这种能携带花粉的脚，叫携粉足，当蜜蜂在花丛中穿梭采集花蜜时，身上就沾满了金黄色的花粉，它们用足扫下身上的花粉，再掺和一点花蜜，把花粉弄湿，搓成花粉球，然后再把它收集在"花粉筐"中，当花粉筐里盛满了花粉球时，蜜蜂就会停止采蜜采粉，小心翼翼迅速地飞回家。

采集蜂满载而归飞回巢时，蜂巢外几只接应蜂马上就迎了上来，它们用触角轻轻抚摸着采集蜂的头部和腹部，为采集蜂的辛苦收获表示安慰和庆贺。此时的采集蜂连喘口气、歇个脚都顾不上，立即将花蜜吐出到口器内，再由接应蜂把花蜜吸取到自己的蜜囊里。这样既能加快卸载的速度，又有利于花蜜的酿造。花蜜卸载完后，采集蜂找到一间空着的巢房，先把后足伸进去，用中足的基跗节把筐里的花粉球推落在房内，再用两腿互相摩擦，把花粉全部扫落。然后，向花粉上吐一点蜜汁，把花粉球咬碎，再用头将花粉顶结实，当蜂房里面装满了花粉后，它们就会用蜂蜡再把口封起来，这样，可以使花粉保存很久而不变质。卸载完成以后，采集蜂又匆匆的飞回采集地开始又一轮的采集工作。在蜜蜂王国里，所有的成员各司其职，从不让自己闲下来，哪里有需要就往哪里去。

蜜蜂与人类相比，身躯渺小，但是它们在劳动中表现出来的勤奋精神不容小觑。它们从出生后第21天起就开始劳动，从早到晚，从春到秋，都勤劳工作直到死亡，为蜜蜂王国的美好明天奉献了一生。每天勤劳一点就会创造更美好的生活，是蜜蜂留给人类的箴言。

37. 逆风飞行，不惧困难的小蜜蜂

在亿万年的历史长河中，动植物不断地在演绎着进化、繁衍、盛行继而灭绝的优胜劣汰法则。在残酷的物竞天择、适者生存的物种演变过程中，曾一统天下的"巨无霸"——恐龙，在6500万年前的一次行星撞击地球的气候巨变中绝迹消亡。然而蜜蜂却一直存活到现在，并且依然保持着五六千万年前的形态与生活状态。更难能可贵的是，它们凭借自己吃苦耐劳、勤奋敬业、团结一心的精神，家族兴旺，还繁衍出了数百个品种。如今它的子孙遍布全球各地，可谓"四海之内皆兄弟，天下无处不蜜蜂"，成了昆虫纲目中"高级进化"的类群，让我们不得不赞叹它的神奇！

　　在蜜蜂的大家族里,强烈的抗逆性是它们最为显著的特征,它们不怕困难,具有顽强拼搏的抗争精神,在敌害面前如此,对待自然现象也是这样。植物在受到胁迫后,一些被伤害致死,另一些的生理活动虽然受到不同程度的影响,但它们可以存活下来。如果长期生活在这种胁迫环境中,通过自然选择,有利性状被保留下来,并不断加强,不利性状不断被淘汰。这样,在植物长期的进化和适应过程中,不同环境条件下生长的植物就会形成对某些环境因子的适应能力,即能采取不同的方式去抵抗各种胁迫因子。植物对各种胁迫(或称逆境)因子的抗御能力,被称为抗逆性。同植物一样,蜜蜂的体内也存在这种抗逆因子。

　　也许,这也是蜜蜂这种弱小生物能够在自然选择面前不但存活了下来,而且种群繁衍强大的原因。对于蜜蜂而言,如果风力超过了3级,它们在逆风飞行过程中的阻力就会大大增加,特别是对于采满蜜囊和两腿装满花粉的蜜蜂来说,就如同逆水行舟,负担重且阻力大,一阵疾风刮来,如此薄小的翅膀即使使劲地上下扇动,也会像惊涛骇浪里的一叶小舟,上下翻飞,时进时退,艰难险阻可想而知,但是它们却从未因为大风而耽误出门采蜜的时间。在大风中小蜜蜂也极易迷失方向,因为为了减少阻力,它们不得不紧贴地面低低地飞行,这就给它们辨认自己的巢穴造成了困难。在养蜂人的蜂场内,因为大风天气而找不到家的蜜蜂们在寻找新居所时，却并没有顺风而下，而是逆风飞行，最终选择了处在上风头顶端的新巢。蜜蜂的这种抗逆性给我们又带来了怎样的启示呢？在困难面前不消沉，不畏艰难险阻，逆风而上，以到达顶端为最终目标。

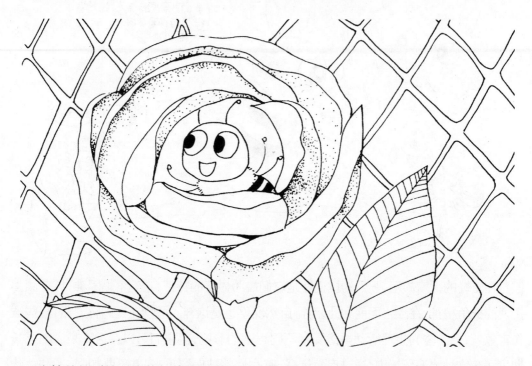

蜜蜂的抗逆性对生物机体的抗逆性研究具有重要的意义，也是目前人们对蜜蜂基因研究的热点。生物体都有一套精细的抵抗外来或内源性有害物质的防御系统。中华蜜蜂是中国优良的土著蜂种，对维护植物资源多样性，促进养蜂业的可持续发展具有十分重要的意义。同时，中华蜜蜂也可以作为模式生物用于社会行为和学习记忆导航行为等的研究。但是由于环境恶化，蜜蜂的工蜂蜂群在从幼虫、蛹到成虫的发育过程中，会遭遇各种应激，使其生存存在危机。因此，为了更好地保护和利用中蜂这一特有的种质资源，目前人们正从分子水平对中蜂独特的抗逆性生理功能进行研究，从而发现更多蜜蜂身体的奥秘。

38. 蜜蜂酿蜜堪比酿酒，工艺复杂

采集蜂辛辛苦苦把花蜜采集回来后，还需要酿蜜蜂把花蜜进行深加工酿造成蜂蜜，这样它们的食物才会更可口、更有营养、更加利于长时间的储存，可以说蜜蜂的整个酿蜜过程也是蜜蜂为群体储存食物的过程。采集蜂采集花蜜后飞回蜂巢的路上也会充分利用时间，对采到腹中的花蜜在口器中反复地咀嚼，虽然满载着花蜜和花粉飞行已经十分艰难了，但是它还是不肯浪费一分一秒的时间。经测定，采集前自然花蜜的含糖量为45%，经过30分钟的飞行进巢时，花蜜的含糖量约为60%，水分排出了15%，使含糖量提高了15%。

花蜜是蜜蜂酿蜜的原材料，它是有花植物的蜜腺分泌物，主要成分是蔗糖、多糖和一些氨基酸、维生素、矿物质等。空气湿度的大小影响着花蜜的浓度，比如椴树在空气湿度为51%时，花蜜含糖量为72%；湿度为100%时，含糖量只有22%，而蜜蜂往往喜欢采集含糖量高的花蜜。蜜蜂发达灵敏的嗅觉可以准确地测试出花蜜的含糖量，并优先选择含糖量高的花蜜进行采集，但是浓度过高也会增加采集的难度。蜜蜂聪明的大脑能够迅速

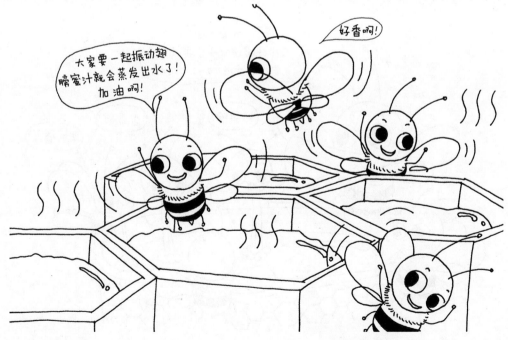

计算出采集量和产蜜量的关系,并以最快的速度先将易采的抢收回巢,继而转战浓度高、难度大、速度慢的。蜜蜂聪明的选择提高了采蜜的成效,使自己的利益得到了最大化。

蜜蜂把原材料花蜜酿成营养丰富、味道鲜美的蜂蜜,是一个相当复杂的物理变化和化学反应的过程,需要分离出花蜜中多余的水分,并加入大量的转化酶等有效成分,把花蜜中的蔗糖、多糖等转化成葡萄糖、果糖等更为高级的单糖。这种转化酶来自于蜜蜂体内的分泌腺。酿蜜蜂不时地将花蜜吸入蜜囊中,上腹部剧烈地搐动以加强蜜囊的运动,使花蜜和转化酶充分地融合,并频繁将花蜜反刍回口器反复地咀嚼,以利于花蜜和转化酶发生反应,促使蔗糖尽快转化成葡萄糖和果糖。如此达到一定程度时,就把蜜滴放到巢壁之上,给予一定时间使之进一步熟化,这一过程也是蜜滴中水分蒸发的过程。这滴蜜滴会被蜜蜂反复吞吐 100～240 次左右,就变成了香甜的蜂蜜。但是这时酿出的蜂蜜中的含水量还比较多,这样既占地方又不容易长久贮藏保存,酿蜜蜂还要通过振翅来控制蜂巢的温度和通风,来加速蜂蜜中水分的蒸发,有的甚至把蜜珠挂在嘴上,以促进水分蒸发,使花蜜浓缩。

最后,酿造好的蜂蜜合格品会被蜜蜂及时分批集中起来,它们将悬挂在巢房壁上的蜜滴按照酿制的程度,一个巢孔一个巢孔地进行归类清理,同等成熟度的被集中到同一个库区的巢孔中单独存放。巢脾上方和边角部位存放成熟度较高的蜂蜜,下方及中间部

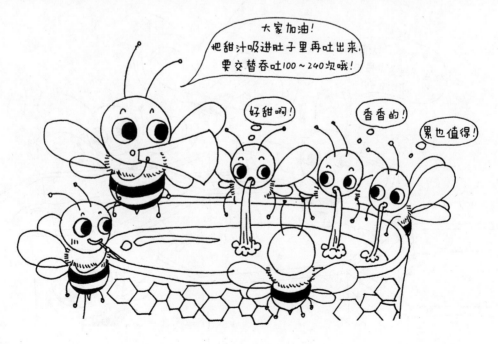

位存放成熟度较低的蜂蜜。正常情况下,新采进的花蜜要经过3～4天的酿造,即可加工成成熟的蜂蜜。成熟的蜂蜜其含糖量约达75%,含水量在20%以下,氨基酸、维生素、矿物质、酶类等其他物质约占余下的5%。成熟的蜂蜜,几乎可以被蜜蜂完全消化吸收。这对蜜蜂在越冬期间被迫几个月不能出巢排泄飞行,具有重大作用。成熟的蜂蜜盛满巢房后,蜜蜂会巧妙地在巢孔口紧贴蜂蜜表面加封一层蜂蜡盖,使蜂蜜和外界隔绝。这样既能防止杂物污染,又能隔绝空气,保持蜂蜜原有的天然营养成分和特性。当冬季来临,外面再也找不到蜜源时,蜜蜂们才打开蜡盖,从里面吸食蜂蜜。一间巢房里的蜂蜜吃完以后,它们再打开另一间仓库的蜡盖。一窝蜜蜂一年可以酿造50～100公斤蜂蜜。

　　工蜂是辛勤的劳动者,在短暂而又忙碌的一生中,它们不仅养育了幼蜂,照顾了蜂王、雄蜂,更为人类献上了甘甜的蜂蜜。《荔枝蜜》中赞叹道:"多可爱的小生命啊!对人无所求,给人的却是极好的东西。蜜蜂是在酿蜜,又是在酿造生活;不是为自己,而是为人类酿造最甜的生活。蜜蜂是渺小的,蜜蜂却又多么高尚啊!"

39. 若知杯中蜜,滴滴皆辛苦

　　在百花竞开的采收季节,蜜蜂也像我们人类抢收庄稼那样,分秒必争,一个个精灵就像不知疲倦的机器人在高速运转着。这时候的蜂巢门口,蜜蜂们每天紧张繁忙地飞进飞出。据研究人员证实,在蜜流旺盛期,一只蜜蜂一天中一般要采集20多个来回。蜜蜂采集一个来回一般需要耗时40分钟左右,这样算下来,蜜蜂们每天的工作强度都在13个小时之上,所以在繁忙的季节,小蜜蜂都是天刚亮就出巢,直到外面看不见才能回巢休息。每只蜜蜂采集回来在巢内的停留时间为4～7分钟,在这短短的几分钟里它们要完成卸载的任务,补充所需的营养,同时还要相互交流,接收群体的信息。因此,它们回巢后并不轻松,在卸载、进食的同时,还得神听细侃,可谓边干、边吃、边聊,每根神经都绷得紧紧的,全身上下都投入到抢收花蜜的事业中。除此之外,蜜蜂在晚上还要加班加点将采收的花蜜、花粉等原料加工成成品。好在蜂群内部分工明确,特别是在采收的繁忙时节,外勤蜂主要负责巢外采收,内勤蜂在家里负责接收,它们把主要精力先用于白天的采集收获工作上,等晚上再抽出空来加工酿造,而酿蜜是一项复杂的物理转化过程,工艺要求高,程序复杂。首先需要蜜蜂们齐心协力来控制巢内的室温,才能将成分单一的花蜜转

化成营养丰富、味美质纯的蜂蜜，这是一项高强度的系统工程，难度之大，精度之高，付出的艰辛并不比采集原料轻松。

据研究者统计，一只蜜蜂的自身体重是80毫克，它每次出巢采回来的花蜜大约是40毫克，按此计算，如果采满1000克的花蜜的话，单以一只蜜蜂来计算，它就要来回飞2500千米/次。如果花源在5000米处，一般还不算是太远，这样它一来一去就是10千米，总共飞行的里程就是25万千米。由于采回来的花蜜中含有60%～80%的水分，所以正常的蜂蜜只允许含20%左右的水分。按此推算，1000克成品蜂蜜就需要从野外采回2000～4000克花蜜，这就需要采集蜂出入5万～10万次，需要从5000万～1亿朵鲜花中才能采集。也就是说，我们每吃1公斤蜂蜜，蜜蜂就要飞行50万～100万千米，相当于绕地球12.5～25圈的距离，而这仅仅是说采蜜这一件事情。还有花粉呢！因为花蜜和花粉都是蜂群中常年的主食，一个中等的蜂群一年供自己食用的花粉大约是30千克，而蜜蜂每采回来1千克花粉就要来回跑6万多次，每次要采500～1000朵花的花蕊。按此推算，一个蜂群每年起码要造访10亿～40亿朵鲜花，并为其授粉，可为数十亩作物增产增收，这项工作即便是在当今科学技术如此发达的今天仍然是难以用人工来替代的。所以说，如果没有蜜蜂来担当这项繁重的工作，以我们地球上现有的可用耕地，就难以养活当今世界上70多亿人口。

40. 蜜蜂的洁癖

人口拥挤的社区，如果没有严格的管理，很容易脏、乱，而几万只蜜蜂挤居的蜂巢却可以保持整洁，你不觉得神奇吗？蜜蜂王国里，蜜蜂们个个都爱干净，就连出生不久的蜂宝宝也懂得要自己清理巢舍，保持巢舍的整洁，而且它们搞卫生有着严格、有效的招数。

蜂群有其基本的生存原则，它们对任何外来物都是非常排斥。几乎每只蜜蜂都会对外来物采取对抗行为，不论是什么外来物出现在蜜蜂身旁它都会感到不自在，并把它从身边搬开。例如，把一片青草叶放在蜂巢入口处，不到5分钟，就会有一只身强力壮的蜜蜂衔起青草飞出来，如果草叶较重，蜜蜂会在地上爬行着把它拖出数米远。蜜蜂好像能认识到外来物侵入是紧急事件，即使一只蜜蜂正在忙碌，它也会放下手头的工作，协助其他的蜜蜂赶走外来物。几乎所有的外来物都被蜜蜂认为有危险，尽可能地搬离巢穴，越远越好。这保证了不会有任何不被蜜蜂认同的物质威胁蜂巢卫生。

蜜蜂非常注重保持集体卫生,为了不给蜂巢带来卫生问题,它们基本不在巢内排粪,它们总是在白天外出工作的时候在花丛、田野间解决。即便是到了冬季,蜜蜂几个月不能外出,待在巢室里只吃不拉,导致整个腹部都胀得鼓鼓的,也绝不会在巢内肆意排粪,一直等待早春时机成熟时,才集体出巢作排泄飞行。有一点令人困惑的是,蜂后基本不会离开蜂巢,除非交配的时候,那么蜂后是如何拉屎撒尿的呢?人们猜测,蜂后可能有专门的蜜蜂伺候,为它端屎端尿。但研究者至今都没有观察到为蜂后处理便溺的"卫生员",因此蜂后便溺问题还是个谜。令人感动的是,蜜蜂们为了维护蜂巢的环境卫生,临死前都会自觉地飞离蜂巢,尽量死在野外,除非自己已经病得飞不动了。春夏季节是蜜蜂王国的繁忙阶段,每天都会有成千只的蜜蜂死亡。但蜂巢处的地面上只会有一两只蜜蜂尸体。对于死在巢穴中的蜜蜂,工蜂们会把尸体移动到蜂巢出口处,之后由一只身强力壮的蜜蜂衔起死蜂,飞离蜂巢一段距离后丢掉。因此,蜂巢很少会因死蜂而污染。

蜜蜂也懂得空气流通的重要性,遇上高温天气,蜜蜂们会及时为蜂巢通风换气,只见蜂巢入口处会聚集一大群蜜蜂,用腿抓住蜂巢,扇动翅膀,让空气从一侧流入,再从另一

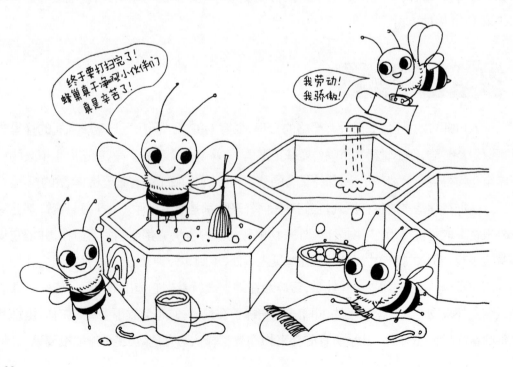

侧流出。蜂巢内部的蜜蜂也会鼓动翅膀扇风。蜜蜂还知道在蜂巢内储存水滴,鼓风让水分蒸发来降温。蜜蜂们也需要鼓风来保持巢穴的干燥。因为,如果巢穴的潮湿让蜂蜜的含水量超过了20%,当酵母菌可以繁殖,但葡萄糖氧化酶还来不及起作用的时候,蜂蜜随时就有发酵的危险了,因此蜜蜂们保持巢穴的干燥通风很重要。可爱的蜜蜂们不但自觉地讲究卫生,而且很聪明,发明出很有效的招数来保持群体的干净、整洁,这让人类的生活社区都自叹不如。

蜜蜂很善于利用防腐性和密封性好的树脂,这些树脂被蜜蜂采集回来后就被我们叫作"蜂蜡"了。蜂蜡中含有杀菌力很强的松油精,蜜蜂好像很了解这些树脂的功效,用它储存粮食,涂封危险入侵物,给房屋补漏,等等。有时蜂箱里也会闯入一些不速之客,比如蛾子、老鼠等体积较大的动物,对于这些威胁到王国安危的不速之客,蜂群往往会一窝蜂地群起而攻之,直到将这些动物刺死为止。这些被蜜蜂刺死在箱内的动物,因为体积大,重量重,这对于小小的蜜蜂来说简直是"庞然大物",它们根本无法将这些动物的死尸拖到巢外,但是爱清洁的蜜蜂们又怕这些动物的尸体腐败在自己干净的巢穴内,聪明的蜜蜂会迅速用蜂胶将这些动物的尸体封闭,来防止尸体的腐败和气味的外溢。蜂蜡厚度足有1.5毫米厚,昆虫尸体足以在里面保存若干年而不坏。蜜蜂们也很注重居住的环境,如果蜂巢出现了裂缝或小空隙,也会被蜜蜂用蜂蜡封堵上,以防雨水从缝隙渗进来。

在食品卫生方面,蜜蜂们也很有讲究,保存好花蜜和花粉对蜜蜂来说很重要,这不仅牵扯到它们的食粮问题,还牵扯到整个蜂巢的卫生问题。试想,如果在30多摄氏度的温度下,花蜜发霉发酵、细菌滋生,那么整个蜂巢就别想居住了。而这样的温度,糖浆之类的食品是很容易发酵的。蜜蜂通过加工,将花蜜酿成含水量不超过20%的浓浓蜜珠。之所以脱水到这个程度,蜜蜂好像心里有数,因为这个浓度刚好可以让酵母菌无法繁殖。蜜蜂在酿蜜时还加入了能够抑制细菌滋生的酶,有效地保存食粮。花粉含有大量的蛋白质和脂肪,是蜜蜂幼虫的重要食粮,为了长久保存,来年给孩子们吃,蜜蜂会在花粉上盖上一层蜂蜜,再用蜂蜡密封住,这样就可以长久保存了。

41. 浴血奋战斗黄蜂，出生入死保家园

马蜂，又称为"胡蜂""蚂蜂"或"黄蜂"，是蜜蜂最可怕的天敌之一。马蜂体大身长，毒性也大，飞行迅速，雌体具有可怕的螫刺。马蜂食性复杂，除了吸食花蜜外，成虫还具有肉食性，树上的毛毛虫、小青虫，都是它的捕食目标。蜜蜂是以花粉为食的植物食性昆虫，简单说是吃素的，所以相对于食素的小蜜蜂来说，这个食肉的大马蜂就可怕多了。

蜜蜂和马蜂都是我们人类的好朋友。蜜蜂为人类提供蜂蜜，为植物传粉；马蜂则是捕食害虫的能手。不过这两种蜂类如果碰到一起，那可是会引起一场大战的！强大的马蜂经常以蜂群形式侵袭蜂巢，将蜜蜂的幼虫和虫蛹吞食干净。它们来势汹汹，弱小的蜜蜂们会因此而失去家园。但是蜜蜂数量众多，蜜蜂们也并没有被马蜂的气势所打败，它们总是团结协作，群体作战，誓死也要保护家园。蜜蜂的螫刺面对如此强大的敌人显然是无法发挥它的长处的，那么蜜蜂还能靠什么来抵御大马蜂的侵袭呢？聪明的蜜蜂找到了马蜂的致命软肋，那就是它的"气孔"。昆虫是通过它外骨骼上的气孔来呼吸的，如果堵住马蜂的气孔，那么即使马蜂是如何的刀枪不入，照样会死在蜜蜂的脚

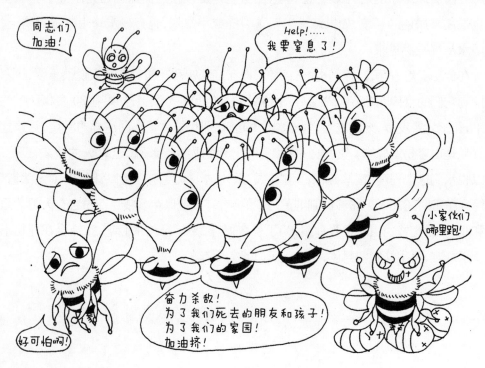

下。当蜜蜂找到了马蜂这个致命的弱点后,蜜蜂们就采取了"蜂球"战术,来抵御大马蜂的侵袭。

　　当一只马蜂发现了蜜蜂蜂巢并靠近时,很快就会被警觉的警卫蜂发现,警卫蜂会立即摆动着腹部,并且发出嗡嗡的声音,好像在警告马蜂说:"我看见你们了,你赶紧离开,否则没有好下场。"但是这种简单的方法奏效不大,强大的马蜂根本不把这些弱小的警卫蜂放在眼里,继续向蜂巢里进攻。勇敢的警卫蜂护国心切,所以,往往会由于力量悬殊而遭到捕食为国捐躯。一个蜂巢里有上万只的工蜂,但是单纯使用"人海"战术也不是聪明的蜜蜂们的所为。蜜蜂们在大马蜂来袭时,会采取诱敌深入的巧妙战术,将最先来袭的大马蜂诱入巢中,趁它开始吃幼虫时,采用"人海"战术的蜜蜂们转变了进攻的策略,几百只蜜蜂聚集在一起,开始一层一层地将马蜂团团包围住,形成了一个蜂球。当一个密密实实的蜂球形成后,蜜蜂们挥动着翅膀,蜂球中间的温度迅速上升到了47摄氏度。过了大约5分钟后,温度和二氧化碳浓度都上升到了最高,马蜂就会在高温下窒息而死。但是,做事严谨的蜜蜂们并没有放松战斗,依然又保持着这个状态5分钟。整整10分钟,直到确定马蜂已经死亡才停止了战斗。强大的蜜蜂群体作战,被杀死的几只马蜂让在蜂巢远处观望的其他马蜂团伙不敢再靠近。蜂巢解除了危险警报,一部分工蜂们开始忙着清

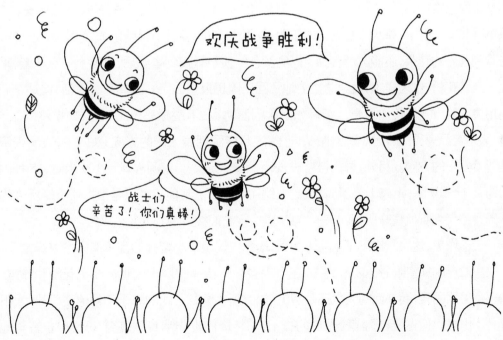

理战场,一场战斗就这样结束了。虽然比起马蜂来,蜜蜂拥有的武器微不足道,但能利用协同作战来打败强大的敌人,也是很了不起的。当蜂群经历了这场你死我活的浴血战斗之后,蜜蜂王国又恢复了平静,蜂群秩序井然,又开始忙碌各自的工作了。

这就是蜜蜂,英勇无畏,面对敌人的侵犯时,总是会给予其有力的反击。在这一场自卫反击战中,蜜蜂所表现出的机智勇敢令人叹为观止。它们置自身的生死于不顾,一心维护群体的安全,大有视死如归的气概。这是因为它们懂得,自己赖以生存的安全保障和生活基础是整个蜂群。为了保护群体免遭侵害之苦,捍卫整个群体的利益,每一只小蜜蜂都是那么的勇敢无畏。在迅速发展的现代社会,我们人类同样也需要这一精神,竞争激烈,时不我待,只有勇敢才能让自己在残酷的竞争中坚持到最后。

42. 兴调研,善侦查,小蜜蜂做事计划强

蜜蜂也和我们人类一样,凡事都要先调研。在蜜蜂王国里,它们所有的重要活动都要提前派出"侦察蜂"去调查摸底,比如在采蜜前,"侦察蜂"就会提前出巢寻找蜜源,踩好点后,把信息带回来经众蜂商议之后,再派大批工蜂出巢进行采集花蜜的行动。负责侦察工作的蜜蜂,它们不但头上长有一对触角,能嗅出各种花的不同香味,而且还长着3只单眼和2只复眼,单眼能看近处的东西,复眼由4000多只小眼睛组成,像望远镜一样,能看到远处的花朵,还能区别各种不同的颜色。侦察蜂找到蜜源后,只吸上一点花蜜,采上一点儿花粉,作为样本,就急急忙忙地飞回王国里报信去了。蜜蜂不会说话,但是它们能用舞蹈的方式来传递信息。蜜蜂如果跳圆圈舞,表示蜜源离得比较近;如果跳"8"字舞,表示蜜源离得比较远。跳舞时头向上,表示蜜源朝着太阳的方向;头向下,表明蜜源是背着太阳的方向。另外,舞跳得越快,表示距离越近。当蜜源离蜂巢100米时,15秒内大约跳9～10圈;距离1公里时,大约只跳4～5圈。其他工蜂只是根据侦查蜂所跳的不同舞蹈来判断侦察蜂所带回来的信息,以决定它们接下来到哪儿去采蜜。

天不作美,这次一连下了十几天的雨,蜜蜂王国里的小蜜蜂们都不能出去采蜂蜜了,而家里贮存的蜂蜜眼看也要吃完了,还有很多嗷嗷待哺的蜂宝宝也需要吃花粉和蜂蜜。蜂王急得团团转,而外面的天气还是阴沉沉的,雨水像断了线的珠子不停地往下掉,太阳就是不出来。侦查蜂看到满脸愁容的蜂王,采集蜂们也非常着急,它们纷纷自告奋勇地

请战:"让我们出去试试看吧,在附近找找看有没有开着的花朵,说不定还能带些食物回来。"蜂王犹豫着不想让它们去冒险,因为从天而降的雨滴拍打到小蜜蜂身上,轻者会让它们摔一跤,重者则会打伤或致死。可勇敢的侦察蜂却在想,蜂巢内姐妹们马上要断粮了,大家都面临着饥饿的煎熬。此时也顾不上等蜂王下令了,于是它们纷纷顶着风雨飞出了蜂巢。他们在雨中小心翼翼地躲避雨滴,突然一只侦查蜂被雨珠打伤了翅膀,他一下子栽倒在了草丛中,幸亏他的翅膀没有被打折,他勇敢地挣扎着,继续拍打着翅膀又飞了起来。其他蜜蜂飞过来鼓励它,于是受伤的蜜蜂又继续飞起来找花蜜了。突然,一只在树林里的侦查蜂在树叶下向它们招手,原来它发现了在不远处有一片在雨中盛开的野蔷薇。它们轻轻地钻进了蔷薇花金黄的花蕊里,这样既能避雨又可以采集到花粉和花蜜。正当它们忙碌的时候,雨停了,它们高兴地将采集的蜂蜜和满满一篮花粉送回了蜂巢,并且告诉其他蜜蜂,让它们一起来采花蜜。

43. 小蜜蜂另立门户找新家

经过了春夏两季的忙碌,蜜蜂们收获颇丰,采集的花蜜和花粉也够整个蜂群维持一年了,但是它们并没有因此而满足,每天仍然辛勤地劳作。随着夏天渐渐远去,各种花卉渐渐凋零,陆续进入瓜果成熟期,花源越来越少。而与此相反,蜂蜜王国的成员却越来越多,许多蜜蜂都找不到"工作",只好在巢内"待业",过着游手好闲的生活。但这绝不是蜜蜂的性格,因为它们已经习惯了整天忙忙碌碌的生活。为了改变蜂巢中"人满为患"的状况,发挥王国中每一个臣民积极向上的能动性,做到"人尽其才",让它们实现自我的价值,活得更加有尊严,蜂王决定把"大家"分成"小家",让它们独立出去,另外再组成一个新家。

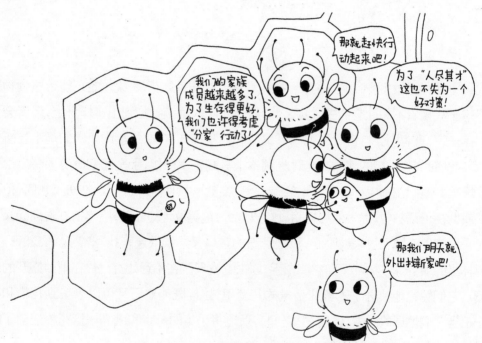

"分家"前夕的新家选址工作开始了,数百只侦察蜂飞往四面八方去寻找新址。侦察蜂们不停地飞啊、找啊,渴了就喝树叶上的露珠,饿了就采花蜜和花粉吃,此时此刻即使再辛苦、再累,也没有一只小蜜蜂喊苦喊累。可是,大半天过去了,离蜂巢也越来越远,理想的"家"依然没有找到。忽然一阵强风吹来,小蜜蜂们险些就被吹落在地。轰隆隆,一

大片乌云从远处飘来,不一会儿就遮盖了太阳,整个天空都暗了下来。"要下雨了,我们要赶紧躲躲了。"话音刚落,雨滴便落了下来,它们迅速飞到绿叶下面,趴伏着一动也不动。这夏天的雷阵雨来得快、去得也快,不一会儿雨就停了,侦察蜂们纷纷抖落身上的雨水,又欢快地聚集在一起互相取暖。很快乌云散去,太阳又重新照耀着大地,侦察蜂们翅膀干爽了,身体也暖和了,它们决定继续向前方飞去找新家。一路上侦察蜂们认真搜寻,不论是树洞中、村庄里、山林间……任何一个只要有可能成为它们新家的地方都没有放过。功夫不负有心人,终于被它们发现一个山洞口的小凹处很适合做新家,这里背风向阳,大小适宜,易守难攻,最关键的是附近不远处的田野和山坡上花开长年不断,大家不约而同地赶到这里建新巢,今后再也不用发愁没有花蜜采。几只小蜜蜂高兴得手舞足蹈起来,并"嗡嗡嗡"地唱起了它们的欢乐歌,非常兴奋。但兴奋之余,它们并没多做停留。此时此刻,它们最最重要的是赶紧赶回去向蜂王及众蜂们报告。回到蜂巢,没想到蜜蜂国王已经在开会了,原来另一小分队的蜜蜂也寻找新家回来了,正在向大伙汇报新家的情况呢。听完它们的汇报后,小蜜蜂和伙伴们兴奋地跳着"之"字形的舞蹈,向众蜂介绍它们发现的新家。会议讨论越来越激烈,但是众蜂并不会听信一面之词,它们还要进行实地调查比较。于是它们决定第二天派出考察团进行实地考察后,再进行研究分析,最后看这个家究竟安在哪里好。

　　第二天,考察团实地考察回来,详实地向众蜂介绍了两处选址的情况,并分析论证了两者的优劣,众蜂经过讨论,最终选择了它们未来的新家。虽然晚回来的这批小蜜蜂们所选的新地址并没有被采纳,但是它们依然很高兴,因为它们为自己的家园建设所付出的努力和辛苦也值得了,并且口服心服地认为,同伴选择的新地址确实是更适合它们居住的一个美丽的地方。为了新家园的选址,小蜜蜂们辛苦了整整两天。夜幕降临了,小蜜蜂也纷纷进入了甜蜜的梦乡,它们似乎梦到自己向着太阳、向着花园飞啊飞,飞向它们未来的新家。

44. 老骥伏枥,一马当先,越是艰难越要上

　　蜜蜂是在自然界生息繁衍了数千万年的古老物种。在几经变迁的严酷生存环境中,许多物种在劫难逃,从自然界中消失了。唯独蜜蜂却能抵御住大自然的各种险恶考验,进化成为生命力极强的,日益兴旺的物种。这其中最重要的原因之一,就是蜜蜂成功地发现采集和利用了蜂胶,并在漫长的采集活动中,通过从无数种植物中经过自然筛选,最

终寻找到了某些胶源植物的腋芽、花蕾和创伤处分泌出的树脂。将它采集下来带回蜂巢后反复咀嚼,经过唾液中酶等分泌物的作用,树脂就变成了宝贵的物质——蜂胶,从而解决了它们维护生存环境和自身健康的难题。蜂胶是蜜蜂王国里的常用药品和建巢的必需物资,它具有抑制病菌,防治病害,粘接巢框,填补缝隙,堵塞孔洞以及隔离密封有害物并防止腐败,控制花粉萌芽等作用,是蜂群中的防护剂、抑菌剂、黏合剂和清洁剂。

然而,采集蜂胶的工作却是一件非常艰苦的事,因为蜂胶的原料是一些树木从树干上分泌出来的一种胶状黏性物质,它黏度大,硬度强,采集起来十分艰难。当气温在15摄氏度左右时,树脂硬度不亚于松香块,非常坚硬;而气温在25摄氏度时,它又像放入温水中的牛皮胶,既黏又韧,拉不断撕不动,要想分割成一丁点一丁点装进花粉篮,带回蜂巢后还要原封不动地卸下,更是难上加难。由于工作艰难,在蜂群中这项重任往往是由经验丰富的老龄蜂来承担。老龄蜂首先选择好泌脂树种,以桦树、杨树、椿树等阔叶乔木和松树、柏树等针叶树种为对象,还要分季节有重点地进行详细侦察。一般它们凭借发达的视觉和灵敏嗅觉可以准确地寻找到树脂源,找到了树脂源后,还不能马上就进行采集活动,必须等到中午气温升高树脂开始软化了,才可以行动。这时候蜜蜂上颚腺还会分泌出一种软化树脂的特种液体,以便使树脂改变性能和形状。采集树脂时,蜜蜂启动上颚咬下一丁点儿，分泌出适量特用液体使之软化，随即用两前足把持住，再通过中足传递到后足的花粉篮内。由于黏度大，必须立即对树脂片进行分解处理，一次只能采集零点几毫克，而且动作要快，传递要迅速，因为稍有不慎就有可能凝固在一起。有趣的是，在防止粘连方面，聪明的蜜蜂还会"借用"人类的蒸年糕技术，在传递过程中左右两足协调动作，将一丁点一丁点的树脂片揉捏成一个个光滑的小饼，外表光亮整齐一致，一次一个盛装排列在花粉篮中，这样就可以在一定程度上避免粘连，更加方便装卸。采集树脂的工作比采集花粉艰难得多，耗用时间也相应长一些，它们要完成分解、软化、传递、揉捏、盛装一套动作，一般需要1秒钟时间，而要想采集满两个花粉篮则大约需要近1小时，经过数千次的反复动作后才能篮中有"货"。采集树脂消耗能量也非常大，再加上树脂不能充饥，于是，老龄蜂往往不等花粉篮采集满就已经饥肠辘辘、体力不支了，不得不饿着肚子坚持采集，直到实在忍耐不住了才返回巢中卸载进食。要知道，卸下花粉篮中的树脂团并不容易，尽管蜜蜂做过一系列防粘连处理，可毕竟是如此黏稠的东西，受到风吹日晒，难免会发生变化。如果温度适宜的话，还可以顺利将"小饼"卸下；一旦温度过高或过低，数千个小饼变成一团"强力胶"时，就麻烦了。因为，仅凭它自身的力气已无济于事，必须依靠众蜂的帮助。否则稍有不慎还会粘扯下一片绒毛，有时身上的刚毛也会受到损伤。但即使是这样充满凶险的艰辛工作，为保护蜜蜂王国的健康繁衍和生长，老龄工蜂还是老当益壮，义不容辞，毫不畏惧，并且自告奋勇地抢着干。多么可敬的老工蜂啊！

45. 路见不平，拔刀相助，舍己救人

信息素是蜜蜂之间交流信息的一种重要方式，当蜜蜂受侵扰时，也会释放一种传递信息作用的化学物质，即警报信息素。当一只蜜蜂蜇人时，从它的螫针腺中就会释放出来，成分比较复杂，已鉴定出来的有乙酸异戊酯、乙酸正丁酯、正丁醇、苯甲酸等20多种化合物，能迅速起到传递警报信息的作用，就相当于在蜜蜂王国里拉起的警报系统，会激起同伴们的螫刺反应。不过，这些物质在蜂群里存在的时间不长，它们一旦消失，"警报"也随之解除。另一种是由工蜂上颚腺分泌出来的，当工蜂利用螫针进攻时，常用上颚咬住敌人，并将一些化学物质留在敌人的身体上，这样就可以引导其他的蜜蜂前去攻击。

这种化学物质的主要成分是2-庚酮。这种警报信息素除了明确标记了攻击的目标外,还有驱赶其他企图入侵昆虫的作用。因此,蜜蜂在受到外来者侵犯时,总会团结一心,目标一致,宁肯牺牲自己也要奋勇抗敌。

蜜蜂作为一种社会昆虫,在它们的王国里,大家分工明确,各司其职,心照不宣,配合默契,不用蜂王指挥都知道自己该做什么,它们整天都在为酿造生活的甜蜜埋头苦干着。但是千万别小觑了这些默默无闻的蜜蜂,它们虽然整天只知道干活,但对同一王国中的伙伴,却感情深厚。当它们的同伴被欺负时,它们会无比英勇,成为"路见不平,拔刀相助,舍己救人"的豪杰英雄。所以,在路上你千万不要因为小蜜蜂的弱小而去欺负它,它可有后续兵团的强大力量,只要它拉动身体的报警系统,你就会遭到其他伙伴的联合攻击。在养蜂场里有这样一个故事:一天一只小蜜蜂在巢门口站着,突然从天而降的横木一下子压在了它弱小的身上,随着微小的头骨破裂声,数千只小蜜蜂立即涌入出事地点查看状况。原来是养蜂人在放箱子的时候没将箱盖放好,不小心倒下来刚好压住了站在边上的小蜜蜂。众蜂们非常愤怒,发出嗡嗡的吼叫声,好像在为伙伴的不幸去世难过的哀悼,与此同时它们也在寻找制造这起事故的罪魁祸首。它们先是对着木头发出围攻,发现它没有气息,应该不是制造祸端者,随后便转向了正在活动的人。幸好养蜂人有经验，他屏住气息，纹丝不动，任凭蜜蜂们围着他嗡嗡叫。尽管蜜蜂围着他发威泄愤，却很少挨蜇。因为蜜蜂对那些规规矩矩的"老实人"，好像知道他们已经悔过知错了，也会手下留情的。反之，如果蜜蜂围攻的时候不是老老实实待着，而是大喊大叫，手舞足蹈地打蜜蜂，就会被蜜蜂蜇到不能动了，它们才会鸣锣收鼓离开战场。虽然在每次战斗中，蜜蜂的蜇刺因为刺入肌肤而很难拔出，拔出的同时也可能腹腔开裂而死亡，但是它们绝不会因为这个而惧怕战争。它们宁可舍弃自己的性命也要保全自己的伙伴，这就是蜜蜂难能可贵的舍己为人的高尚品质。

46. 角蝉善隐蔽，黄蜂眼更尖

在昆虫世界里，有一种大家都不太熟悉的昆虫，叫角蝉，在动物分类中属角蝉科，是一种形状较为奇特的昆虫，它拥有 12 厘米长的玫瑰刺状的坚硬外壳，若不仔细察看，它们往往会被认为是树干的一部分。玫瑰刺状的外壳不仅可以作为伪装，还可以作为防御武器。如果有人不小心碰到它，往往会感到像被蜜蜂蜇了一般的难受。它们常年生活在茂密的大森林中，一生中的大部分时间都会依附在小树苗的树干和枝条

上，它会用像可卷曲的吸管般的口器刺穿进刚刚露出幼芽薄薄的树皮，大肆吸吮树汁生存。这是一种对树木非常有害的昆虫，它唯一的天敌就是森林里的黄蜂，尽管角蝉栖息在树上隐藏得很巧妙，但还是难以逃脱黄蜂的火眼金睛。

在角蝉的家族中，雌性角蝉因为肩负着生育后代的责任，所以它们的隐蔽性更强，常常躲在亮绿色树叶的中心叶脉下面，看起来和逐渐变细的叶片上的一根小刺一样。它通常会将卵产在树皮里，在卵即将孵化前，雌性

角蝉会将产卵器插入植物的茎中,然后在卵的下方弄出一些裂隙,好让从这些树皮中渗出来的树汁会沿着裂隙渗入卵中,成为孵化出来的幼虫们的美食。当芝麻粒大小的幼虫孵出后,它们就会顺着这些挖好的裂隙依次排列。这时角蝉妈妈就会贴在宝宝们下方的茎上保护它们,或者为它们再多挖一些裂隙。角蝉妈妈还会阻断那些企图乱跑的幼虫的去路,它只要用后肢轻轻敲打几下树干就能使乱闯乱撞的宝宝乖乖地回到队伍中去。当幼虫长到两周大时,它们会以一种像菠萝皮一样的排列方式,紧紧抱住树茎,虽然这些豌豆大小的幼虫,并没有像成年角蝉那样拥有坚硬的外壳,但其头部后面的三根尖刺以及红得发亮的眼睛、红白黑三色相间的身体其实都已经在向天敌发出"我不好吃"的暗示。

  当然,这也是角蝉妈妈们为了保护它们的后代所做出的最大努力了,但还是难以躲过比它们幼虫大三倍的黄蜂的火眼金睛。当黄蜂来袭时,离它最近的那只角蝉幼虫会产生一串简短的振动,这种声音通过树干振动扩音器的转化后,通过腿部接收到这种信号的其他幼虫也会一起发出求救声,角蝉妈妈在接收到宝宝们的遇危信号后,会立即赶去帮忙,尽管缺乏牙齿、锐刺和毒液的角蝉妈妈并没有什么攻击性,但是它拥有最有效的武器,就是强有力的后腿。它从幼虫的背上爬过,慢慢靠近黄蜂,然后抬起后腿狠狠地向后

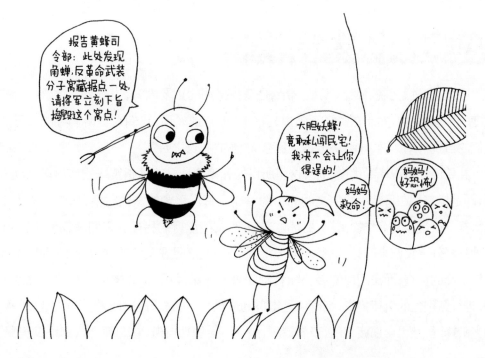

踢黄蜂一脚,此时遭到抵御的黄蜂也绝不会就此罢休,它会环绕树干飞行到另一边,暂时躲一躲,但是角蝉妈妈也绝不会掉以轻心,它会继续积极跟进,对其施展拳脚。它们之间的这种对抗往往会持续好几个回合。有时黄蜂会受不了角蝉妈妈的抵御落荒而逃。但通常情况下,黄蜂会用下颚紧紧咬住一只位于群体的最边缘、妈妈来不及赶过来保护的幼虫。当黄蜂使劲想把这只幼虫脱离树干时,幼虫会用六条腿拼命地抱住树干,而其他的兄弟姐妹们会继续发出信号帮助它呼唤妈妈。在妈妈到来之前,这只遇袭的幼虫唯一的希望就是紧紧抱住树干。可是,角蝉偏偏不是为速度而生的动物,角蝉妈妈的行动非常缓慢,在树干上移动的它就像是一辆在崎岖不平的地面上行走的坦克,如果它能及时赶到,就会给黄蜂准确而有力的一脚,将它踢出树枝。每当遇到这种出师不利的情况时,黄蜂也不会立即离开,它会在空中盘旋后找机会继续进攻,也有可能会败兴离去。但可悲的是,好不容易取得胜利的角蝉一家仍然难逃噩运,因为黄蜂会记住它们的位置卷土重来。一旦再来时,黄蜂肯定会吸取先前的教训,一来就首先咬住幼虫的后腿并把它掀个四脚朝天,接着抓住幼虫还在用前腿紧拽着的树皮,立即使劲地把它拽出来,用力地拍打着翅膀奋力地飞起来,将它带回巢里,在其他工蜂的帮助下,迅速将角蝉咀嚼成小块来喂养自己的孩子们。

47. 蜜蜂王国是文明礼仪之邦

团结、奋进、礼貌、谦让、无私、奉献是精神文明的重要内容,也是人类评价社会文明程度的标志之一。然而在蜜蜂王国里,我们会惊奇地发现,我们人类所倡导的早已成为它们的自觉行动,它们才称得上是真正意义上的"礼仪之邦"。

礼貌谦让是蜜蜂的优良品质,这里所说的礼貌谦让并非是指蜜蜂的言语多么动人好听,而是指它们在日常生活中文明的行为举止。每当采蜜的繁忙时节,那些进进出出的采集蜂不仅是辛勤劳作的楷模,更是遵守纪律、文明出行的榜样。它们满载负荷、风尘仆仆地从野外采集归来时,无论多么辛苦,一定会事先落足在巢前的踏板上,主动自觉地接受警卫蜂的检查;而巢门口的警卫蜂看到归来的采集蜂后,也会彬彬有礼地主动迎上前去,进行甄别性的例行检查,当确认是本群的成员后,便立即让出通道。即便是那些年迈的老龄蜂,虽然累得筋疲力尽,步履蹒跚,也从不会居功自傲,它们都会认真地默契配合,

服从管理。在蜜蜂王国里,一般来说任何一个蜂巢中都会居住上万只蜜蜂。可以想象得到,在这里居住是多么拥挤,而且它的巢门非常窄小,里面经常是摩肩接踵,拥挤不堪,尽管如此,蜜蜂们进进出出大都会自觉地遵守交通规则,"礼让三先",就像我们乘坐公共汽车时那样,为了防止拥挤,大家都会遵守"先下后上"的规矩。蜜蜂们绝不会争先恐后,一哄而上,而是先让争着出巢执行任务的工蜂一个紧接一个地结伴而出,再让携带重重的花粉和花蜜的采集蜂排成长队依次鱼贯而入,最后才让那些不太紧急的成员入巢。按理说本应该让那些提着两个大的花粉篮、蜜囊中又吸满了花蜜的采集蜂先进去,然而它们非但没有这样做,还都自觉地排队等候,绝不会因此居功自傲地去争抢,更不会发生加塞的情形。反之,它们会主动地把为群体降温解渴的采水蜂让到前面,或让采药防病的采胶蜂先行,甘愿自己忍受等候的煎熬。所以,如果你仔细地在蜂巢前静静地观察蜜蜂进进出出,就会发现它们居然还能有条不紊、井然有序地排成长队匆匆而出,然后另一批再交替进入,两条队伍相互穿插进行,按照"先出后进,左进右出,分批而行"的规则,保证了巢门口的畅通无阻。

说到这里我们不得不由衷地感叹!作为一个古老的民族,一个信奉孔孟之道的礼仪之邦,在五千年的历史长河中,它所形成的灿烂文化和高尚的道德准则、完整的礼仪规范和优秀的传统美德,一向被世人推崇,但和蜜蜂的文明礼仪道德品质相比,却还有很多地方值得我们好好学习。

48. 尊老爱幼是蜜蜂王国里的传统美德

"百善孝为先。"意思是说,孝敬父母在各种美德中是占第一位的。一个人如果连自己的父母都不孝敬的话,就很难想象他会热爱祖国和人民。《论语》中有这样一句古训:"老吾老,以及人之老;幼吾幼,以及人之幼。"意思是说,一个人不仅要孝敬自己的父母,还应该尊敬别的老人,爱护年幼的孩子。只有这样,才能使全社会形成一种尊老爱幼的淳厚民风,这也是新时代里每一个人的道德规范和责任。

在小小的蜜蜂王国里,蜜蜂们早已是尊老爱幼美德的践行者。如果你有机会走进蜜蜂王国的话,那你一定会不由自主地啧啧赞叹,同时也感到自愧不如,因为在我们人类看来要大力宣扬的这种精神,在它们的国度各个成员都默默无闻地作为职责在履行。蜜蜂尊老爱幼的行为,首先表现在对母亲蜂王的无条件尊敬爱护,和对子女无微不至的呵护上。在蜜蜂王国里,所有的子嗣都对它们的母亲——蜂王尊敬至极,爱护倍加,这在它们日常生活、生产中体现得淋漓尽致。不信你看,在蜂王身边寸步不离,年轻、身体强壮的"侍从蜂",它们服侍蜂王的饮食起居,不时供给蜂王以鲜美的王浆,它们对蜂王的日常生活起居照顾得无微不至。当蜂王休息时,"侍从蜂"会一口口地轮流喂养这位尊贵的母亲。平时,"侍从蜂"还会定期用自己身上的清洁器帮蜂王梳理周身的绒毛。在它们看来,蜂王可是"母仪天下"的王后,是"一国之母",它的仪表也代表着整个蜜蜂王国的形象,是关系到蜜蜂王国"面子"的大事情。尽管随着一年四季气候的变化,"侍从蜂"有增有减,但它们对蜂王伺候专一的标准和热情绝不会因此而发生变化。一旦蜂王要外出时,"侍从蜂"会前后开道,左右簇拥,贴身护卫,所到之处,如帝王驾到。工蜂们都会纷纷躲闪让道,若蜂王有巡查巢房的旨意,工蜂们会义无反顾地用自己的身体搭起"索桥",让蜂王从自己的身上通过。正因为蜂王的一切生活起居都由"侍从蜂"来照顾,所以它们的寿命也会缩短,可以说侍从蜂是用牺牲自己来换取蜂王生活的舒适和蜂群的发展壮大。不仅"侍从蜂"可以为蜂王鞠躬尽瘁,蜂群中的其他蜜蜂也不会示弱,誓将蜂王的起居和安危、出行就寝作为自己一生的"头等大事"。每当蜂王遭遇危险时,侍从蜂和蜜蜂王国的每一个成员都会挺身而出,为蜂王的健康和生命奉献一切,哪怕是自己的生命。一旦

蜂群中食物紧缺,其他蜜蜂会主动节衣缩食甚至干脆不食,将不多的饲料全部奉献给蜂王;进入秋冬季节,外界气温急骤下降时,蜂群则会通过互相摩擦产生热量,并把蜂王安排在蜂团中心,避免受寒。它们这种与生俱来的品质是多么伟大啊!

49. 节衣缩食,反对铺张浪费

"勤俭持家,崇尚节俭",自古以来就是中华民族的传统美德。在人类的社会生活中,如果一个家庭能够做到勤俭持家,减少浪费,增加储蓄,往往就能过得殷实富裕。在蜜蜂王国里,小蜜蜂堪称勤俭持家的能手,它们不仅能够吃苦耐劳,更能对自己和同伴们辛勤劳作的成果倍加珍惜。在风调雨顺的正常年景下,蜜蜂只要干一个春季,所收获的花蜜就足以让它们在一年里过着衣食无忧的生活,根本没有必要每天起早贪黑,累死累活地整日外出干活,回到"家"里,还要过着节衣缩食的生活。但是蜜蜂却没有这样想,它们从不会因为家里储备充足而偷懒,依然每天迎着朝霞出门,晚上踏着露水回家。有时候养蜂人在取蜂蜜时,一不小心滴了一滴蜂蜜在地上,都会引起蜜蜂的心疼,那么少一点点,它们却会把它吸得干干净净,有时候蜜滴滴在泥土上风吹日晒已经干涸了,它们仍然用嘴巴上的吸管把它一点点地吸干净,这样来回几十次,直至清理干净不留一点痕迹为止。

所以，当养蜂人一旦遇到有难以清洗的残留蜂蜜放在蜂箱内，不一会儿就会被这些爱干净、崇尚节俭、杜绝浪费的小精灵们吮吸得干干净净。

蜜蜂们不仅仅是在日常生活中非常节约，在对待自己的饮食生活上也是非常节俭，它们从不会暴饮暴食，每天所吃的蜂蜜只要能维持自己的活动量就可以了。在蜜蜂王国里实行的是"配给制"，每只蜜蜂的用餐都是统一由"饲喂蜂"分发，只有在特殊的紧急情况下，蜜蜂才可以自己去蜜房仓库中吸食。所以在无事可干的花蜜淡季，"采集蜂"就静伏在巢脾上养精蓄锐，尽可能地减少运动量，用这种方式来降低体能，减少对食物的消耗。在蜂群社会中，个个都会遵循这样一个原则，就是"忙时多吃，闲时少吃"，在丰收的大忙时节里它们多吃多干，一旦到了花木凋谢的季节，它们就会对自己的摄食量自觉地进行缩减。

小蜜蜂用自己小小的身躯创造着世界上最伟大的甜蜜事业，它在默默无私地奉献给了人类甜蜜的同时，自己一生却过着节衣缩食的生活。正如唐代诗人罗隐所写："采得百花成蜜后，为谁辛苦为谁甜"，它们从来没有思考过自己，更没有居功自傲，要闲下来享乐享乐。当你读完这篇故事后，了解了蜜蜂，你一定会被这种小精灵深深地打动，你的心灵也会因它们而被净化。

50. 变废为宝，节约资源是蜜蜂的传统美德

随着经济社会的迅猛发展，人类在过分追求发展所带来的物质满足的同时，却忽视了它所带来的负面影响，如温室效应、水污染问题、PM2.5浓度逐年上升所带来的雾霾天气的增多。对于环境恶化所带来的危害，多数人认为离自己很遥远，岂不知，水、电、气这些都是人类共同的资源，平时的点滴浪费，都是在间接地破坏我们的地球环境。环保意识需要人人树立，从我做起。

与人类相比，蜜蜂在环保节俭和回收再利用上更有智慧，做法也更为聪明，它们有与生俱来的环保意识和行为。对于蜜蜂王国而言，日常的节俭是它们累积财富的一种方式，而对资源的回收再利用，并将其变废为宝更是它们勤俭持家的重要手段，也是扩大再生产的有效途径。它们通过收旧利废、重复使用，把那些通过辛苦劳动得到的物资充分利用，最大化地发挥它的功效。蜂胶的生产是蜜蜂王国里最为辛苦的，是老龄蜂冒着不惜被树胶粘下肌肤的危险采集回来的，蜜蜂们对蜂胶倍加珍惜，采取了循环利用的方法重复使用。天热的时候，它们用蜂胶来防腐、灭菌、消毒、治病；天冷的时候，又用它补漏抵挡风寒。蜂胶在蜜蜂王国里面的用途最为广泛。对用于建造房屋的蜂蜡，蜜蜂们采取了收旧利废重复使用的做法。在蜜蜂的巢脾上用放大镜可以发现这样一个秘密，每个蜂与孔蜂孔的连接处都堆起了一个小小的蜡疙瘩，原来这个是蜜蜂临时存放蜂蜡的库房，其中多次育仔的老巢脾的巢孔处堆积的最多，因为育幼虫时要在巢孔上面加个薄薄的盖子，而等到幼虫羽化后，这个盖子便被负责打扫卫生的蜜蜂拿掉了，为了便于二次利用，它会就近处理，堆积在巢孔相连的地方，既不占据有限的空间也便于修缮

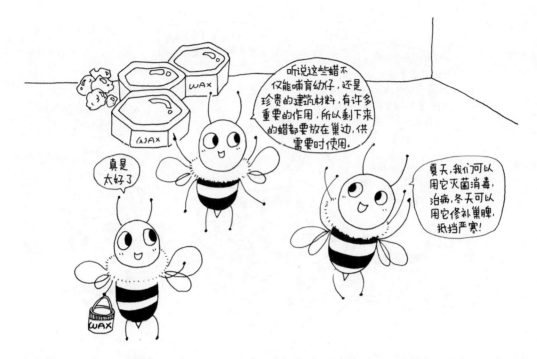

巢脾时使用。为了证实这种说法,科学家们曾经做过这样一个实验:他们把丧失分泌蜡片功能的老龄蜂集中在一起,放入一张急需封盖的幼虫巢脾,过一段时间后发现这些巢孔已经被封起来了,但是用放大镜仔细看新封盖巢孔附近的蜡疙瘩都没有了。这说明,这些老龄蜂是动用了库存的蜂蜡才得以完工。蜜蜂对资源的回收再利用,节约了资源也大幅度降低了劳动成本,真是值得我们人类好好学习。

在人类大声疾呼保护环境、减少污染的今天,这种共识是在环境遭到巨大破坏、人的生存环境日益恶化后,痛定思痛才得到的教训,与蜜蜂的这种潜意识相比我们实在是醒悟得太晚了。

51. 蜜蜂王国里的计划生育政策

"人无远虑,必有近忧。"这句古老的谚语,告诫人们要未雨绸缪,不要只看眼前的事物,而忽略了长远的发展计划。

中国是世界上人口最多的国家,随着世界经济的发展和人口的不断增长,如果不适当加以控制的话,对城市、生态、资源以及社会的发展都极为不利。因此,我国制定了一

个适合国情的生育政策，对人口实行生育控制，增加家庭生育的间隔时间，从而减轻人口压力与家庭负担。提倡晚婚、晚育、少生、优生，对中国的人口问题和发展问题的积极作用不可忽视。

　　人类在处理生育问题时是这样，而在动物世界中许多动物也是这样的，这其中以蜜蜂在控制生育方面做得尤为突出。它们是一群具有忧患意识、讲计划、有远识的小精灵，它们居安思危，厉行节约，懂得合理地统筹安排，能够有计划地解决生产与生育之间的矛盾。在蜜蜂王国里没有负责安排工作的"首长"，也没有重叠的机构，有的只是需要和自觉，或者说是各种职能蜂相应的增多和减少，这种高度和谐的群体生活应归功于它们对事物的高度预见性。更重要的是，它们能结合自然发展规律，按计划、按比例地生育繁殖，既能保证花期来临时拥有足够强大的生产大军，又能做到在花蜜源衔接期没有培养一批只吃不做的无用兵。要在一个拥有上万"人口"的国度里做到"事事有人做、人人有事做"，看不到下岗赋闲者，社会秩序井然，分工合理，这实在是一项了不起的系统管理工程。它首先需要全面了解、系统掌握自然天气规律及植物的生理特性，让两者与蜂群的繁殖发展紧密地结合。虽然植物的生长受自然条件变化的限制，蜜蜂对这些无能为力，但它们总能够根据自己掌握的各种自然现象来把脉变化趋势，依此来筹谋王国的发展。

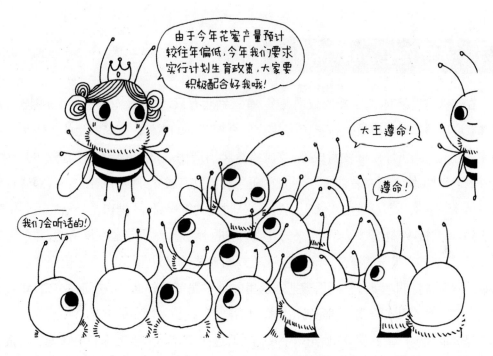

例如,初春时节,它们会预测到花期很快就要到来,到那时就需要很多身强力壮的适龄蜂进行采集工作。若等到花开时再进行繁殖,势必影响到生产大计,因此必须提前一个月就要开始考虑产卵育儿的计划,这时候蜜蜂就会根据气候特征做出准确的判断,从而决定生育幼虫的多少。而到了蜜源衰败期,蜜蜂又会提前"节制生育",在保持本群规模的前提下,果断采取措施,限制蜂王产卵数量,从而减少因育虫和增加成员所造成的饲料的无谓消耗,为花蜜枯竭时减员节流。

　　蜜蜂不仅能根据自然变化来进行"计划生育",它们还是一群懂得居安思危,计划有度的小精灵,不管仓库里储存有多么丰富,它们仍然会把富日子当穷日子来过,节衣缩食,绝不铺张浪费,为未来不可预知的灾荒做最充足的准备。小小的蜜蜂王国,给我们的警示又有什么呢?那就是一个国家在国泰民安时仍不忘强兵富国;一个商人在事业成功时仍不忘开拓市场;一支部队在天下太平时仍不忘操练兵马……这就叫作"居安思危"。

52. 劳碌终生，自葬田野中

在蜜蜂的大家庭里，工蜂的数量最多，有三到七万只，它们没有繁殖后代的能力，是蜜蜂家庭里最勤劳的成员，它们担负着家庭里全部劳动的重任。工蜂一生的工作是按年龄来划分的。当蜜蜂由卵发育成熟，咬破蜡盖爬出产房后，便开始了它们繁忙的一生。蜜蜂的童年期为 10 天左右，这时它头部的王浆腺已发育成熟并能分泌出王浆，因这种浆液只供蜂王享用，所以称之为"蜂王浆"。这一时期的蜜蜂，除了把自己分泌的王浆饲喂蜂王外，还要接收外出蜜蜂采集回来的花蜜，再进行酿造，然后储藏在巢房内，并加以封存，这就是我们人类吃的蜂蜜。除此之外，在蜂群家族的日常生活中，它还担当清洁工和保姆的职责，打扫卫生时，它们用嘴把蜂房里的脏东西衔到外面去；在伺候小蜜蜂时，它们也会像人类的母亲给婴儿调配奶粉那样，用花蜜和花粉做幼虫的食品。每天这些工蜂就像保姆那样要把营养品分配给小小的幼虫们，这些营养品是小工蜂们用蜂王浆和蜜及花粉一起经过自己"炉灶"般的胃消化加工后再吐出来的。这些还处在"童年"时期的工蜂们，就像偏远地区农村的那些留守儿童一样，父母都外出打工了，尽管自己还未长大成

人,但已经肩负起了照顾下一代的责任。一只幼虫每小时要喂养40～60次,在幼虫的成长过程中要喂养8000多次,幼蜂才能长成成蜂。到了出生的第9天,这些工蜂的职责又发生了变化,王浆分泌腺萎缩了,不能分泌王浆也不能再酿蜂蜜了,照顾蜂宝宝的责任又由新的小蜜蜂来接替,这时那些相对较老的蜜蜂腹部的蜡腺开始分泌蜡质,它们又开始为建造房屋忙碌起来了。蜂蜡是建筑巢房不可缺少的原料。它们用后腿的花粉梳把蜡片从蜡腺上取下来,再传递到前腿上。蜡片并不是直接用来盖房子的,需要在嘴里用酸性的唾液来软化后,再一点点地粘到要盖的房子基础上,工蜂的两颚这时就充当两把剪刀的作用,把多余的材料剪掉,并用它的触角作为尺子,来测量房屋是否盖得规范。蜜蜂没有精密的仪器,却能建造出精美、统一、适用的住宅,可以称得上是世界上最优秀的建筑师了。蜜蜂出生后的第21天便进入了中年期,这时它分泌蜡腺的功能也消失了,开始纷纷飞出蜂房,由内勤改为外勤,担负起一生中最繁忙的采集花蜜、花粉、蜂胶等任务了。一般蜂囊只能容纳0.03至0.05克的花蜜,一只蜜蜂每天要飞出去15次左右,每天最多可采蜜0.75克,但花蜜水分大,约占70%,要经过蜜蜂酿造,才能成为含水分不超过20%的蜂蜜。由于蜜蜂的寿命为30至40天,所以在它的一生中能飞出去采蜜的时间为20天左右,而一只蜜蜂一生中要消耗的蜂蜜大约在2克以上,实际每只蜜蜂能为人类提供3

克左右的蜂蜜。一箱蜂约有5万只,一天可酿造1,000克蜂蜜,需要采集500多万朵花,每只蜜蜂平均一天飞出去100多次,一分钟可以采集30朵花,每次外出飞行可采集30000朵花。当蜜蜂年老体衰,连花蜜、花粉、蜂胶都不能再采集的时候,它们也会先知先觉,为了不给蜂群再添麻烦,增加负担,便不再飞回自己的蜂房,而是悄无声息地将自己葬在百花丛中,就这样结束了它只知奉献不知索取的一生。

53. 城市绿化为蜜蜂进城"务工"提供了岗位

蜜蜂,作为绿色生态环境的使者,它在传播花粉的同时,不但能增加人类的经济收入,还起到了绿色环保的作用。在国外,蜜蜂和蜂农是非常受欢迎的,每当春暖花开的季节,农场主热情地把蜂农和蜜蜂请来,让蜜蜂为他们农场的农作物和果树传播花粉,农场主视蜜蜂为提高经济作物产量的环保专家。

但是随着气候变化、生态环境恶化、杀虫剂滥用以及其他诸多因素的影响,目前全球的蜜蜂数量锐减,为此,美国已发出了"蜜蜂短缺已影响收成"的预警。据了解,在美国将近三分之一的作物是依赖蜜蜂授粉,所以许多地区的养蜂协会纷纷组织当地的业余养蜂人,将自己的蜜蜂租给乡下的农民,专门用以给农作物授粉。从纽约到洛杉矶,居住在城里的美国人大多认为小规模养蜂,不仅可以作为保护蜜蜂的一种方法,还可以给他们种植的作物授粉,并给人们提供大量的免税蜂产品。在全美业余养蜂人对议员开展了游说活动后,从2010年起,美国政府颁布了一系列的法律法规,使得美国城市养蜂合法化。

随着人们环保意识的增强和对有机食品的热衷,以往的养蜂人通常只是居住在乡间的农夫或牧民,但眼下越来越多的城里人,其中包括众多企业白领、教授学者、退休老人以及家庭主妇,都纷纷迷上了业余养蜂。他们在自家的庭院内放上几个蜂箱,成为市中心区域的"养蜂人",收得蜂蜜后自制各种蜂蜜果酱和蜂蜜点心,跟好友、邻居们交换品尝,并从中获得自信、满足和友谊。在当今的美国,不论是在一些大城小镇狭小的阳台上,还是在鲜花常开的后花园里,都可以见到形状各异、颜色不一的蜂箱,甚至在白宫花园内也安放了一些由热爱业余养蜂的政府要员"认养"的蜂箱。据悉,连奥巴马总统一家也喜欢上了养蜂,自称为"绿色休闲人"。所以在美国,一些以增进情谊、交流养蜂经验为宗旨的大小养蜂俱乐部也应运而生,成员数量屡日倍增,可见人气之旺。

  在亚洲,日本繁华的大都市东京著名的银座商业街,成立了公益社团"银座蜜蜂项目法人",利用所有商业大厦的楼顶养蜂,收获的蜂蜜交给银座的糕点食品店加工后推向市场销售,很受消费者追捧。这种养蜂模式既促进了商业繁荣,还为城市生态绿化做了贡献。在欧洲,据英国《每日邮报》报道,飞利浦公司为了迎合城市养蜂的潮流,推出了专为家庭养蜂者设计的一种名为"城市蜂房"的装置,让人们足不出户就能养蜂、采蜜,同时还能免受蜜蜂蜇咬的麻烦,这种"城市蜂房"由两部分组成,一部分为一个悬挂在室内的玻璃容器,里面有方便蜜蜂架设蜂巢的简易框架,使用者可直接观察蜜蜂飞舞的场景,玻璃容器内还有一个烟熏装置,可以让蜜蜂安静下来,以免打开玻璃罩取蜂蜜时被乱飞的蜜蜂蜇到;另一部分是一个悬挂在室外的花盆,其上有一条管道让蜜蜂们可以从巢中飞到室外,传授花粉、采集花蜜。

  城市养蜂的好处有很多,它除了为用户提供新鲜蜂蜜外,还有助于为城市周边种植的蔬菜及瓜果植物进行授粉;并且能让你在工作之余身心疲惫时观察到蜜蜂是如何在蜂巢繁忙工作的,为家庭生活增添生机和乐趣,有助于人们保持身心健康。

  如今,城市养蜂已经成为一种绿色环保的潮流和趋势。但在中国,城市养蜂还未能被人们所接纳,许多人认为在城市养蜂不仅会威胁到市民的安全还会影响市容。其实他

们不知道,城市里拥有占地面积很大的公园、绿地,放蜂更有利于开花植物和树木的生长。蜜蜂是我们人类的好朋友,我们应该像爱护宠物一样地爱护它们,为它们在城市的生存提供一个栖身之处,这样既能为生态环境的改善做贡献,怡情身心,又能给我们提供纯正、甜美的蜂蜜,何乐而不为呢?

54. 只要精神在,家园指日待

人类按照地域、民族建立自己的国家,在"大家庭"里人们协作分工、各司其职,在为国家的发展做着贡献的同时,也为了各自的"小家"劳碌奔波着。蜜蜂王国里的蜜蜂们也是这样,它们协作分工,各司其职,但和人类相比有所不同的是,它们没有自己的小家,王国是它们共同的家,也是它们的避风港、求生地和安乐窝。它们任劳任怨,把辛苦工作得来的成果全都奉献给了王国。它们热爱国家,忠贞不渝,为了王国的利益,不怕千难万险,甘愿献出自己的生命,是一群名副其实的爱国主义者。

在蜂群社会里,所有的蜜蜂都热爱自己的群体,热爱自己的家园,当它们在外采集花蜜时,哪怕遇到再大的困难,都要想方设法地返回自己的家园。每当遇到了闹饥荒迫不

得已时,蜂群里的老龄蜂就会冒着生命危险想方设法到其他蜂群里去偷盗,虽然这是一种很危险又迫不得已的行为,因为一旦被发现会被撕咬得遍体鳞伤,但它们从不考虑个人的得失,还会义无反顾地把用生命换来的蜜汁奉献给群体,自己一点都不享用,即使默默死去也没有一丝怨言。

蜜蜂有着很深的恋家情结,一旦失去了家园就仿佛失去了生存的依托和动力。在养蜂场里,养蜂人每隔一段时间都会根据生产需要,搬迁前往新的蜂场,这时往往会有一部分外出采集的蜜蜂回来后找不到家。它们会在原来家的附近苦苦地寻找,等待着蜂王的归来。此时它们已经成了失去蜂王呵护、没有了国家的"亡国奴"了,面临的是饥饿和寒冷,等待的是死亡,但它们仍义无反顾地坚守在故土上,抱着"生为王国生,死为王国死"的信念,活要活得有价值,死也要死得有价值。

据养蜂专家介绍,每年因为蜂场的中转等各种原因,会有几万、几十万甚至是上百万蜜蜂被遗留,这些蜜蜂一旦寻找不到自己的群体,便会逐渐地死去,这个损失对于养蜂人来说也是惨重的。那么,有没有什么办法把这些散蜜蜂重新组合起来,减少损失呢?事实证明是完全可以的,因为它们处在饥寒落魄的境地,非常渴望拥有一个新的家园,只要在显眼的地方摆放一个空蜂箱,在蜂箱里的巢脾上放上蜜蜂爱吃的饲料,最为关键的是还要为这些蜜蜂请来一位健壮的蜂王,这样开展生产的基本条件和蜜蜂王国繁衍生息的

条件均已具备了。一夜之间突然出现在眼前的一座空城和现成的蜂王,这真是令它们欣喜若狂!虽然它们来自不同的群体,相互之间气味也不相同,但是特殊的境遇促使它们走到了一起,即将开始新的生活。这时候,王国里的每一只蜜蜂都非常珍惜这来之不易的重组的"国家",它们会付出比以往更多的勤奋和努力去为新家奔忙起来。你看,它们昨天才刚刚聚集在一起,今天就已经做好了分工,开始工作了,而且大家齐心协力,个个斗志昂扬,短短几天时间就把供蜂王产卵的巢脾建造好了。外出采花粉和采花蜜的采集蜂们也不甘落后,它们的生产热情空前高涨,不光解决了整个王国成员的温饱问题,而且粮食库里面也储藏了满满的蜂蜜和花粉,足够整个王国衣食无忧一段时间了。据养蜂人观察,同样数量的蜜蜂,在相同的时间里,重组的蜂群比原蜂群产蜜量要高一倍还要多,这到底是什么原因呢?

在自然界中,无论是人还是动物,个体总是难以对抗自然的挑战,只有团结成群,才能迸发出强大的生存和生产力。对于一个国家来说也是如此,只有全国上下人心一致,共同为祖国的繁荣昌盛做贡献,这个"国家"才能屹立于民族之林、世界之巅。

55. "共产主义"在蜜蜂王国里已延续了亿万年

19世纪,马克思和恩格斯提出,人类社会发展最终要实现的是共产主义社会。在这个社会里没有剥削,没有压迫,没有贫富贵贱之分,大家各尽所能,按需分配,享受平等的权利和义务。共产主义是人们所向往的,但还需要经过一定阶段的社会发展才能够达到。我们人类都还未进入共产主义,而在蜜蜂王国,蜜蜂们早已懂得共产主义的优越性,早早地进入了"共产主义"。

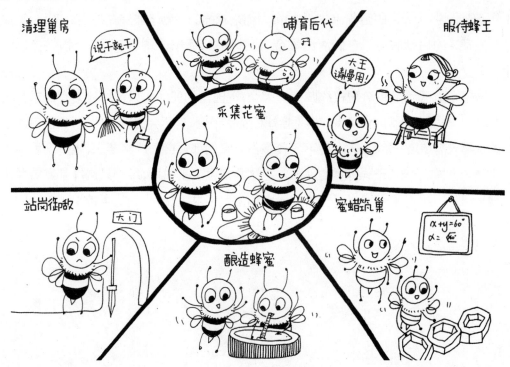

一个蜂群就是一个小社会,吃、喝、住、行、祛病、抗灾,一应俱全,每一只蜜蜂都在各自的岗位上操劳着,没有命令、没有安排、没有监督,所有的蜜蜂都是自主自觉地去工作,而且顽强、勤劳、勇敢,为了群体的利益可以牺牲自己的生命。蜜蜂王国里,蜂王忙着产卵繁衍后代;数量众多的工蜂负责蜜蜂王国里的大小事务,它们从羽化出房就开始从事力所能及的一切工作,清洁巢房、哺育幼虫、服侍蜂王、泌蜡筑巢、酿造蜂粮,随着一天一天长大,开始站岗御敌、外出采集食物,等等。虽然蜂王被尊为"一国之后",工蜂们做着

王国里最繁重的工作，但是它们没有等级制度，没有"首领"和"指挥官"，不同的只是工作分工。哪里有需要就到哪里去，是它们工作的宗旨。

在蜜蜂王国里，外勤工作是最辛苦、也是最危险的工作。小蜜蜂生性勤劳，只要有花的地方就有它们的身影，从太阳升起一直到夕阳西下，它们每天都要在外工作长达 10 多个小时，它们要采集花蜜、花粉、树胶和水供蜜蜂王国的每一只蜜蜂享用，每次都要负重飞行很远把采来的花蜜带回蜂巢。外出采集，除了会遭到天敌的杀害外，还经常遭遇狂风暴雨，往往会"壮士一去不复返"。然而为了群体的利益，它们不怕牺牲，无所畏惧，也不贪图享乐，更不计较得失，即使蜂巢里已经贮存了足够充分的食物，它们还是要不停地工作，不断地扩大库房的储备，使群体的实力越来越强。外勤蜂能够在外安心劳作，也离不开内勤蜂的后勤服务。它们清洁巢舍、建脾储粮、保家卫国，甚至不惜牺牲自己的生命。

蜜蜂王国里，食物的分配权统归蜜蜂大众，王国里的任何一只蜜蜂只要有需求都可以去享用，需要多少就取食多少。但是蜜蜂们都很节俭，也不会去贪占便宜，它们每次取食的食物只需满足日常的工作，绝不多食多占。它们都对自己严格要求，也不会发生干好干坏一个样，干与不干同得赏的现象。在这共产主义王国里，每一只蜜蜂都勤劳并快乐地生活着，它们的勤劳换来了王国的强大和生生不息，也给我们人类带来了美味的食物——蜂蜜。

第三篇

蜜蜂王国里的科学

56. 仅凭六只脚一张嘴,蜂巢怎么造的?

当你走过某一个建筑工地时,你一定会看到到处堆满了钢筋水泥等建筑材料,卡车穿梭其中运送着各种建筑材料,塔吊高耸入云,起吊着各种建筑材料上下运行,工地上戴着头盔、穿着工作服的建筑工人在忙碌着。而与此相反,假如你白天站在一个蜜蜂巢前,看到许多蜜蜂飞进飞出,簇拥在巢内,似乎飞回来的蜜蜂是忙着卸蜜,待在蜂巢里的蜜蜂是在酿蜜,飞出的是继续去采蜜。很少有人看到蜜蜂们是怎样来营造蜂巢的,也不会看见蜂房内外堆放着建筑蜂房的材料,那蜜蜂的巢房是用什么材料建造的呢?

原来,蜜蜂盖房子用的是从它们肚子上分泌出来的蜂蜡,就好比是我们人的汗渗出皮肤一样。蜜蜂身上产蜡的器官一共有四处,科学家给它取了名字叫蜡腺。

蜜蜂在产蜡以前都会饱饱地吸食一顿蜂蜜,然后集合在蜂箱顶的天花板上,静止不动,经过一昼夜后,吃下去的蜜汁经蜡腺转化成含蜡的液体,这种含蜡的液体最初是暖暖的,当它从蜜蜂腹部腹板的 8 条细缝中渗到体外来时就会冷凝成非常轻几乎称不出重量的蜡鳞,这些细小的蜡鳞是一种不规则的椭圆形,就像透明的云母片。每只工蜂一次能

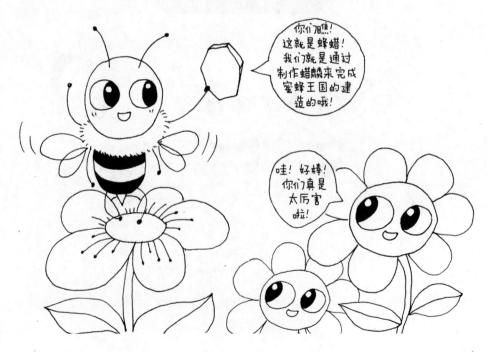

形成8个蜡鳞,而建造一个工蜂房要消耗蜡鳞50多片,建造一个雄蜂房要120片。这些蜡鳞非常轻,约400万片才相当于1克重。而蜜蜂每生产1000克蜡片,就需要3500克蜜作为原料。那么这3500克的蜜对一只蜜蜂而言,需要来回飞多少路,采多少花蜜呢?据专家推算,在蜜蜂王国里,建筑蜂房的工作是由年轻的工蜂担任的。它一不需要像鸟类那样到处去找建巢材料,二不用任何工具,那它们又是怎样造起这些整齐的六角形蜂房的呢?

蜜蜂在盖房子的时候,首先由一批工蜂固定着在一块事先造好的或人造的巢础上,然后用它的后腿钩住后面一只工蜂的前足,第二只工蜂又用它的后足钩住第三只工蜂的前足……这样一只钩一只地拉成一长串。然后就像建筑工人从工具兜里取出钉子一样,用它那具有剪钳作用的后腿把蜡鳞从蜡腺上取下来,传给前腿,送到嘴里咀嚼,再揉成致密的一团,同时掺和进一种酸性唾液,让它变得很柔软,接着便一点点地粘在要盖的"房子"的基础上。用两只前颚当作剪刀,把多余的剪去,再用它的触角当"两脚圆规",不断地前后移动,与此同时不断地抚摸着蜡壁,测算着它的壁厚,并插进空腔去测量蜂房的深度,这就是蜜蜂千百万年来永恒不变法定的施工"规程"。据一只长期从事造房工作的老工蜂"告诉"我们:每只蜜蜂只用数秒钟的时间就可以把蜂蜡糊上壁去,而此前的准备工作搬动、搓揉的时间则比较长,需要4分钟。大多数建房的时间都是安排在一个气候条件较好，不冷不热的夜晚，只要大家齐心努力，一般来说只需要一个晚上，一个精致整齐划一的六角形蜂房天亮时就会呈现在眼前了。它还非常自豪地说："你别看我们在建房时忙忙碌碌的，其实大家都是有条不紊，忙而不乱，大家都很轻松，就仿佛根据乐谱上的乐曲在跳着舞蹈似的。"蜜蜂这种与生俱来的巧夺天工的造房本领实在令我们人类折服。难怪18世纪进化论的泰斗，英国的达尔文说："蜜蜂蜂房的精巧构造十分符合需要，如果一个人看到如此精巧而不倍加赞扬，那他一定是个糊涂虫。"

57. 揭开蜜蜂飞行的奥秘

昆虫是世界上第一批飞行家，而蜜蜂又是昆虫界绝好的飞行高手，它们每出去采一次蜜，都要飞行1000～2500米远。蜜蜂一天要飞出去采蜜40多次，如果要酿成1000克蜂蜜，蜜蜂必须在200多万朵花上采集原料，平均算下来蜜蜂在蜂房与花丛之间往返飞行约15万趟。如果一只蜜蜂一天内采集0.5克花蜜，蜂房与花丛的距离为1500米，采集1000克蜜蜂蜂就要飞45万千米，相当于绕地球赤道飞行了11圈。

那么蜜蜂究竟是如何飞行的呢？科学家利用机器人模型，再结合慢动作录像，终于解开了蜜蜂飞行的奥秘。原来蜜蜂能在空中随心所欲的飞行要归功于它独特的翅膀构

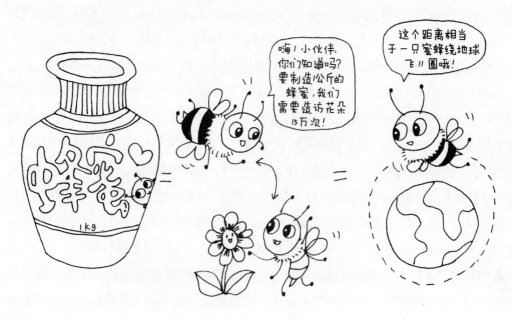

造。蜜蜂的两对翅膀透明轻盈,薄似绢纱,这种透明薄膜状的翅膀在昆虫界中称为膜质翅。更为特别的是在四片翅膀的前缘还各有一块深色的角质夹层部分,看上去好像翅膀上长出了一颗黑痣。蜜蜂翅膀上的这个叫翅痣,是一种防震装置,因为蜜蜂在飞行时,翅膀在每秒钟里要扇动440次,在身上带有花蜜时飞行时速为25～30千米,在没有负载时时速为65千米,在这样快的速度下,翅膀会发生颤动,这种颤动在空气动力学中称为颤振,是一种有害的振动,它会造成翅膀突然折断,而翅痣却能有效地消除这种颤振。飞机两翼上装置的平衡重锤就是根据蜜蜂翅痣的原理,有效地解决了飞机高速飞行时颤振所造成的翼折、机毁人亡的风险。对于双翅目昆虫,它们的飞行除了主要依靠一对前翅外,同时还需要身体另一个重要的组成部分,即身体上的"平衡棒"来保持飞行的平衡,掌握方向。在漫长的进化过程中,蜜蜂的"平衡棒"已经发展为它的后腿,在飞行时它的后腿就像飞速旋转的花样滑冰运动员通过张开的手臂来平衡自己的身体一样。

　　蜜蜂的飞行原理在飞机上却没有应用得到,蜜蜂通过猛烈地拍打翅膀来飞行,可这种力量太小,对飞机这种庞然大物来说根本不可能实现。1934年,科学家安德烈对蜜蜂的飞行进行研究,他应用数学分析和已知的飞行原理来计算蜜蜂的飞行,最后得出的结

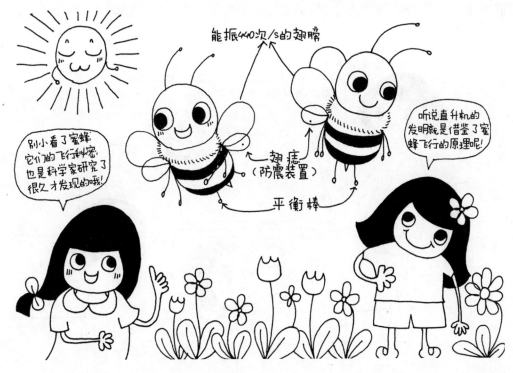

论是"蜜蜂是不可能飞行的"。自那以后,蜜蜂成了不遵守空气动力学原理的典型。当蜜蜂在运送花粉和花蜜时,它背负的重物有时与其体重相当,为了搞清楚蜜蜂为何能承载如此沉重的负担,研究人员让蜜蜂在一个氧气和氦气浓度小于普通空气的狭小空间内飞行,要知道在这种条件下飞行,蜜蜂需要付出更大的努力才能保持向上的姿态。科学家仔细观察蜜蜂的应对,结果发现蜜蜂是通过加大拍打翅膀的振幅,而并不调整振翅频率,从而补充空气动力,保持不会下降。这一发现,启发了人们设计出一种能在适当的位置上盘旋、同时携带物资的飞机,这种飞机就是现代军事装备中已经被广泛应用的直升机,它不仅应用于军事战场上,也可用于地震或海啸的监测及运送救灾物资等多种用途。

58. 蜜蜂是生物中最优秀的数学家

早在一千六百年前,亚历山大的数学家通过数学理论研究后认为,蜜蜂之所以把它的巢造成六角柱状体,是因为这种形状和结构能在材料消耗最少的情况下建造出容积最大数量的蜂巢来,这在理论上是成立的。有研究者曾经做过这样的实验:用三个同等溶剂的容器,分别把体积相等,但形状不同的三角形、正方形、正六边形放到前面所说的容

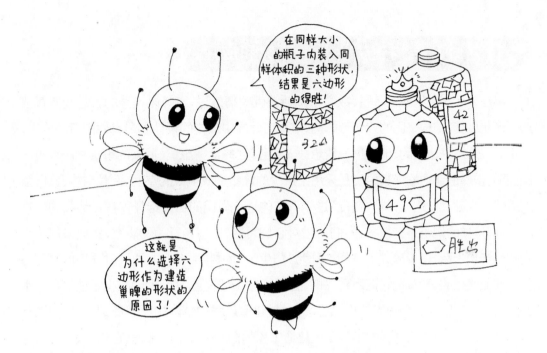

器中摇匀,三次取其平均值,结果三角形能放 32 个,正方形放了 42 个,而正六边形却能放 49 个。因为六边形有 6 个面,相互接触的面积大,孔隙率低,所以它的空间利用率也就高。经过数学计算可以得知,当周长一定时,形成封闭面积的几何图在三个圆形相接的时候,会产生近似三角形的空隙,这就会造成空间的浪费,而且消耗的材料也更多。也许有人会提出来,正三角形、六角形和正方形,当它们各自相接的时候,就不会产生空隙了。但正三角形不仅不适合蜜蜂近似圆形的体型,而且消耗的材料比六角形要多。而如果采用正方形的话,同样也会因为不适合蜜蜂的体型浪费空间,且结构没有六角形坚固。所以如果要用最少的材料造出最牢固、最适合蜜蜂圆形身子的蜂巢,在几何学中,六角形是最适合不过的了,用现代人的话来说就是性价比最高了。

　　随着科学家们对蜜蜂习性及其蜂巢研究的深入,18 世纪初,法国学者乌拉尔其通过对蜂巢从数学的角度仔细研究后发现,蜂巢六边形相邻的两个面之间的夹角为 70°32′,并且从理论上也得到证实,这个锐角是最节省材料的。后来乌拉尔其带着这个结果前往巴黎请教了巴黎科学院院士著名数学家克尼格,经过他计算的结果是 70°34′,两个结果相差了 2′。后来又经苏格兰数学家马克劳林重新计算后得出结论,前两位数学家计算出的结果基本准确,两者之间的差异有 2′,是因为计算时所用的对数表有误。

59. 从蜂窝结构到仿生学的研究和应用

早在公元 4 世纪的古希腊，数学家佩斯波就曾猜想过，蜜蜂以超然的智慧和实践建造出形状优美、结构坚固的六边形蜂窝，堪称自然界中最佳的设计和最有效的劳动成果，是用最少的蜂蜡建成的，他的这一猜想被人们称为"蜂窝猜想"。后来的事实和研究再一次证明，蜜蜂所建造的蜂巢的确是采用了最少的蜂蜡构成最大的空间，而且结构合理，强度最佳。这种绝佳的设计是蜜蜂经过亿万年的进化做出的自然选择。在自然界的生物中，类似这样的例子还有很多，人们通过对它们习性、体型和行为的研究，将成果用于人类的生产和生活，逐步形成了一门被称为"仿生学"的科学。例如，通过对飞鸟体型和海豚头部流线型的研究，把它运用到飞机、潜艇和高铁列车上，从而大大减少了空气和海水的阻力。蜂窝以其最合理的结构、最少的材料建造最强的结构的原理受到了当今航空、航天、导弹技术方面的材料力学与工艺建造工程师们的关注。要知道，在这一领域内，在设计上能减轻一公斤，就可以减少几公斤的"飞行油"，而每多携带几公斤的油料，油箱的体积和发动机的功率等诸多因素都会受影响。所以为了减少这"一公斤"，许多从事航

空、航天及导弹、火箭设计的工程师们甚至会为之奋斗终生。二次世界大战期间,由于材料紧缺,飞机设计制造工程师们在结构上不仅采用轻质、高强的铝钛合金,而且把六角形的蜂窝结构应用到飞机机身的各部位中去,使得机身的结构可以减轻五分之一,由此带来的技术与经济效率就可以想象了。除此之外,蜂窝结构还具有隔音、隔热的性能,因为它能有效地阻挡声波和热能的传导。飞机发动机的外壳就采用了蜂窝结构;电影院的内墙及高速公路离居民住宅较近的两侧利用蜂窝结构作为隔音的设计;导弹、火箭及飞船则利用石棉、陶瓷等耐热材料做出蜂窝结构,能起到保温、隔热、隔音的效果。近几年兴起并已得到广泛应用的蜂窝纸板材料与同样厚度的纸板相比,重量可减轻70%～90%,而强度比原有纸板的强度还高。按此计算,每使用一吨蜂窝纸,就可减少30～50立方米的材料,减少了森林的砍伐,保护了自然环境,大大降低了生产成本。目前这种重量轻、强度高的包装材料,小到手机电脑、电视、冰箱,大到汽车零部件和航空发动机的包装都有它的身影。

　　歌德曾经说过:"自然的伟大,就在于它充满了美好,而且伟大的现象会经常发生在小事情里重复出现。"我们要善于观察研究自然现象,就能从中获得不少有益的启示。小蜜蜂和它的蜂窝给我们带来的启示不正是这样吗?

60. 蜜蜂王国的蜂巢设计

马克思在《资本论》中称赞道:"在蜂房的建筑上,蜜蜂的本事,曾使许多以建筑为业的人惭愧。但是,使最拙劣的建筑师和最巧妙的蜜蜂相比显得优越的,自始就是这个事实:建筑师在以蜂蜡构成蜂房以前,已经在他的头脑中把它构成。"

那么,蜜蜂是如何来设计自己的蜂巢呢? 这里就简单地介绍一下蜜蜂造房的过程和程序。首先,蜜蜂是以采集花蜜和花粉为食的,所以蜂巢需要具备储存蜜粉的功能;其次,蜜蜂王国想要发展壮大,就要繁育后代,蜂巢同时也需要具备繁育后代的条件。有了这两个需求,接下来让我们看看蜜蜂是如何设计巢脾的。

巢脾上的一个个巢孔称为"蜂房",按照蜜蜂王国的成员划分,蜂房又分为"工蜂房""雄蜂房"和"蜂王台"。在巢脾上数量最多的要数工蜂房了,也数工蜂房最为规则整齐。工蜂房是用来培育工蜂和储存食物的,每一个工蜂房都是一个六角形柱状体,一

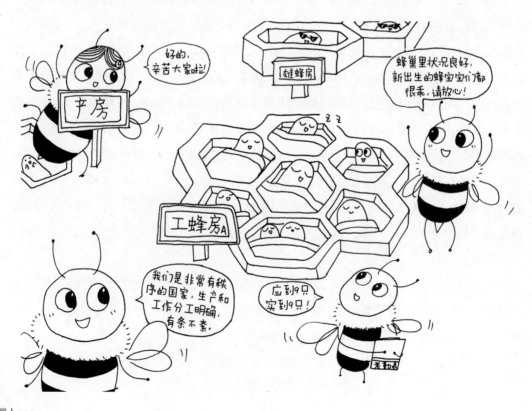

端是平正的六角形开口,一端是闭合的六角菱锥形底,每一个蜂房的墙壁同时又是另外六间蜂房的墙壁,就这样千万间蜂房紧密地连在一起构成了一片蜂房,层层叠叠排列整齐,如千层楼房。每一层蜂房筑成后,蜜蜂们又在其底面上筑起朝反方向开口的另一片蜂房,这片蜂房的底同时也是另一片蜂房的底,就形成了两个蜂房共用一个底,这样既节省材料和空间,又节省劳动力。蜂房一层又一层,直到形成一个完整的巢脾附着在蜂箱壁上。雄蜂房主要是用来培育雄蜂的,也可以用来储存食物,因为雄蜂宝宝的个体比工蜂要大,数量又少,所以蜂房的尺寸比工蜂房大,数量少,只分布在每叶巢脾的边缘。蜂王台是专门用来培育蜂王的巢房,属于临时建筑,只在分蜂季节才会出现几个。蜂王台多建在巢脾的下方,形状像一粒花生米似的向下垂着,外表布满多孔、凹凸不平的皱纹。

　　巢脾的最中间相对来说是最安全、最舒适的地方,对于蜜蜂而言,会发育成优秀劳动力的幼虫是最珍贵的,所以为了保护它们,产卵的蜂房位于蜂窝的正中间。幼虫房被花粉房包围着,因为花粉是幼虫的食物,这样也方便蜜蜂喂养幼虫。其余的房间就是花蜜房了,每间蜂房都会向上倾斜9度~14度,这样可以防止花蜜流出来。当繁殖季节来临需要增添新成员时,原来的巢脾不够用了,蜜蜂会连夜建造出一块新的巢脾。巢脾之间留有1厘米左右的空隙走廊,供蜜蜂们通行贮存食物和照顾摇篮里的蜂宝宝。走廊有时会作为"会议室",用来开紧急会议。如工蜂们商讨捕杀雄蜂的作战计划,或商议分家的行动计划,侦察兵向同伴通报信息,等等。走廊还是通风道,这是充分考虑了每个房间的通风问题,这样不至于在遇到紧急情况时,大家一窝蜂地拥挤到一块儿,造成拥堵踩踏,甚至因缺氧而窒息闷死在巢里的事故发生。而到夏季遇到闷热天气,工蜂只需振动翅膀就能把凉风从走廊送到婴儿室内的产房摇篮里了。

　　结合自身能分泌蜂蜡的特性,聪明的蜜蜂设计出了令数学家华罗庚都称赞的六角形柱状体蜂房,这足以证明蜜蜂筑巢的科学性了。这种蜂房既可以用来储存食物,又可以用来做蜜蜂幼虫的摇篮。蜂巢由蜂箱和巢脾两大部分构成,蜂箱是养蜂人打造的,而巢脾则是由蜜蜂自行制作完成的。野生蜜蜂的蜂巢则是由蜜蜂依托岩穴或树洞等建造的。

61. 蜂巢的结构最强，"得房率"最高

今天人类所居住的城市，高楼林立，摩天大楼鳞次栉比，钢筋混凝土结构加上玻璃幕墙，不同外观，不同材料，犹如悬挂在天幕之下的乐符和乐章。尽管这些现代的建筑已经达到了美轮美奂的境地，融入了现代材料学、建筑设计理论和先进的施工技术，但如果是和蜜蜂相比的话，那简直就是"班门弄斧"了。要知道人类从身居洞穴到土坯茅草屋，再到秦砖汉瓦，发展到如今的现代高层建筑，历经了三百万年的进化和发展，这和蜜蜂早在二三亿年前建造的蜂脾相比那简直是小巫见大巫。蜜蜂在建造蜂房时，不但用料非常讲究，在建筑施工技术上也十分先进。它不仅懂得节约材料，而且还能根据蜂体行为学用最少的材料造出适合不同蜂体居住的空间，其建筑速度也是令我们人类瞠目结舌。有人曾经观察过，一个拥有 7000 多个蜡质蜂房的蜂巢，可以在一夜之间造成，这相当于今天一个居住 7000 多人的几十万平方米的大型社区，这样规模的小区按照目前建筑施工的速度，要完成所有的配套设施的话，起码得花 3～5 年时间才能建成。

那蜜蜂是怎样在一夜之间把这样一个拥有 7000 多"居民"居住的蜂巢建成的呢？蜜

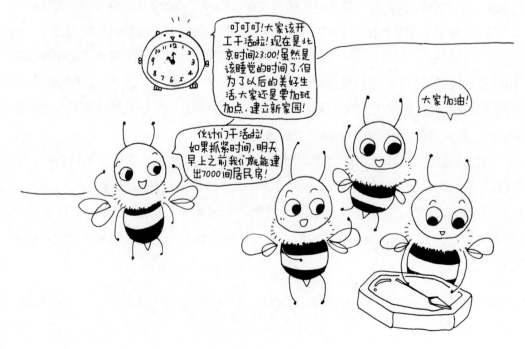

蜂在造它们的巢脾时,是从夜间十一点钟起,悄然无息地干到天亮。筑造巢脾的原料不是从原巢搬运而来,也不是大自然产物或合成品,而是蜜蜂自身的一种分泌物——蜂蜡。蜂蜡是一种可塑性极强的脂肪性物质,发源于蜜蜂腹部最后四节腹板两侧的蜂蜡腺中,蜡腺外表有一层透明的几丁质蜡板。筑巢脾时,蜡腺分泌出液态的蜡质到蜡板上,一经接触空气,硬化为淡黄色的蜡鳞,然后工蜂用后足将蜡鳞取下,经中、前足传到上颚,通过咀嚼混入上颚腺分泌物,从而使蜡质更加复杂,使用性也大大提高。

蜜蜂造房所用的建筑材料是从它的蜡腺分泌出来的蜡,要知道从蜡腺中分泌出来的蜡是有限的,为了节约材料,它们不仅把分泌出来的蜡做成鱼鳞片形状,而且在蜂房的结构上可谓煞费苦心。虽然它们不懂得数学,更不知道什么叫几何学,但它们用自己的身体和一对触须进行实地丈量,同时还考虑到每个蜂巢中要能储存更多的蜂蜜和花粉,以最少的材料造出最大的截面。蜂房当然是圆筒形,但是每三个圆形相交时会产生许多空隙,这样会浪费许多建筑材料,最后它们发现只有正六边形的蜂房不仅空间利用率最大(用现在的建筑术语来说就是"得房率最高"),而且还有利于通风,结构强度也最高。蜜蜂这种无师自通的神机妙算,不得不让开普勒、伽利略以及帕珀斯等古代数学家们顶礼膜拜。

62. 蜜蜂的嗅觉可以与警犬比高下

在蜂群中仔细观察后会发现,有一种头很扁,身体深褐色,带有一条条纹路,绒毛全都消退的老龄蜂在把守着巢脾的大门。它们年轻的时候也曾经干过许多工种,如采花酿蜜,筑巢建房,哺乳幼蜂,伺候蜂王等,而且都干得很出色。如今年老体弱,无力远征了,才把它们调到现在的岗位上来从事门卫工作。它们首要的职责就是看好大门,我们不妨称它们为"保安蜂"。你可不要以为,这是一项谁都可以胜任的简单工作,要从事这项工作必须经过严格选拔后才能"录取",这除了要具有较高的专业技能之外,更注重在工作上的责任心。每天清晨太阳刚刚从东方升起,"保安蜂"就开始忙碌起来了,一直忙到太阳落山。在夏日炎炎的中午,或者是夜深人静大部分蜜蜂都休息的时候,它们还坚守在岗位上,巡逻放哨,一干就是十多个小时,兢兢业业,任劳任怨,从不偷懒。它们主要的工作职责是把好蜂巢的大门,对每一只进出的蜜蜂进行识别和盘查,防止少数不速之客或盗蜂混入。

那么对于一个拥有成千上万"居民"的蜂巢来说,它们是依据什么来辨识住户的呢?况且所有的蜜蜂几乎长得一模一样,又怎么来识别呢?"保安蜂"们充分利用了它们与生俱来的一种特殊的气味识别器官,这种器官能识别属于自己家族成员的特殊气味。

世界上许多国家的科学家利用蜜蜂的这种特性,把它训练成了排雷的高手。美国一个叫蒂莫西·哈尔曼的生物学家通过研究后证实,蜜蜂的嗅觉可以与狗匹敌。经过训练后的蜜蜂,即使混合了其他气味,也能从空气中只有万亿分之一的浓度中把爆炸物辨别出来。所以蜜蜂这种一般仪器或其他生物不可替代的高超技能具有极高的军事用途,更对机场、海关等有特殊安检要求的部门,有着极高的利用价值。美国的洛斯阿拉莫斯国家实验室就曾宣布,他们利用蜜蜂超凡的嗅觉帮助人类寻找炸弹或排雷的研究已获成功。由于历史原因,世界各地目前仍遗留有约1.1亿颗地雷,如果有了蜜蜂这个好帮手,世界各地每年因触雷而死亡或致残的人将会大大减少,投入排雷的人力、物力和时间也将会大大降低,所以利用蜜蜂的高超嗅觉造福人类的时代即将来临。

63. 蜜蜂与生俱来的五种灵感

昆虫是地球上所有生物中种类最多的一个物种,"昆"就是个体小的意思。它们为了生存、繁衍、抗敌,在与自然灾害做斗争的过程中,相互之间的交流、沟通和联系,大致有以下五种灵感。

第一种和第二种是视觉和触觉。昆虫的视觉依靠它突出在前面的两只小复眼,这些由数千乃至数万个小眼睛组成的复眼就像一个凸透镜,昆虫就是依靠它来分辨物体的,由于它不能像照相机那样调节焦距,所以只能分辨较近的物体。例如蜜蜂的有效视距只有0.4～0.6米,所以这些昆虫只靠视觉是解决不了问题的,同时还要依靠触觉。就拿蜜蜂来说,它生在漆黑一片的蜂巢中,触觉就成了它的主要交流方式了。

昆虫的第三种功能,是对声音的分辨能力。当昆虫的听觉器收到声波的刺激时,它就会根据不同的频率判断发声者的不同状态来决定它的行为。昆虫的声音来自于它的胸部发生器,有的是来自于昆虫在飞行时翅膀的振动,不同昆虫飞行时由于振幅的不同所以发出的声音也不相同。例如,携带着花蜜飞行的蜜蜂发出的声音是330赫兹,飞行中的蚊虫发出的声音是600赫兹,蝴蝶类一般只有70赫兹,所以人类只能听到蜜蜂、苍蝇

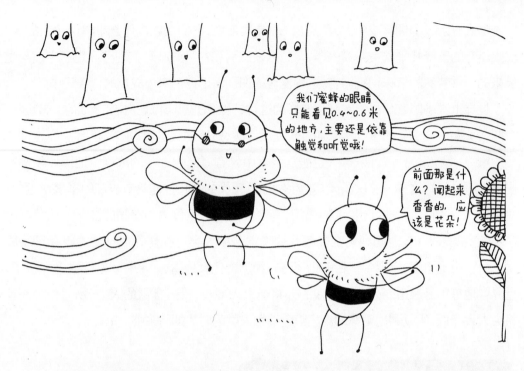

飞行时"嗡嗡"叫的声音而听不到蝴蝶的飞行声。昆虫发出声音信息的主要目的除了御敌、觅食等外，还用以求偶。当雄性发出了求偶的信息之后，雌性听到了就会靠近，直至雄性发出的声音停止为止。不同的昆虫发出不同的声音，有的美如音乐，有的是间歇式的高频声。在蜂巢中，蜜蜂的舞蹈是触觉通讯和声音通讯的结合，这种振动与翅膀振动是密切相连的，而蜂后的振翅声不同于工蜂的"嗡嗡"声，蜂后发音时，翅膀呈折叠状，胸部的快速振动产生尖声，蜂后只有在分群前才会发音，它能使巢内处女蜂后的羽化时间推迟。

昆虫的第四种交流方式，是通过肢体语言和翅膀的舞蹈。能跳20多种舞蹈，最常见的有圆舞、摇摆舞和8字舞，它们所跳的不同舞蹈向蜂群表达了不同的信息。例如舞蹈蜂在跳摇摆舞时，沿直线跳舞的时间就决定了蜜源的距离，如果它爬行了5秒钟，就是在告诉蜂群蜜源离蜂巢有5公里之远；如果它在蜂巢上垂直上下跳起了圆舞，就表明在100米的近距离范围内有蜜源。

昆虫的第五种信息传递方式，是通过昆虫体内分泌的一种特殊的化学物质，它能调节昆虫的性行为，促进昆虫的繁衍和群体生活，不同的昆虫发出的信息素具有不同的功能。常见的有性信息素、聚集信息素、警戒信息素、踪迹信息素和标记信息素等

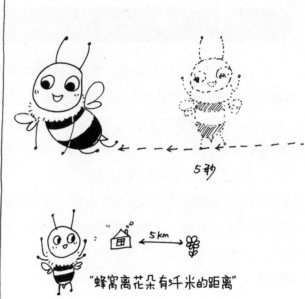

等。性信息素是指由成虫释放的，能被同种异性个体所接受，并引起异性个体产生一定的行为和生理反应的微量信息化学物质。聚集信息素是指招引同种成员在一起进行取食、交配和繁殖的信息化学物质。警戒信息素是诱导同种其他个体聚集、逃避、警戒、防御和奋起自卫等行为的信息化学物质。踪迹信息素是指由蚂蚁等社会昆虫分泌的、表明个体活动踪迹的信息素，以引导同伴寻找食物或归巢。在蜜蜂王国里，蜂王通过释放蜂王信息素来传达它的"圣旨"，并维持其"唯我独尊"的权势。蜂王信息素主要由蜂王的上颚腺分泌，此信息素至少包括9种化合物。在婚飞交配时，蜂王利用蜂王信息素引诱雄蜂；在巢内通过交哺的方式，将蜂王信息素在巢群中传播，促使工蜂聚集到蜂王周围；同时还能抑制工蜂卵巢的发育，刺激新分蜂群采集花粉、培育幼虫。推迟工蜂从巢内活动到巢外活动的行为转换，阻止工蜂培育新蜂王，只有当蜂群发生自然分蜂时，老蜂王才会暂时减少蜂王信息素的分泌，允许产生新的蜂王重组新的蜂群。

64. 蜜蜂信息素——一种传递信息的神秘物质

信息素是蜂群中相互沟通交流、传递各自意图和指令的一种化学物质。它从蜜蜂的体内腺排出,通过空气等媒介传给其他个体。它能影响彼此间的行为、习性乃至发育和生理活动。这种物质不仅在昆虫中,甚至于包括人类等哺乳动物间也普遍存在。

蜜蜂历经亿万年的进化所形成的这种特殊的信息交换方式,是蜂巢里的特殊"语言",这种"语言"只有蜜蜂们能了解其中的含义。不同的蜂种在不同的分工下,当它们接收到这种带有密码的信息时,在行为和生理上都会做出相应的反应,这样有利于整个蜂群能够有条不紊、协调一致地进行活动。在蜂群社会里,不同的蜂种因为社会分工的不同,发出的信息素指令也各不相同,包括有蜂王信息素、工蜂信息素、雄蜂信息素和蜂子信息素等。

蜂王信息素是由蜂王发出的,它对整个蜂群的稳定发展起着至关重要的作用,特别是对工蜂有高度的吸引力,所以一个蜂群中只要有蜂王存在,蜜蜂巢内外活动就会秩序井然。一旦失去蜂王,就像一个国家群龙无首那样会发生骚乱,工蜂接收不到蜂王信息

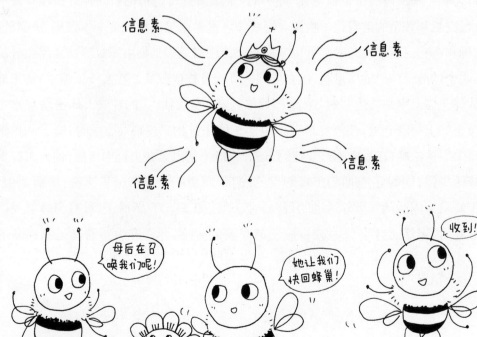

素，采集活动就会急剧下降，许多工蜂甚至会心神不定慌乱地在巢内外乱爬。此时它们就会开始重建王台，培育出新的蜂王然后推它上台。当蜂群内蜜蜂的数量过多时，蜂王信息素量不足无法控制整个蜂群，就会引起工蜂的骚乱，从而促进分蜂的形成。蜂王会发出一种特殊的信息素来抑制那些雌性工蜂的卵巢发育。"婚飞"季节，蜂王信息素在空中释放，会对雄蜂有很强的吸引力，能诱使雄蜂发情，促成交配。人类根据蜂王信息素对工蜂的作用，研制出了人工的信息素，通过在果树花期向果树花朵喷洒信息素来增强蜜蜂对花的采访，提高授粉效率。

工蜂信息素是由工蜂发出的，当蜂巢遇到入侵或蜜蜂自身发生危险时，工蜂会用上颚咬住入侵者或用尾部的螫针实施蜇刺，它们通过这种方式把信息素留在敌人身上，"告诉"同伴攻击的目标，接收到这种信息素的本群工蜂，往往会分泌更多的信息素，使其浓度增加，吸引来更多富于攻击性的工蜂。工蜂信息素还是一种导航信号，工蜂将此种信息素涂在巢门口，可以引导本群蜜蜂找到巢门。外出找到蜜粉源的侦查蜂也会将信息素标记在采集地点，以加强对其他采集蜂的吸引力，引导蜜蜂飞到饲料源。新蜂王带领分蜂团飞走时，工蜂信息素和蜂王信息素一起，对分蜂团的稳定起了很大的作用。工蜂信息素可调整分蜂团的运动，使无蜂王的蜂团向有蜂王的蜂团运动，引导飞散的蜜蜂找到蜂王。春夏采收旺季，工蜂会连夜建造新的巢脾，新巢脾会散发出一种特殊的香味，这种香味可大大刺激采集蜂的外出采集和贮藏行为。

在蜂群中，雄蜂一生唯一的"工作"就是和蜂王交配，它所发出的信息素就是引诱处女王对它的兴趣和爱意，从而促成它们的婚配。

每当蜂王在蜂房产下的卵慢慢发育成幼虫后，这些幼虫就会散发出蜂子信息素。这些信息素会让饲养蜂获知幼虫的存在，有利于它们区分雄蜂幼虫和工蜂幼虫。而发育成熟的幼虫也会散发出信息素，它可以促使工蜂将其巢房封上蜡盖，以利化蛹成蜂；同时，这种信息素也会大大激发工蜂们的"母性"，这样才能促使工蜂们更加勤奋地外出采蜜，以便让它们丰衣足食、成长壮大。

研究剖译蜜蜂信息素，可以帮助我们了解蜜蜂的许多复杂行为，对养蜂业和促进农业发展有很多益处。虽然从发现蜜蜂信息素的存在进而研究已经过去了很多年，但还有很多未知的领域在等着人类去继续探索。

65. 蜜蜂头脑中的芯片

法国著名的昆虫学家法布尔，在自家花园的蜂窝里捉了 20 只蜜蜂，并在蜜蜂的背上做上记号，用纸袋装上带到两里多外放飞，最终有 17 只蜜蜂竟准确无误地飞了回来。结合当时的天气情况，他得出了这样的结论：蜜蜂回家的本领靠的不是超常的记忆力，而是一种无法解释的本能。那么，蜜蜂对于方位的辨识究竟具有怎样的本领呢？

蜜蜂已经在地球上生存了约 1.5 亿年，正常情况下，大部分蜜蜂能存活 6 周，蜂王可达几年。科学家已经证实，蜜蜂和人类具有 30% 的相同基因，包括负责大脑运行的许多基因。对于蜜蜂这么弱小的身体而言，它的大脑结构可以说是非常微小和精密了。经研究证明，蜜蜂的大脑和人类大脑相似，它需要持续感官刺激和不断接收信息才能充分生长。对于经常飞出去采集花粉的蜜蜂而言，怎样才能合理安排飞行路线至关重要，要计算出最短的路线行程，并且每个目的地只能到过一次。这个问题看似简单，但如果把它体现在计算机上，就可以更为直观地理解为在地图中寻找最短的线路且不重复地连接所有的地点。在复杂的情况下，随着点数的不断增加，计算机的工作量也将呈几何级数增长，这道看似简单的数学题可是利用计算机测算都需要几天时间才能得到最佳答案。据

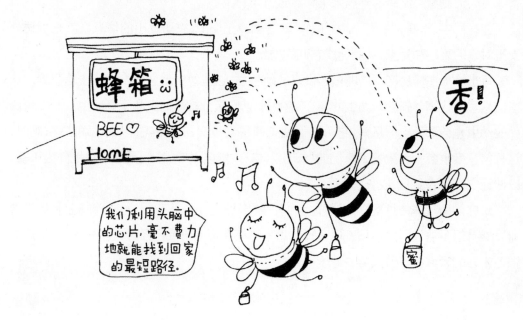

美国《大众科学》杂志报道，蜜蜂的计算能力远远超过了电脑，它能够在最短的时间内给出最佳的答案。英国伦敦的玛丽皇后大学经过研究发现，蜜蜂在路线距离的测算上具有超人的计算能力。在飞行过程中，蜜蜂在不断地消耗体能，而它们在花丛中的这种飞行其实就是在不断解决最佳线路问题，蜜蜂依靠自身惊人的记忆力和测量阳光的角度寻找到最佳路线，从而可以在最短时间里飞回蜂巢。研究人员通过将蜜蜂放在由电脑控制的几百朵人工假花丛中发现，虽然花朵的排列顺序被改变或是增加了新的人工假花，但蜜蜂依然可以在短时间内计算出新环境中最短的飞行线路。由此可见，蜜蜂微粒般大小的头脑远比最先进的计算机还要精确、快速。

另外，研究人员还发现，蜜蜂具有气味刺激导航记忆系统。蜜蜂拥有五个记忆阶段，在它身上除了通常的短期、中期和长期记忆阶段外，还有早期和晚期记忆阶段。这说明蜜蜂身上的许多分子演变过程与大型动物相似，蜜蜂的学习是建立在回报模式的基础上的，如果蜜蜂因某一行为得到了一次酬劳，它会记住一个星期。如果因同一种行为得到过三次酬劳，它这辈子都不会忘记。人们已经在蜜蜂脑部神经网中找到了与这些记忆阶段相对应的控制区域，凭借这些记忆，蜜蜂不但可以计算路程的距离，还能够分辨许多颜色、图案和香味，它们甚至可以从几百种气味中准确地嗅出要找的那一种，有的甚至可以嗅出几米外的花朵分泌的是花粉还是花蜜。科学家说："气味刺激蜜蜂的导航记忆，它们能记起花的位置和颜色，就像某种香水的味道能唤起你对很久前相识某人的回忆。"蜜蜂的小小头脑却拥有如此惊人的信息容量，实在让人类惊叹。

随着人类社会的发展，我们如果能够破解蜜蜂选择路线的奥秘，将会对未来城市的交通规划、物流运输以及计算机网络通信产生十分重要的意义。

66. 靠充电为生的蜜蜂机器人

据全美养蜂协会的最新统计，目前美国全国的蜂群数量相比 10 年前减少了至少三成，比 25 年前则更是锐减了至少一半。而蜜蜂的急剧减少对农业的危害几乎是致命的。众所周知，授粉是植物最终结出果实不可或缺的环节，目前大约 85% 的水果和蔬菜都离不开蜜蜂授粉。面临蜜蜂濒危，有没有更好的途径来解决这一问题呢？随着科学技术不断发展，人类能不能制造一群机器蜜蜂来帮助人们传花授粉呢？哈佛大学副教授魏国勇

曾提出过这个建议：将机器人飞行器进化成自制的机器蜂群。2007年，他首次研制成功了实物大小的机器人苍蝇。而要达成蜜蜂的自制飞行，需要更紧凑的高效能源，以及可以无缝整合到机器蜜蜂体内的电子部件。除了用这些部件组合完成蜜蜂的身体外，还需要制作一个蜜蜂的大脑，也就是能控制和监测蜜蜂的飞行动态硬件和软件系统来操控它的飞行，同时还需要研制人工智能传感器，测知同伴或其他物体，简单决策加以协调。这款命名为RoboBee的机器蜜蜂需要复制蜜蜂的其他特色，于是招募生物学家给予蜜蜂行为方面的建议；计算机科学家参加编写协调蜂群行动的软件；接受材料科学家建议，开发微型可充电的燃料电池。魏教授还设计了一个微处理器，能处理来自多个传感器的数据。他专注于蜜蜂的飞行器系统，务必使机器蜜蜂能做到升降自由，并能像真正的蜜蜂那样在空中盘旋、停留。在设计上，机器蜜蜂拥有一对碳纤维制成的轻巧翅膀，由主动器拍打；触须部位的天线完成蜜蜂间的数据传递，防止碰撞障碍物；顶端三叉的脚是微燃料电池充电以及传感器数据上传到计算机的通路。眼睛的功能更多：紫外线传感器通过扫描定位花丛位置；数码相机跟踪身下面的物体，确定蜜蜂的飞行速度和距离；光学传感器跟踪太阳，让蜜蜂辨别方向。而所有的一切都由机载的大脑来指挥，它是单一的线路板，控制包括平衡和盘旋在内的基本功能，处理来自众多传感器的数据。

　　由于分工的不同，各种机器蜜蜂的装备也不同。比如侦察蜂就配备完善的传感器，善于观察和数据采集，飞行路线随机应变；工蜂则有较大容量的电池，适应长途飞行，路线是直飞已确定的花区，并备有拾花粉、送给其他花朵的附件。蜜蜂相互之间也保持有通信网络,维持团队的活动,从而使整个蜂群能顺利运行授粉任务。在未来的果园里,只要放置一个机器人蜂房,首先侦察蜂会飞离,寻找花瓣的紫外线纹样,这和真正的蜜蜂完全一样。头上的照相机记录蜜蜂下方的目标,确定当前位置,推算已飞行距离。当它们返回蜂房、站在出入口充电时,采集的数据传给中央计算机,然后汇集成整个果园的花朵位置图。接下来,工蜂们就直接飞向各自的作业区完成授粉任务了。如果机器蜜蜂研制成功,在未来的果园里,也许我们就能看到只授粉而不吃蜜的蜜蜂了。同时,机器蜜蜂还可用于沿途对环境污染等进行检测,或者在灾难后寻找生还者。

虽然机器蜜蜂可以缓解授粉问题,但它并不会酿造蜂蜜,更不会为我们带来营养保健的蜂产品。蜜蜂传花授粉对人类来说是一种双赢,我们在研制机器蜜蜂的同时,不应该忘记为我们提供了丰富健康保健品的蜜蜂,对它们的保护应该是我们人类的责任。

第四篇
蜜蜂与人类的关系

67. 人类与蜜蜂相互依存的历史源远流长

在亿万年前的远古时代,蜜蜂尚处于野生状态,岩石的壁缝、干枯的树洞都是蜜蜂建巢的地方,而当时人类的进化还处在原始的母系社会。为了生存,人类大多以采集天然的植物种子和狩猎为生,偶尔也会从蜂巢中掠夺蜜蜂赖以生存的食物——蜂蜜。久而久之,人类逐渐发现蜜蜂们喜欢把巢筑在岩石的缝隙和树洞里,而且蜂蜜取之不尽。有了火之后,人类慢慢改变了过去那种"一窝端"的疯狂掠夺方式,开始采取烟熏火燎的方式,先是把蜜蜂熏出窝,然后再取食蜂蜜,目的是把蜂窝留下来,让它们继续再生。同时这些原始人类还会给蜂巢做上记号,以便日后再来采集。这就是远古时代人类最早与蜂巢亲近,并开始学会把蜂蜜当作美食的开始。

在西班牙巴伦西亚比柯普附近群山的一个洞窟里,有许多公元前7000年左右的中石器时代壁画,其中有一幅用红石绘制的壁画,反映了当时采集蜂蜜的情景:从一座陡峭的断崖上垂下一些粗茎或绳索,一个人正在抓住粗茎爬到峭壁凹处的蜂巢前面,一群被激怒的蜜蜂在周围飞舞。在土耳其北部,类似人类采集蜂蜜的壁画也被发现。

随着人类社会的不断进步,逐渐远离了刀耕火种的时代,取而代之的是种植业、畜牧业的逐渐发展,社会文明、生产力的进步,又向前迈了一大步,人们也慢慢开始学习养蜂了。起初他们把有野生蜂群的空心树段搬到住所附近,或者使用各种容器收容自然分蜂群,开始驯养它们,需要时就去割取,方法极为简单。陶器、石器时代,人们学会制造并使用陶瓦器皿。在地中海沿岸,人们用陶土做成蜂窝;中东地区和古埃及人使用黏土做的粗管平放重叠在一起作蜂窝。公元前2400年到公元前600年,古埃及的金字塔和寺院墙壁上绘有人们从陶罐做成的蜂窝中收获蜂蜜,用编织笆篓作蜂窝。不仅如此,古埃及人还利用蜂蜜发酵酿酒,这种酒比葡萄酒和啤酒的历史还要悠久。公元前3000年,古埃及尼罗河上下游的一些游牧民族还学会了流动养蜂,他们把蜂窝放在木筏上,在一个地方采完蜜以后,再沿尼罗河转移到另一个有植物蜜源的地方。

　　随着人们对蜂产品认识和需求的不断提高,养蜂技术也不断地累积和改善,人们也总结了许多经验,发明并研究出许多蜂产品来为人类所用。例如,公元前594年,古希腊和古罗马的一些著名学者和诗人的著作中有许多关于蜜蜂生活习性、蜂产品利用和养蜂管理的资料。古罗马名著《论农业》中也记载了当时在地中海沿岸的国家,养蜂业的兴旺情景以及他们用蜂蜜和蜂蜡作为重要物资,来交换食物等日用品的介绍。在中国,人们

同样也把蜂蜜和蜂子视为珍贵的食品。早在2000多年前,已将蜂蜜、蜂蜡、蜂毒和蜂花粉作为药物广泛使用。在《诗经·周颂·小毖》中有"莫予荓蜂"的诗句,这是"蜂"字的最早文献记载。"蜜"字则首见于《礼记·内则》(前3世纪)。东周时期(前770—前256),出现了现存最早的有关养蜂的文献——《山海经·中山经》(约前3世纪)。晋代《高士传》、晋代张华的《博物志》以及《永嘉地记》中已有了家养蜜蜂的确切记载。宋王禹偁所著《小畜集·蜂记》中记载,蜂群中有蜂王,比一般蜜蜂大;幼蜂王产于"王台"之中;刺杀王台可以控制蜂群分蜂;蜂群丧失了蜂王就骚乱不安;取蜜过多,则蜂群受饿;取蜜过火则蜜蜂采蜜不勤;蜂群有蜂王和一般蜜蜂之分,产生新蜂王是蜂群分蜂的必要条件,等等。宋代以后的许多农书中都有关于养蜂技术的介绍。

16世纪以后,由于科学技术的发展,改进了原始养蜂技术,充分利用蜜蜂杂交优势等先进技术,大大提高了生产率,同时还开发出了蜂王浆、蜂花粉、蜂胶、蜂毒等许多种新制品。蜜蜂为农作物授粉,成为农业增产措施之一,已被政府和广大农民所重视。蜂蜜、蜂蜡、蜂王浆、蜂花粉不仅已成为广大老百姓改善生活、保健医疗、提高生活质量的必需品,也为国家出口创汇提供了一种资源,中国每年出口的蜂产品就高达8万吨,成为贸易物资。养蜂业与人民生活密切相关,实际上它已成为现代农业促增产保丰收的一个重要手段,所以蜜蜂虽小,且默默无闻,但为我们人类做出了巨大的贡献。

68. 远古时代,寻觅蜂巢是一种职业

在刀耕火种的原始部落社会时代,人类要获取蜂蜜可没有现在这么容易。那时候的蜜蜂还处在野生状态,人们也不懂得去饲养,想吃蜂蜜就得去找到蜂群或蜂窝。那时候采蜜就像狩猎那样,要到茂密的原始森林里去寻找,一旦发现蜂窝,还要冒着被群蜂蜇刺的危险爬到大树上采取"一窝端"的方式把蜂窝摘下来,再把蜂蜜掏出来。

这种以狩猎的方式采蜜不知延续了多少个世纪,这种方式不仅难以寻觅,而且非常艰辛。后来人们发现蜜蜂们经常要到流淌的小溪中吸水,于是就尝试着对它们进行跟踪盯梢。要知道,人类在茂密的丛林里去跟踪追逐一群飞行的蜜蜂可不是一件容易的事,有时候跟着跟着就找不到了。后来他们想了一个聪明的办法,先抓几只蜜蜂把它们关起来,然后释放其中的一只,那只蜜蜂就会向自己的蜂巢飞去,如此重复多次,通过蜜蜂"带

"路"的办法来寻找蜂巢。久而久之,这种专门寻找蜂巢、猎取蜂蜜的工作逐渐就演变成了一种类似猎人一样的职业,叫"猎蜜人"。据说,有经验的猎蜜人在没有"蜜蜂向导"的情况下,竟可以凭借轻微的空气振动声或者远处蜜蜂的鸣叫声来判断附近是否有蜂巢,少数行家仅仅凭借蜜蜂的排泄物就可以追踪到蜂巢。在那个年代,猎蜜人把他们发现的蜂巢当作私有财产,有的在蜂巢的岩洞前堆上一堆石子作为记号,有的在悬挂蜂巢的树上刻上记号等,用这些方法来表明蜂巢的归属权。这样,野生的蜂巢就成了猎蜂人获取蜂蜜的源泉。12 世纪的欧洲,猎蜜人成了一项专门的职业,他们找出密林深处最佳的获取蜂巢途径,而路径往往是非常保密的,因此被称为"蜜蜂小道"。"蜜蜂小道"在那个时期是有价值的商品,在许多遗嘱和契约中都有记载。

在非洲一些地区,有一种喜欢吃蜂蜜的蜂鸟,被称作"蜜蜂向导"。这种小鸟身体比燕子还小,但它没有天生的本事去袭击蜂巢,它们只能用叽叽喳喳的叫声引导蜜獾去找蜂巢,依靠人类或凶猛的动物去为它们"干坏事"。有经验的猎蜜人走进森林时并不径直到森林里去寻蜂巢,他们总是侧耳倾听。不一会儿,一只小鸟高声鸣叫着飞出密林,在猎人头上盘旋,这是一种叫声刺耳、身色灰绿的鸟。猎蜜人一见到它就喜笑颜开,小鸟在猎人头上盘旋一会儿后就"叽、叽"地叫着向密林深处飞去。小鸟似乎是专门为猎蜜人做向导的,它不时停下来,鸣叫着引导猎蜜人跟上自己。有时,它会飞到迟疑不前的猎人头顶上转圈,仿佛催促猎人赶快上路。就这样,小鸟带猎蜜人行走一两千米后,停止了鸣叫,开始在林间无声地飞着小圈。小鸟飞了几圈后落在一棵树上。这时,如果猎蜜人还没有反应,小鸟就会再飞起来,飞几圈后,再落回到原来那棵树上。最终,猎蜜人明白了小鸟的意思,开始在树上搜索,蜂巢就这样被找到了。每当猎蜜结束,人们总不会忘记"向导"的功劳,会留一些蜂蜜给小鸟以示感谢。有这样一个传说:如果猎蜜人没有给这种小鸟报酬的话,下一次蜂鸟就不会再把人引到蜂巢,而是向人类报复,把人引到豹子或非洲最凶恶的毒蛇那里去。

69. 冷兵器时代,蜜蜂曾被作为一种武器

人类利用蜜蜂酿蜜的历史源远流长,而除了酿蜜外,蜜蜂还具有极强的群体性,当它们团结一致对敌时,会显示出极强的攻击性。古今中外战争史上有许多兵家利用蜜蜂的这一特点,设计出了"蜜蜂士兵"和"蜜蜂弹药",从而起到了出奇制胜的效果。

在冷兵器时代,战争中使用的武器有削尖的木棍、石块、火把、弓箭等,相比之下,蜜蜂就属于高科技武器了,蜜蜂能追赶、攻击敌人,对人们造成恐慌。古希腊战争中,蜜蜂常常被当作最厉害的武器使用。玛雅人创世纪中有这样一个故事:当部落族人被敌人围困在山麓的村庄里时,部族人巧妙地把黄蜂、马蜂和蜜蜂装在泥罐和葫芦里,放置到各处,然后故意把敌人放进来,随后立即将葫芦打开,黄蜂、马蜂、蜜蜂就像一团团的烟雾涌出,直扑入侵的敌人,使得他们狼狈逃窜。在中世纪的西欧,英王理查一世率兵攻打耶路撒冷的古城堡时,见该城防守严密易守难攻,便决心智取。他命令部下把一箱一箱的蜜蜂投向城中,蜂箱摔破后,成群结队的蜜蜂蜂拥而出,黑压压一大片。守城的士兵被蜜蜂蜇伤,疼痛难熬,吓得纷纷钻进地窖躲藏,等他们想起自己的职责时,城堡早已经改旗易帜被英军占领了。

此后,英国人还发明一种被称为"会飞翔的短箭"的新式武器用于战争,他们把蜂窝系在弩箭或弩炮上射向敌人,于是顷刻间无数蜜蜂毒针如同短箭一样。后来许多国家的军队也如法炮制,触类旁通地创造出许多种类的"动物弹药",之后还沿用了好几个世纪。

　　在近代战争史上,如二次大战期间,德国人也曾"征"蜜蜂入伍,让它们充当通信兵传递消息。后来日本人也加以仿效,在春夏蜜蜂采蜜的季节里,让它们像信鸽一样送信。方法是在一片专门制作标本的很薄的纸上,写上需要传送的消息,然后把纸绑到蜜蜂身上,信就这样被传送出去。

　　蜜蜂是群居性昆虫,遇到敌人时,往往集中"作战"、凌空出击。这又给人们很多启示,由此创造出新战术。二次大战期间,当德国法西斯的坦克肆无忌惮横扫欧洲的时候,盟军情报机关在研究对付集群坦克的过程中发现,在自然界中最可怕的攻击是空中飞行动物对地面动物的攻击。鹰能从空中制服机灵的野兔和狠毒的蛇,一群小小的黄蜂,竟能使号称森林之王的狮子落荒而逃。于是,盟军产生了一种空地作战的新设想,他们在"台风"式战斗机上装上了反坦克火箭,在1944年8月7日的莫尔坦之战中采用了"蜜蜂战术",结果大获全胜,其中最负盛名的一场战争就是盟军对德军集结在这里准备用于对诺曼底实施反登陆的250辆坦克,进行了一阵猛烈轰炸和袭击,使德军175辆坦克起火,40多辆坦克丧失了战斗力。

　　中国近代史上著名的"鸦片战争"中,清朝爱国大臣林则徐为抗击英国侵略者,曾巧妙地设计了一次"黄蜂突击队"严惩海上强盗的行动,一时传为佳话。

抗日战争时期,刘伯承元帅从黄蜂袭击马匹的行动中创造出了一种打击日本侵略军的黄蜂战术,使敌人尝到了群起而攻之的"黄蜂阵"的厉害。

这些古今中外流传下来既真实又实用的故事,其主角就是曾经在另一个战场上帮助过人类而从不宣扬的蜜蜂。

70. 没有蜜蜂,人类将会面临空前的饥荒

爱因斯坦曾经说过这样一句话:"如果蜜蜂从地球上消失的话,人类只能再生存4年时间,因为没有蜜蜂就无法授粉,那也就没有植物,没有动物,那人类也不会存在了。"地球上大约有10万余种异花授粉的植物,而在与人类生存有密切关系的1300多种作物中,就有1100多种植物在开花季节需要依靠蜜蜂来采花授粉。如果没有蜜蜂,115种主要农作物中有87种的果实、坚果及种子就无法收获,而它们的果实和种子大多是人类一日三餐所必需的食物,即使诸如肉、禽、蛋、奶等虽然不是它种出来的,但是这些动物每天所吃的饲料,同样也离不开蜜蜂经采花授粉后所接触的果实来生存。经科学家研究证明,蜜蜂的传粉对提高农作物的作用是非常明显的。例如,向日葵通过蜜蜂的传粉和未经传粉

的相比较,产量能提高38%,每粒种子增重50%,因此出仁率、榨油率均有大幅度提高;同样,油菜花经蜜蜂的授粉单产更高,达到57%,出油率也提高10%,棉花经蜜蜂授粉后不仅棉铃脱花的少,而且更大、更壮实,棉产量能增加10%以上;至于其他如梨树、苹果、柑橘等果树,开花之后如果没有蜜蜂来采花授粉,不但产量低下,而且树木的青春期会缩短,结出的果实品质差。由此看来,人类每天生活所需的面、肉、奶、蛋、瓜果、蔬菜、油,从里到外穿的棉、毛、羽绒服等都是来自大自然的恩赐。而给大家带来这些恩赐的往往容易被人类所忽视,那就是我们的好朋友——蜜蜂。

  随着现代农业的不断发展和农药的普遍应用及残留,野生授粉昆虫逐渐减少,与蜜蜂授粉相比只占5%左右,所以即使是农业现代化高度发达的国家依然非常重视利用蜜蜂进行授粉。他们认为,大力发展养蜂业已经是发展现代化农业不可缺少的一部分,养蜂不只是能为人类或养蜂人提供蜂蜜、蜂王浆、花粉和蜂胶等看得见、摸得着的经济效益,还包括了为农作物增产所带来的5～10倍的经济效益。以美国为例,美国现有蜂群420万群,年产蜂蜜仅为9万吨,价值为1亿美元左右,而每年拿出150万群蜜蜂来为农作物及果树授粉仅提高产量这一项就价值8亿多美元,如果把直接和间接的经济效益加在一起,养蜂的总经济效益就是近10亿美元。可以设想,如果没有蜜蜂进行采花授粉的

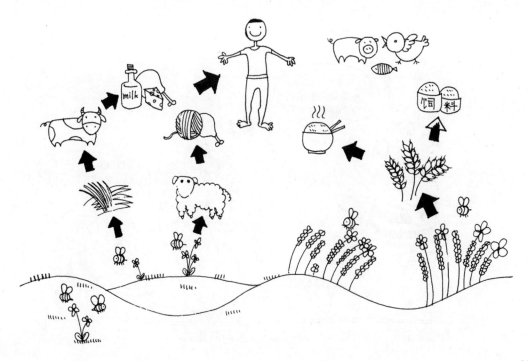

话,中国现有18亿亩耕地也很难养活13亿人口,近年来,我国每年公布的粮食连连丰收的数字,这其中除了6亿多农民辛苦的付出,国家对农业实行的扶持和一系列惠农政策之外,蜜蜂所起的作用也是功不可没的,为此,我们要记住它们。

71. 物竞天择,人类与蜜蜂息息相关

两亿年前,地球上还没蜜蜂,它们的始祖是一种体型大的、难以驾驭的马蜂,属于膜翅目昆虫,生活在亚洲无人、无花的地区,这种食肉家族是凶恶、掠夺成性的猎者,会蜇刺杀死对方,甚至用腐肉来饲喂它们的幼虫。一千五百万年后,被子植物开始出现,一些马蜂开始放弃了强取豪夺的生活,改而依靠采集花粉这种新的营养品作为食物的来源。为了适应采集需要,马蜂的身体发育出了绒毛和袋囊,嘴巴也进化出了一条长舌以吮吸花蜜,袋囊以便贮存花蜜携带回家。这种新的生物还进化出了比较温顺的个性,不像它们好战的马蜂表兄弟,向蜜蜂进化的马蜂较为平和,只在自卫时才放出武器螫针,并且开始严格地让它们的后代吃素食。由于家族渊源近似,蜜蜂现在还常常被人误认为是马蜂而不公平地蒙受恶名。到了地质新生代五千万年前,温和的蜜蜂进一步演化为我们现在认识的蜜蜂,生来只靠植物的花蜜花粉维生了。开花植物成了蜜蜂生存的必要条件,而反过来也一样,蜜蜂为了觅食把花粉从这一朵花带到了另一朵花,顺便完成了植物的受精,

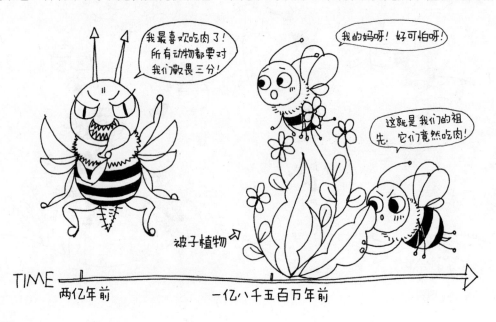

使植物得以再生和结果。蜜蜂存在了一亿一千年左右,而人类开始掌握它们并开发它们帮助人类的潜能只有几千年。古老的玛雅人是最早控制中美洲蜜蜂为农业服务的人之一,他们的萨满教巫医崇敬这种生物,认为每只蜜蜂都有一个灵魂。后来的研究证实,这是人们从直觉上对蜜蜂智慧的尊敬。

"智慧的造物主创造了一切,连每根毛发都有它特殊的设计。"早在17世纪,植物学家通过研究证实,植物同人类与动物一样,也必须由竞争与交换不同的遗传物质才能繁衍。研究发现,已知的25万种植物必须为吸引75万种昆虫前来授粉而展开竞争,因此花朵必须在外观造型上、香味等方面适用于引诱昆虫、禽鸟与风来传送花粉。例如,愿意让金龟子来授粉的植物外观一般是深色的,并能散发出粪球那样的味道以吸引它们;深红色的花朵是蝴蝶的最爱;蜜腺过深的花朵主要是希望依靠长舌的大蜂来授粉。花朵吸引蜜蜂来授粉的竞争办法也有很多,或分泌出可口的花蜜,或依靠五彩缤纷的鲜艳色彩,或控制时机让花粉更加诱人。自然界的进化是美的竞争舞台,而蜜蜂对于各式各样的花粉都情有独钟,堪称自然界里的花粉鉴赏家,蜜蜂对花粉采集的专一性是其他昆虫不可比拟的,这种性格也使它成为花朵间的最佳媒人,蜜蜂在传授花粉舞台上充当的角色是不可替代的。正如达尔文所说的:"授粉推进了植物的世界,方能使人类与动物得以生存,我们三分之一的食物,甚至地球将何去何从都将依赖于蜜蜂。"

但是随着城市化的发展,蜜蜂安全的天然栖息地越来越少,必不可少的授粉场地也在逐渐缩小,蜜蜂正面临着生存危机。由于滥施农药、化肥、除草剂,每年都有数以千计的蜂群被毒死。转基因农作物对蜜蜂的伤害更是不容忽视,因为它使蜜粉源植物在减少。在美洲、欧洲,世界许多地方蜜蜂正大量消失。保护蜜蜂是我们义不容辞的责任,因为保护蜜蜂就是保护人类自己!我们该觉醒了,我们需要行动起来,并通过不懈的努力来关爱蜜蜂,保护地球。

72. 蜜蜂与生态环境

在中国,人们养蜂的历史可以追溯到数千年之前,这不仅是因为养蜂业给人类提供健康的蜂业产品,同时它还能通过给植物传授花粉来提高农作物瓜果蔬菜的产量,并且维护了生态平衡。

随着社会经济的高速发展,国家经济实力和人民生活水平得到了极大的提高,但是这种发展和增长模式从某种程度来说是通过对大自然无节制地索取换来的,这样一来势

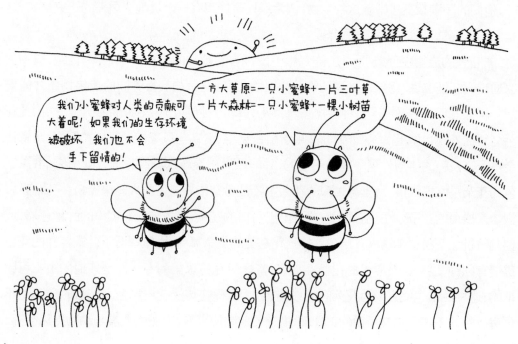

必给生态环境带来了严重的破坏,使得许多地方的生态系统几乎到了濒临崩溃的边缘。近年来,国家实施了水土保持、防沙治沙、封山育林、退耕还林等一系列生态修复工程,并且把修复被破坏生态系统的结构、功能和过程,动植物群落的恢复和构建作为核心内容。

美国著名女诗人狄金森曾写道:"创造一方大草原,只要一棵三叶草,一只小蜜蜂",这句话足以说明蜜蜂在生态环境中所起的作用。据了解,世界上已知的 16 万种由昆虫授粉的植物中,依靠蜜蜂授粉的占 85%,蜜蜂授粉能够帮助植物顺利繁育,增加种子的数量和活力,从而修复植被,改善生态环境。进入 21 世纪,在国家大力提倡人与自然和谐相处、构建和谐社会的时代背景下,养蜂业迎来了时代赋予它的新使命——生态环境的保护与修复。在封山育林、退耕还林等一系列绿化项目的建设过程中,如果缺少蜜蜂的授粉,植被的繁育就会受到影响,而在一些高寒荒漠等地区,由于物种稀少,野生蜜蜂对这些地区植物的繁殖更是起着不可替代的作用。蜜蜂作为生态环境植被修复因子,不仅成本低而且效果显著,并且不会对环境造成二次污染,还能保持生态环境植物的多样性,维持生态平衡,对珍稀植物的保护、生态系统的恢复以及高原荒漠地区的开发利用具有重要作用。

北美和欧洲等发达国家和地区的研究人员一直在研究利用蜜蜂进行环境质量检测

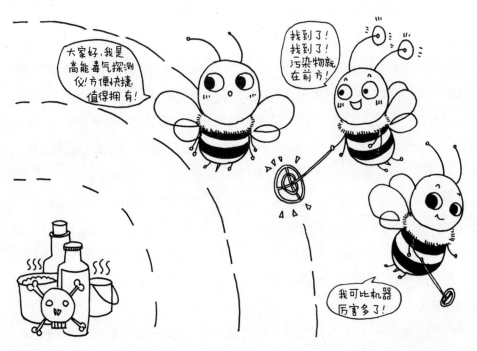

的可能。因为蜜蜂对多种污染物极为敏感,在受到杀虫剂、重金属、农药等污染的环境中,这些有害物质会通过植物的富集作用,集聚到蜜粉源植物的花蜜和花粉中,蜜蜂采集了这些花蜜和花粉后,有害成分会在蜜蜂体内或蜂产品中残留。因此,通过检测和分析该环境中蜜蜂身体及其产品中的各种监测成分的残留状况,便可以间接地判断该区域生态系统的污染状况。蜜蜂在广泛的区域内飞行,如果采集半径按 3 公里计算,一群蜜蜂环境监测范围就可以达到 28.3 平方公里,监测范围广。而用仪器或其他实验方法检测的话,不但费用昂贵,且检测面积也不能普及。同时,蜂群具有便于移动的特点,可根据检测的需要随意移动监测区域。因此,大力发展养蜂业,不仅能为人类生活提供大量的绿色保健食品,还能提高和改善农作物的品质和产量,更重要的是,蜜蜂还能作为一名忠于职守的生态环境监测员,做到早期环境监测预警。

73. 采集百花酿成蜜,为谁辛苦为谁甜

《圣经》中有这样一个故事:一个疲惫不堪的以色列士兵来到一个蜂窝前,看见蜂蜜从蜂窝滴下来,于是用手杖蘸了点来吃,"眼睛就明亮了",人的精神和体力也振奋了。其实这只是蜂蜜诸多功效中的一种,理论上,30 克的蜂蜜能给蜜蜂足够的精力,使蜜蜂环绕地球飞行一次,这就是蜂蜜的神奇之处。

蜜蜂采花酿蜜原本是为解决自己一日三餐,多余部分则是解决冬季"粮食"之需。一般的蜂窝一年要保有 10 至 15 公斤的蜂蜜,才能让蜂群过冬。但在"丰收"的季节,一个蜂窝可以有超过 25 公斤的"收成"。后来人类发现了蜂蜜的许多益处,并巧取豪夺强行占有,加上诸如浣熊等其他动物也赶来分一杯羹,共享了美食。蜂蜜的酿制过程是很复杂的一个生化过程。首先工蜂在花间飞来飞去,采集花蜜,工蜂用管状的舌头吸取花蜜,把花蜜藏在特别的囊里,然后飞回巢里,吐出花蜜,交给内勤蜂,内勤蜂会把花蜜"咀嚼"约半小时,把口内腺体所分泌的酶跟花蜜混合。这些含酶的花蜜会藏在蜂房里,接着巢蜂就拍动双翼扇风,使花蜜的水分蒸发。当水分低于 18%,蜜蜂就会用一层薄蜡把蜂房封住。密封的蜂蜜可以储存很久都不会变质。据说一些藏在埃及法老坟墓里已有三千多年的蜂蜜出土后仍可食用。

蜂蜜不仅美味可口,还含有大量丰富的氨基酸、维生素及多种矿物质和抗氧化物。

据测试,每千克蜂蜜可产生热量136.49千焦耳,比牛奶高5倍,比白砂糖高8～10倍。蜂蜜中的主要糖分是葡萄糖果糖等,使用后可以被人体直接吸收,是人类社会公认的最佳能源食品。

蜂蜜对人类具有很好的保健功能,也是最早被古人作为保健品的保健药物之一,据《神农本草经》记载,蜂蜜"安五脏,益气补中,止痛解毒,除百病,和百药,久服轻身延年"。《本草纲目》记载:"和营卫,润脏腑,通三焦,调脾胃。"蜂蜜对神经衰弱、高血压、冠心病、动脉硬化、糖尿病、肝病、便秘等有很好的疗效。除此之外,蜂蜜还具有很好的美容和治疗外伤的疗效。美国昆虫学家梅·贝伦鲍姆博士指出:"人们使用蜂蜜作医疗用途由来已久。例如,用来治疗白内障,敷在伤口上,或涂在擦伤、烧伤和溃烂的皮肤上。"在第二次世界大战期间,人们开始使用抗生素处理伤口,从而取代了以往用蜂蜜疗伤的方法,不过,由于越来越多细菌对抗生素产生抗药性,加上专家研究发现蜂蜜疗效很大,于是这种古老的民间药物又"东山再起",成为人们家里常备的药品。据专家在研究蜂蜜疗法时发现,病人以蜂蜜治疗外伤会康复得较快,痛楚较少,愈后的疤痕也较小。研究还显示,由于蜂蜜里面蜜蜂加进去的特殊的转化酶,使蜂蜜产生温和的抗菌作用,这种酶产生的过氧化氢,是一种可以杀死有害细菌的化合物。在国外,澳大利亚药物管理局已承认

了蜂蜜的医疗用途,所以在药房里就可以买到用来治疗伤口的药用蜂蜜。

蜂蜜是大自然馈赠给人类的珍贵礼物,蜜蜂则是活跃于人间最美的小精灵。虽然人类的科技如此先进,但至今还没有一项发明可以取代蜂蜜。

74. 若知杯中蜜,养蜂人更苦

蜂蜜是一种天然食品,味道甜蜜,所含的单糖不需要经消化就可以被人体吸收,具有滋养、润燥、解毒、美白养颜、润肠通便之功效,对妇、幼特别是老人具有良好的保健作用。而当我们在享用蜂蜜的甜美时,可知道这甜美的蜂蜜是怎么来的?前面已经介绍过蜜蜂们的辛苦,现在带大家看看养蜂人的生活。每年春暖花开时,养蜂人就要带着成千的蜂箱,通过汽车、火车长途跋涉,运到南方去寻找花源,并且还要根据气候情况,从南往北的花季变化,不停地转运追逐。所以说我们只知道蜂蜜甜,却很少有人会想到养蜂人的苦。

在过去,养蜂人的条件极其艰苦,他们居无定所,四海为家,每年每季都要跟着花期走,每两个星期就得搬一次家。为赶花期经常饿着肚子装卸蜂箱,马不停蹄安营扎寨,整个过程少则三五天,多则八九天。一路奔波,由于不能洗澡身上时刻散发着臭味,让人不敢靠近。同时,在这些过程中,还要时刻提防意外情况发生,以免蜜蜂发生大规模死亡,

造成巨大的损失。养蜂人每到一处,还可能会与当地居民发生矛盾,甚至遇上黑恶势力来抢蜂蜜,以及各种偷窃、毒杀蜜蜂的行为。后来,国内的农场、庄园纷纷兴起,使得养蜂业渐渐地向集团化发展。因为庄园里的作物一年四季都有开花,养蜂人终于有了固定的居所,再也不用长年累月四处奔波了。即使如此,养蜂人依然需要从早忙到晚。蜜蜂会自己去采蜜,而养蜂人每天还需要取蜂王浆、转移蜜蜂、提取蜂蜜等等。遇到自然灾害时,同样需要照顾蜜蜂,以防蜂群大量死亡。到了冬天蜜蜂休息了,养蜂人还不能闲着,需要修补蜂箱,做新工具,为来年做准备。花源不足的时候,还要给蜜蜂们喂花粉。养蜂人是可敬的,他们付出了青春和汗水,承受着日复一日、年复一年单调的生活,并没有得到多大的回报,却为百姓提供了如此甜美的营养物质。

　　如此令人敬佩的行业,如今却正在走向衰亡。养蜂业是一个很辛苦的行业,得到的回报也少,所以大多数养蜂人的后代都不愿意从事这种行业,使得养蜂业出现"后继无人"的情形。而最重要的原因,还是市场上充斥着大量的"勾兑蜂蜜"甚至假的蜂蜜、蜂胶和王浆。假的蜂蜜是直接用大米、红糖、果脯和其他各类香精、色素等添加剂勾兑而成,里面真正的蜂蜜的成分少得可怜。这样兑现出来的蜂蜜中含有对人体健康有害的物质,对人们的健康造成极大的伤害。但因为次品货和假货大量地充斥了市场,使得纯正蜂蜜的销量受到了严重的影响。因为次品货和假货成本低,售价也比纯正蜂蜜要低,所以使得纯正蜂蜜反而无人问津。更糟糕的是,因为这些次货和假货的泛滥,百姓对蜂蜜的信任度也越来越差,使得纯正蜂蜜更加难以出售。本来养蜂业利润就不高,现在更是雪上加霜,还有谁会去养蜂啊?长此下去,可以预料,20年后中国本土的养蜂业将销声匿迹,我们日常生活中所吃的瓜果蔬菜、花卉,甚至是粮食、穿的棉织品都将因缺少蜜蜂的传花授粉而大幅度减产。在当今世界人口日益骤增的情况下,一旦出现这种情况,不仅灾难不可想象,更不用说能吃到真正的蜂蜜了。

75. 蜜蜂既能采花授粉,更是一个称职的"医生"

在植物界中,绝大部分植物的传花授粉除了依靠风力之外,主要还是依靠昆虫和动物作为媒介来传递花粉以完成授粉受精过程的。传播花粉的主要动物是昆虫,其中包括蜜蜂、蝴蝶、瓢虫及蜂鸟等等。我们人类生活中所需的粮食、棉花、果蔬等主要食物,如果没有这些昆虫在植物的开花期来为其传花授粉,那这些作物的产量会很低,品种质量也会慢慢地下降,甚者会造成颗粒无收,由此可见昆虫授粉的重要性。然而在昆虫授粉中,

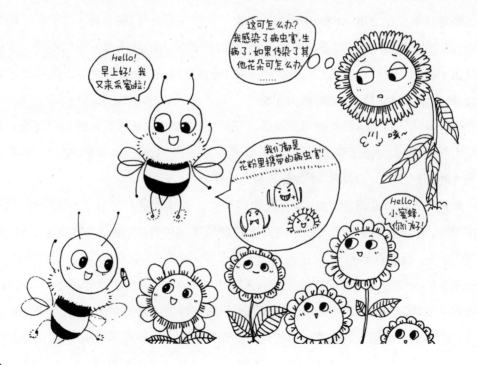

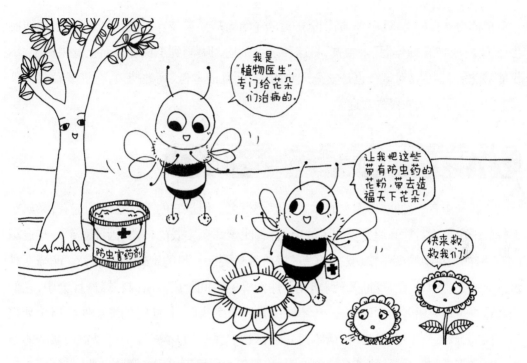

无论是从数量上,还是传花授粉的质量上来说,蜜蜂都是最大的群体,在这个群体中又以中华蜜蜂和意大利蜜蜂为最优秀的传授者。但是人们也逐渐发现,蜜蜂们在众多花朵中来回穿梭,为植物授粉的同时,也带来了一个问题,这就是它们在为不同的花卉和植物采花传粉时,也成为植物病虫害的携带者,使病虫害在植物间传播。尤其是农民们种植的瓜、果、蔬菜等,一旦发生病虫害,会给农民朋友们造成严重的经济损失,威胁到他们的切身利益。于是,有人就在想,既然蜜蜂会在果树间传播病害,那么是否能够让它在采花授粉的同时为得了病害的植物施药治病呢?

在过去,一旦作物发生了病虫害,农民们习惯的是采用农药杀虫灭害治病,但是这也会给蜜蜂们带来灭顶之灾。为此,研究人员做出了一个很大胆的设想,是否能让蜜蜂作为飞行的"赤脚医生"让它身上带上药,让它在传花授粉的同时也能为有病虫害的植物治病呢?科学家们的这一设想经过一段时间的攻关,终于成功了。他们将一种对蜜蜂无害的生物制剂,放在一种特制的装置上,当蜜蜂的身体粘上这种制剂,它们就成为携带药剂的"植物医生"。这样当蜜蜂离开蜂巢后,它就会自然而然把携带着防治植物病虫害的物质传播到它所采过蜜的每一朵花上,这样这些植物真正做到了有病治病、没病防病,一举两得。这里特别要说明的是,这种生物制剂不会对蜜蜂带来任何伤害。

更值得一提的是，近年来，植物保护者为了给蜜蜂授粉技术的推广创造环境，还研制生产出了一种"蜜蜂伴侣"杀虫剂，将这种杀虫剂均匀喷洒到正反叶子面上及果实上，不仅能够防治病虫害，对蜜蜂也是安全无毒害的，而且成本低、高效持久，在许多蔬菜及瓜果产区受到了广大农民的欢迎。

76. 蔬菜大棚里的专职授粉工——熊蜂

蜜蜂科里有一种熊蜂，因它的体态似熊而得名。但从它的生物特性判定看，又属于蜜蜂的一个种系。熊蜂浑身长满了绒毛，有着比蜜蜂还要长的口器，因此对于一些冠深的花朵，如蔬菜中的番茄、辣椒、茄子等，授粉效果要比一般的蜜蜂具有优势。熊蜂在种群进化的过程中，处于从独居蜂到半社会性蜜蜂的中间阶段。所以在蜂群社会中，它们也和蜜蜂一样有着各自的职能分工，不同的是到秋冬来临时，熊蜂的蜂群便会自然死亡了。因为老蜂王、工蜂和雄蜂都活不过冬天，只有交配后的年轻蜂王可以越过寒冷的冬季。当冬天来临时，熊蜂蜂王会钻到土壤中、苔藓或树根下采取冬眠的方式，等到第二年早春时分，再钻出来重新组建自己的王国。熊蜂蜂王选择巢穴的位置一般是在石头下废

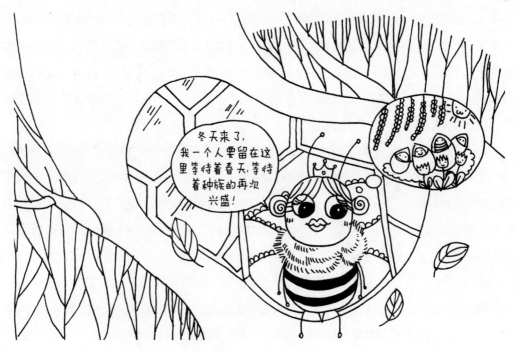

弃的动物巢穴中,如果它发现了满意的安家点,就会停下脚步开始筑巢。熊蜂蜂王依靠体内储备的食物会独立将第一批工蜂养大。蜂王先分泌出蜂蜡,做成一个个圆筒状的蜡罐,蜡罐中再放好花粉和花蜜的混合物,然后把卵产在营养品上,这样新出生的幼虫一经孵化出来就有东西吃了,最后蜂王再把蜡罐用透气的蜂蜡封起来。蜂王第一次会产下12枚卵,经过一周的孵化,幼虫就可以出来了,当它们从蜂房里爬出来后,又会像蚕宝宝那样结个茧子把自己裹起来,再经过一周的时间,就会羽化成小工蜂,并且会和蜂王一起为建造家园的事忙碌起来。清理巢房、储备蜂粮、调节巢房温度以及与蜂王一起共同照料幼蜂,都是它们边干边学的活。

　　由于熊蜂不像蜜蜂那样需要为冬天的粮食做准备,因此它们只会采集花蜜、花粉,所以不会酿蜜。熊蜂体型较大,具有很强的采集能力,并且能抵抗恶劣的环境,对低温、低光适应力强,在蜜蜂不出巢的阴冷天气,熊蜂可以继续在田间采集。一只熊蜂每分钟访花可达到18～22朵。它们在10摄氏度以上就出巢活动,在高温34摄氏度时也能正常工作,因此熊蜂也就成了温室中理想的授粉昆虫。蜜蜂由于耐湿性差、趋光性强,对于温室的环境很难适应,并且对于一些特定作物,如番茄等,因为没有蜜腺,并且有特殊气味,所以一般蜜蜂是不喜欢造访的。但是熊蜂对此却不挑剔,它们没有像一般蜜蜂那样,具

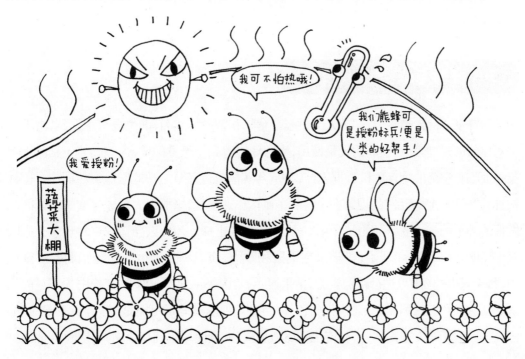

有多种信息交流的手段,所以对外部世界很不敏感,因此能专心地在温室作物上采集授粉;又由于它们的趋光性差,所以从不去碰撞大棚或试图从大棚的通气孔中逃出去。正因为熊蜂的这些优点,在发达国家的高标准菜园或果园里熊蜂已经替代了人工,成了专职的授粉能手。近二十年来,欧洲、北美的许多国家和地区以及新西兰、日本等国,对熊蜂进行大规模的商业性饲养,除了用于本国外还向其他国家出口。欧洲目前有近万公顷的温室利用熊蜂授粉。在牛、马等曾经替代人工的家畜动物逐渐退役的今天,熊蜂却在温室授粉的舞台上替代了人工,成了劳务市场的新宠。

据不完全统计,目前中国的温室大棚约有四千万栋以上,大棚里的作物几乎与外界昆虫隔绝,加上空气不流通导致了授粉不足。无奈之下,人们只有采用激素蘸花授粉和人工辅助授粉来提高作物的坐果率以达到高产的目的。但是这两种授粉方式也存在着许多缺陷,如激素过多地使用对人本身就是一种危害,并且授粉后畸形果多,口感也差。在高温高湿的情况下,更容易造成病虫害,从而又增加了农药的使用次数和残留量。而人工辅助授粉虽好,既绿色又环保,却成本高,还存在授粉不均匀等缺点。由此看来,唯有熊蜂既廉价又忠诚敬业,它们不仅替代人们承担了繁重的授粉工作,而且增加了蔬菜瓜果的产出量。我们相信,随着无公害农产品、绿色农产品的发展,熊蜂授粉将会越来越普及和推广。

77. 蜜蜂与人类休戚相关

蜜蜂从不向人类索取,却为人类贡献了食物和智慧。然而,谁也没有意识到,由于人类对自然的过度索取,农药的大量使用,生态环境遭到了严重破坏,这些勤劳无私的小生灵正面临着空前的生存危机。据统计,2006年美国有近三分之一的蜜蜂突然消失。一种被称为"蜂群崩溃紊乱"的现象在全世界范围内迅速蔓延,蜂群中大量成年蜜蜂像人间蒸发似的神秘消失,而蜂箱周围又很少能找到死亡的蜜蜂。为什么会造成这种现象?原因至今不明。自2007年开始,科学家在美国和欧洲、澳大利亚等地养蜂经销商养的蜜蜂中,每4只中选择1只进行跟踪实验,结果显示,美国每年约有30%的蜜蜂消失了。前不久,美国科学家在《科学》杂志上报告说,以色列急性麻痹病毒可能是"蜂群崩溃紊乱"的潜在诱因。还有专家则认为,城市化的逐渐加快,大量使用农药和杀虫剂,以及其他昆虫

的侵害,加上蜂群饲养管理不当,真菌感染,气候变暖,手机等电子产品的电磁波辐射干扰蜜蜂的导航系统,使它们迷失返回蜂巢的路径等,都是导致蜂群在悄悄递减的诱因。台湾昆虫学家杨恩诚通过研究证实,给蜜蜂喂食剂量极低的益达胺杀虫剂,连续喂食四天,幼虫长大后,虽然外观与正常工蜂没什么两样,但行为却明显不同。正常的蜜蜂闻到糖水后,口器就会伸出,给柠檬味道就不伸出,但反过来先给柠檬味道,再给糖水闻,口器就会伸出。利用此制约,正常的蜜蜂训练三次后闻到柠檬味道,就会伸出口器,可是中毒的幼虫发育长成蜜蜂后却怎么学都学不会。蜜蜂消失的问题在各地都不同,蜜蜂如果是接触诸如农药等化学物质急性毒的话,可能就死亡,但即使没有死亡,如果将低剂量的农药带回巢里喂食幼虫,幼虫的神经系统也会出现紊乱,无法采花蜜、采水维持生活。这种失去功能的工蜂最后还会影响到整体蜂群的生存。美国哈佛大学环境卫生学系副教授吕陈生认为,蜜蜂有两项具有挑战性的生存因素,一是本身受到微生物、病菌的影响造成局部死亡,另一种就是现代农业大量使用农药的结果。

　　蜜蜂数量的急剧减少应该引起我们高度重视,如果不加以控制和解决,那么随之而来的食物紧缺,因饥荒而引发的暴力和骚乱等社会问题将会难以避免。所以在 2010 年

第四篇 蜜蜂与人类的关系

12月,欧盟出台了一项拯救蜜蜂的行动计划,计划的主要内容包括:设立研究项目,探明蜜蜂死亡的真正原因,并查清蜜蜂死亡的严重程度及后果;修改欧盟相关法令,禁止对蜜蜂有害的农药进入市场;成立蜜蜂健康研究室,改善蜜蜂的健康状况;鼓励发展养蜂业,对养蜂人进行培训;加强蜜蜂保护的国际合作。

地球生命力指数以2500多个物种、近8000个种群的健康状况为指标,而自1970年以来,地球生命力指数下降了30%,人类对自然资源的需求已经超出了地球生态承载力的50%,也就是说现在要1.5个地球才能满足人类每年的需求。植物、动物和昆虫是通过食物链相互联系在一起的,大多数生物同时处在不同的食物链中,而许多食物链又是通过一种植物或一种动物交错连接,从而形成更大的食物链网。而物种作为生态系统的基础,尤其像蜜蜂这样位于生物链相对底层的生物,它们是连接植物和动物的桥梁,如果在这一环节出现断裂,食物链上处于其前后的大批生物都要遭殃。保护蜜蜂,也就是保护我们人类自己,让我们行动起来吧!

78. 远古时期蜂蜜曾经是一种"货币"

人类使用货币的历史可以追溯到原始的物质交换时代,在原始社会,人们以物物交换的方式,换取自己所需要的物资,比如一头羊换一把石斧,但是这种情况经常会受到交换物资种类的限制,比如想用一把斧子换一头羊时,对方不愿意要斧子,所以人们就不得不寻找一种能够为交换双方都愿意接受的物品,这种物品的选择就演变成了最早的货币。在原始社会末期,出现了最早的实物货币,对一般游牧民族来说,它们以牲畜、兽皮类来实现货币功能;而农业民族则以五谷、布帛、农具、陶器、海贝、珠玉等充当最早的实物货币。也许你很难想象,蜜蜂所生产出来的蜂蜜在一个时期内,也充当过货币的角色。

在18、19世纪,养蜂业的发展极为盛行,农户们就像养殖母鸡下蛋或奶牛产奶那样,蜜蜂产蜜成了人们生活中不可缺少的食品。在印度、北非、亚洲等地,人们将蜜蜂养在泥筑的墙屋上,中非的人们在空树干中养蜂,在中国人们把蜜蜂安置在茅草屋的屋檐下。到19世纪50年代晚期,欧洲人盖房子时会在外墙上留下龛洞,以便引来蜜蜂筑巢。从公元1世纪直到19世纪,养蜂一直是欧洲农村妇女诸多家庭事务中最重要的一个组成部分,养蜂和制蜜的手艺也成了衡量一个家庭妇女是否合格的标准。只要有条件,大多数

　　家庭都会养蜂来供应自家所需的蜂蜜,因为在这些地区,人们喜欢将黄油涂在面包上,而蜂蜜作为黄油的替代品,是一种奢侈的享受。蜂蜜还可以用来制作各种甜点和饮料,而蜂胶还可以用来制作蜡烛当照明用。如果蜂蜜还有富余就可以出售或用来交换各种各样的物品,从公牛、葡萄酒到给新娘的聘礼。埃及法老塞蒂一世曾指出,一百罐蜂蜜可换一头驴或一头公牛。古埃及订婚的习俗包括:新郎需许诺向新娘家每年赠送 12 罐蜂蜜,方能获得新娘的芳心。在非洲,求婚的男子需一次性赠送 25 罐蜂蜜给未来的老丈人,方能赢得对方的女儿。在那个时代,村民们可以把多余的蜂蜜拿去交换橄榄油和葡萄酒,蜂蜜常常与盐等价,两者都被认为是最值钱的硬通货。直到 19 世纪初,世界上还有许多国家和地区仍然把蜂蜜当作货币来使用,当年在欧洲的法律里,纳税与租金一项,就明确记载着佃户可以用蜂蜜来抵用地主的租金。

　　到了 19 世纪,随着工业革命时代的到来,新发明层出不穷,蜂蜜也成了一种现代化"生产方式"生产的商品,产量也不断扩大,人们可以一车一车地、成吨成吨地运来运去,虽然把蜂蜜当作货币或商品在市场上流通的历史只有短短 100 年,但蜂蜜作为一种贵重的营养品仍然倍受人们青睐。

79. 杀人的蜜蜂

在自然界中有这样一种蜜蜂，它们能把诸如牛、马等大型动物蜇死，这种蜜蜂就叫作"杀人蜂"。如果你一旦惹怒了它，它们立刻就会"一窝蜂"地"蜂拥而至"。

这种蜜蜂原出现于非洲大陆，后经科学家因研究需要，把它带到了南美洲，结果因饲养不当逃窜到野外，经自然繁殖不断扩大，成为一种外来入侵的有害生物，泛滥成灾，甚至威胁到人类的生命及安全，此事最终也成为很多国家引以为鉴的教训。

"杀人蜂"又称非洲化蜜蜂，原产地在非洲。20世纪70年代中期，有一名女教师在回家的路上，手背上偶然停落了一只蜜蜂，她顺手打了一下，转眼间，几百只蜜蜂劈头盖脸飞来，在她面部和后背蜇了几百处伤痕，人们将她送到医院，不久她就死了。

一天，一个8岁的男孩遭到了杀人蜂的包围，有只狗把蜂引开了，这个男孩得救了，那只狗却被杀人蜂活活蜇死。

1956年，圣保罗大学研究室引进了35只非洲蜜蜂。当时，人们也知道这种蜜蜂是欧洲蜜蜂的亚种，由于多年生长在非洲密林中，自然条件严酷，养成了一经挑战就一起共同

攻击的特性。它们脾气狂暴,毒性很大,对人畜都不利,优点是十分"勤劳"。在饲养中,人们特地在蜂箱入口都安上了铁丝网,防止它们跑出去。谁知有个警卫人员不明真相,误将铁丝网取了下来,转眼间,就有25只蜜蜂逃了出去,没有办法追回来,成了令人恐惧的"杀人蜂"。后来,尽管人们采取了许多措施,想消灭这一大祸害,可是,这些杂交蜂适应自然的能力极强,繁殖的速度很快,所以,直至今日还没能有效地遏止它们的蔓延。

有一年,巴西的几名工作人员在清除烟囱上的一个蜂窝时,触怒了里面的"杀人蜂",霎时间,发了疯的野蜂倾巢而出,马上整个天空响起了可怕的嗡嗡声。不管是人还是牲畜,只要是活动的物体,狂暴的蜂群都要加以攻击。事后人们统计,在3个小时内,竟有500余人总共被蜇了3万多下,平均每人60几下。此外,还有许多猫狗被蜇死。

巴西出现了杀人蜂,对人和牲畜的造成了严重的伤害,被这种杀人蜂杀死的人和牲畜的数量逐年在上升。一些邻近国家也先后遇到了祸殃。杀人蜂向北进入委内瑞拉,向西进入秘鲁和智利。

20世纪80年代的一天,委内瑞拉的三百多名游泳者受到群蜂袭击,许多人受了重伤。杀人蜂袭击了秘鲁北部的特希略市的一个村镇和大学城。有个青年农民被蜇伤,全身红肿,顿时失去知觉。他很快被送进医院抢救,几小时后,还是在极端痛苦中死去。大

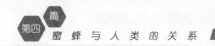

学城的几十名学生,刚好下课离开教室,突然遇到一群杀人蜂的袭击。幸亏他们跑得快,才没有多大的伤亡。

1982年6月13日,哥伦比亚麦德林飞机场,突然飞来两千多只杀人蜂,它们非常凶猛,见人就蜇。机场救护人员立即使用喷火器,对着杀人蜂猛烈喷射,熏死了大部分杀人蜂,幸好没有人受伤。

专家们预测,这种蜂群扩散的能力每年为二三百公里,很有可能穿越美洲,到达美国南部。这使美国人感到心惊胆战。

杀人蜂为什么这么好斗呢?科学家认为,杀人蜂生活在非洲,那里的天敌很多,如果不主动发起进攻,就会被其他动物消灭。在艰难的生存环境中,经过自然选择,那些富有进攻性的群蜂得以保存下来,繁殖后代。它们成群结队,来势凶猛,许多动物见了,闻风而逃,就连狮子也无法对付它们。

蜜蜂研究专家奥利·泰勒教授对杀人蜂进行了多年研究后发现,蜂王是蜂群行动的指挥者,一旦发现活动中的生物,就"命令"进攻,穷追不舍,一追就是几公里。

有趣的是,当蜂王分泌出一种叫弗罗蒙的物质时,群蜂一闻到这种气味,顿时变得温顺起来,就会停止战斗。现在,这种物质已经能够人工合成了。泰勒将弗罗蒙物质和一只蜂王放到自己下颌的长胡子上,手捧着蜂箱,杀人蜂爬满了他的脸庞,也都乖乖地不再刺蜇人了。

第五篇

蜜蜂与人类健康的关系

80. 蜂王浆——王者的食品

蜂王浆是蜂巢里哺育蜂王及幼虫的食物，因为蜂王终生食用，所以称为蜂王浆。它是5～15日龄的工蜂食用花蜜和花粉后，就像哺乳期的妈妈会分泌出乳汁一样，舌腺和上颚腺分泌出乳状的液体，像奶油一样呈黄色或乳黄色，半透明、微黏稠、酸涩、辛辣并具有独特香味，小工蜂们用它来哺育幼虫和饲养蜂王，因此又叫蜂乳。

蜂王浆来之不易，养蜂人采集蜂王浆时，先用"珍珠"大小的刮匙去掉王台口部工蜂加的蜡，又用镊子把王台中的虫挑出来，然后用刮匙把王浆从王台中挖出来，并要尽快放入冰箱里冷冻。通常每个王台每次产浆0.2～0.25克，每千克蜂王浆需要4000～5000个王台。而在一群采浆强蜂群内，也只可放入200～300个王台，一次产浆可达40～50克，一群蜂一般一年可生产蜂王浆1000～2000克。小小的蜜蜂分泌出来的王浆被人们视若珍宝，这不仅是因为采集时费尽周折，更是因为蜂王浆的营养价值。

蜂王浆中含有人体必需的氨基酸和丰富的维生素以及无机盐、有机酸、酶、激素等多

种人体需要的营养物，同时蜂王浆中还富含二十多种脂肪酸，其中最为珍贵的是10-HAD，它有很强的杀菌、抗辐射、抗癌活性。因在自然界中最早是在蜂王浆中发现的，所以又称为王浆酸，它占鲜王浆重量的1.4%～2.2%，也是现阶段辨认蜂王浆质量优劣与真伪的重要指标。蜂王浆中还含有三种与人体血液中的蛋白质相同的活性蛋白质物质，具有调节新陈代谢和提高免疫力、抗菌、抗病毒、降血糖、延缓衰老的作用。

蜂王浆具有一定的治疗和保健功能，它的医疗功能在中国民间医学中已经流传了数百年。中国云南少数民族中早就流传着蜂宝治百病之说，这里所说的蜂宝就是蜂王浆。清朝初期，蜂王浆被称为"蜜尖"，是朝廷贡品中的上品，专供皇帝食用。

蜂王浆在世界上也是一种被公认的全天然、纯生物、人工不能仿造的滋补营养保健品。在俄国亚历山大大帝的记录和意大利马可波罗的游记里，在《圣经》《古兰经》《犹太教法典》里，都有蜂王浆作用的描述。在澳大利亚、德国、英国、古埃及等国历史上也有民间应用蜂王浆防治疾病的传说。但是蜂王浆的生物学奥秘，直到20世纪初才真正被发现。据说，在20世纪20年代，加拿大一位养蜂家的家里，无意中王台让母鸡给啄食了，结果这只母鸡第二天产下了一只异乎寻常的大蛋，从而引起了养蜂家的注意。于是这位养蜂家开始对王台、蜂王浆产生了浓厚兴趣。经多次实验观察发现，蜂王浆是一种极其珍贵的营养品，那它究竟是怎么得来的呢？1921年，德国科学家们才发现，蜂王浆是由5～15日龄的小工蜂咽腺分泌出的物质；相隔了12年后，1933年法国养蜂学家发现蜂王浆对多种疾病有很好的辅助治疗效果，开始把蜂王浆当药剂出售。到了1954年，80岁高龄的罗马教皇生命垂危，他的主治医生采用各种现代治疗手段均不见好转，在毫无办法的情况下服用蜂王浆治疗，竟然使教皇转危为安，并以惊人的速度恢复了健康。与此同时，苏联公众卫生局也公开发表了这样的事实：苏联百姓的长寿者们，多数是长期服用蜂王浆的养蜂家。长寿之国日本，是最早开发服用蜂王浆的国家，近几十年来，日本人的身高增加了、寿命延长了，就受益于蜂王浆。在日本，曾经出现1500克蜂王浆可换两辆铃木摩托车的奇迹。国际市场上，蜂王浆的身价最高曾飞涨到每千克2000多美元。

现在，科学家们从化学、生理、药理、临床等多方面对蜂王浆进行了深入的研究，发现蜂王浆不仅是举世公认的天然高级营养保健品，对多种疾病有医疗和辅助治疗的作用，还具有多病同治、益寿延年等特点，因而越来越受到人们的重视和青睐。现在，蜂王浆已成为风靡全球、经久不衰的营养保健食品。

81. 神奇妙用的花粉

相传在中国晋代,白州双角山下有一口"美人井",常年在这里生活的人们喝了这井中的水都身强力壮、肤色光洁、容光焕发、健康长寿,这是为什么呢?因为井边长满了松树,每当松花盛开时都会飘落大量的松花粉到井里,日积月累这井水混合着这松花粉就变成了一种名副其实的"营养保健口服液"。

花粉是种子植物雄蕊产生的精细胞,是植物用来繁衍后代的生命基元,凝聚了植物的精华。它富含人体所需的蛋白质、氨基酸、矿物质、维生素和微量元素等,人们长期食用它对健康当然是非常有益的。蜜蜂用后腿来搬运花粉,一粒辣椒籽大小的花粉球其实是由10万~20万粒花粉聚合而成的。养蜂人在蜂箱入口处留下的小洞只能勉强让蜜蜂的身体通过,这样一来,蜜蜂后腿上携带的花粉大部分就会掉落下来,不过剩余的花粉也足够蜜蜂们生活了。蜂巢里培育一只蜜蜂平均需要消耗约145毫克的花粉,1.5千克的花粉可供1万只工蜂正常发育的需要。蜜蜂是个强有力的飞行员,不知疲倦地采集花蜜

和花粉,这也和它们以高能营养的花粉为食是分不开的,所以花粉也被称为蜜蜂的"面包"。

　　花粉对蜜蜂有惊人的威力,对我们人类健康的作用也是非常有益的。有关利用花粉的记录可以追溯到公元前,在古波斯、中国、埃及等国的史料记载中都有食用花粉或将花粉作为药用的记录。希腊神话中奥林匹斯山神们吃的长生不老食品就是花粉,埃及皇后保养皮肤的秘诀就是服用并涂抹向日葵花粉。早在2300年前,中国的祖先就已经知道花朵之中的营养价值,开始使用花粉了。中国的第一部药典《神农本草经》中就记载了蒲黄,也就是香蒲花粉,作为上品药来治疗心腹膀胱寒热。苏东坡大诗人更是写下了《花粉歌》来称颂花粉的神奇功效:"松树花粉不可少,曲贮蒲黄切莫炒,槐粉杏粉添一点,两斤蜂蜜一起捣,吃也好浴也好,红光满面乐到老。"花粉不仅能够强身健体、延年益寿,而且还具有养颜美容的功效。从北朝民歌《木兰诗》中"当窗理云鬓,对镜贴花黄",就可知中国古代的女子已经用花粉来美容养颜了。唐代活到82岁的一代女皇武则天也是一个花粉嗜癖者,每逢盛花季节都要令宫女在御花园中采集花粉和米捣碎,制成花粉糕来享用,以此来延年益寿、美容养颜。在现代,科学研究者也对研究利用花粉做了大量的工作,在花粉的采集、干燥、灭菌、破壁、药理实验等方面取得进展,开发出以花粉为原料的诸多商品,如花粉口服液、花粉汽水、花粉饼干、花粉化妆品,等等。

花粉不仅能够食用,而且在养殖业、刑事破案、勘探自然资源、检测环境污染等方面还是一门大学问呢!花粉用于养殖业能提高养殖动物的成活率和加快生长、繁殖速度,大大减少养殖成本,提高经济效益。植物花朵盛开时会释放出大量的花粉,四处飘散,如果有人从此经过,那么他的衣服、鞋底、皮肤上会留有花粉,甚至指甲缝里都会藏有花粉,而就是这些人的肉眼所看不见的花粉,恰恰为刑侦人员指点了迷津。在显微镜下,小小的一粒花粉能告诉我们它来自于哪种植物,其生长的地点和季节等都会为刑侦人员提供线索,给刑侦工作提供极大的帮助。土壤中的矿物质经过植物根须的吸收进入花粉,蜜蜂采集到这些花粉,就能帮助地质勘探者找到附近的矿藏,大大减少了勘探的巨大耗资。由于花粉粒的外壁有抗酸、抗生物分解的特性,在地层中能够长期保存,因此通过对某一地区地层中的花粉进行分析,可以了解该地区古代植物分布情况和石油的形成与移动等问题。如果植物生长的地区空气和土壤污染严重,那么这些污染物也会充斥植物的生长系统,包括它的花粉,通过对花粉物质的测量,可以帮助环境监测工作者测定环境的清洁度,不失为一个简单而又准确的科学方法。

82. 一种神奇妙用的药——蜂胶

在我们打开蜂箱箱盖时,会发现蜂箱的箱盖、四周都涂有一种棕褐色的、黏稠状的物质,这种神秘的黏性物质就是"蜂胶"。蜂胶是工蜂从植物中采集的树脂等分泌物,混合其上颚腺、蜡腺等分泌物,再经过加工、转化而形成的一种黏性胶状物质。蜜蜂除了用这种物质来黏合蜂巢、填堵缝隙、清洁蜂巢之外,还利用这种特殊的物质对整个蜂巢及其食物作防腐和抗氧化处理,以抑制病菌在蜂巢内滋生。聪明的蜜蜂成功地应用蜂胶,保护了子子孙孙繁衍不息。而我们人类也早已认识到蜂胶的功效并加以利用。

早在 3000 多年前的古埃及,古埃及人就利用蜂胶来制作木乃伊,从而使尸体千年不腐。2000 多年前,古希腊科学家亚里士多德在他的《动物志》中就记载了蜂胶的来源,他称这种具有刺激性气味的物质为"黑蜡",可以治疗皮肤疾病、刀伤和化脓症。1000 多年前,古罗马百科全书《自然史》的作者普林尼也详细记述了蜂胶的来源、作用等。19 世纪初,许多医学发达的国家曾介绍用蜂胶来治疗外伤和肿瘤。

中国历代无蜂胶的相关记载,这与我国蜜蜂特有的品种有关。东方蜜蜂不具备采集

利用蜂胶的生物习性,而西方蜜蜂的采胶能力较强。蜜蜂采集蜂胶并不像采集花粉那样轻松,因为它的黏性很大,采集起来非常困难,而且采集携带回巢后,蜜蜂很难自行卸下蜂胶,必须要同伴的帮忙,花费很长时间才能卸下。采集蜂胶对蜜蜂来说危险性较大,有时身上的毛或皮肉会被粘掉,所以蜜蜂要付出很大的代价。因此担当此重任的也往往是蜂群里的老年工蜂。一般一只蜜蜂一次仅能采回树脂10～20毫克,一个上万只的蜂群,一年能采集树脂60～300克,经过蜜蜂再加工后的蜂胶产量也只能达到100～500克,所以蜂胶是非常珍贵的。自中国引入西方蜜蜂以后,才开始对蜂胶有所认识和利用,并将其当作药材载入"中国药典"之中。

蜂胶含有大量的类黄酮、芳香酸、菌族酸等物质,具有抗菌、抗病毒、抗氧化、抗肿瘤、抗炎、抗溃疡、降血压、增强免疫力以及对心脏、肝脏等的保护作用,目前国内外在妇儿、五官科、皮肤科、内科、外科等等被广泛重视和应用。蜂胶虽然不是什么"现代万能药",也不能"包治百病",但在调节机体生理功能、增进健康和某些疾病的预防和辅助治疗方面的功效是肯定的。直接服用天然蜂胶是非常危险的,因为未经加工的蜂胶中含有大量的杂质、蜂蜡、重金属等物质,必须经过提取过程去除有害杂质后方可食用。目前,蜂胶被开发成了数种蜂胶产品,如蜂胶町、蜂胶胶囊、蜂胶片、蜂胶丸、蜂胶口服液等等,还有

各种蜂胶美容制品都深受广大消费者的喜爱。

除此之外,蜂胶在其他方面还有很广泛的应用。例如,人们可以利用蜂胶来作为木本植物嫁接的接木蜡以提高嫁接果树的成活率和发芽速率;用蜂胶作为保鲜剂来提高植物种子的库存时长,使之在较长时间的储存之后仍能发芽并生长旺盛;蜂胶还可以治疗家畜的肠胃病等;作为无毒的食品添加剂,蜂胶还可以用于酱油防霉、水产品的防腐,等等。

83. 蜂毒虽毒,以毒攻毒可以治病

蜜蜂对我们人类的贡献可真不小,它不仅为人类日常生活所必需的粮食、瓜果、蔬菜等传授花粉,使其增产,还为我们提供了诸多营养品,蜂蜜、蜂王浆和花粉,就连它们用于自身消毒防腐以及御敌防身的蜂胶和蜂毒都为人类所用。蜂毒是藏在螫囊内的一种无色透明液体,具有强烈的芳香味,通常一只蜜蜂毒囊内的毒液量虽然只有0.2~0.4毫克,但毒性非常强,如果我们在一个盛有2.5千克水的容器中加入一滴蜂毒,就能将水中的微生物杀灭。换句话说,假如有500只蜜蜂同时螫在一个人身上,那一定会引起严重

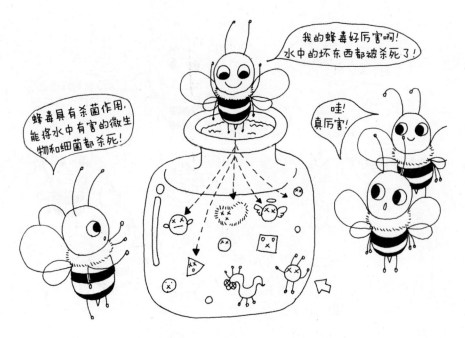

的中毒甚至致人死亡。在美国，每年被蜜蜂蛰刺致死的人数有50～100人。2013年曾有新闻报道，西安附近的一个县在短时期内有十多个人被黄蜂（一种野生的蜂）蛰后身亡，当地政府不得不出动大批消防官兵采取喷药、火烧等方式将它们除掉。

人类利用蜂毒"以毒攻毒"，制成了抗凝血、抗风湿、抑制肿瘤、增强免疫力的药剂。蜂毒液的取得不容易，1克的蜂毒结晶至少需要1万只工蜂才能收集完成，因此蜂毒是十分昂贵的药物。2001年在宜兰武荖坑所举办的绿色博览会曾经展出国外进口的蜂毒，每瓶只有0.1克，却叫价3500美元，即每千克相当于两亿多元人民币，可谓价值连城。

蜜蜂有刺会蛰人，人被蛰后因为毒液被刺入皮肤会导致红肿疼痛，但令人意外的是，被刺入人体内的蜂毒却能帮助人类治疗许多现代医学中难以治愈的病，所以早在公元4世纪，著名的"医学之父"希波克拉斯就将蜂针称为"神奇的药"。伊斯兰教《古兰经》中也有关于蜂针治病的记录。韩国热播电视剧《大长今》中，失去味觉的长今也是通过用蜂针治疗的方法，最终恢复了味觉。

中国是最早确认并利用蜂毒治病的国家，《诗经·周颂·小毖》记载："莫予荓蜂，自求辛螫"，已经认识到螫针有毒；《左传·僖公二十二年》（前722—前464）中："蜂虿有毒，而况国乎"，东周时已能利用蜂毒治病；《黄帝内经》记载了古代的蜂针疗法；在《稽神录》中也载有用蜂来治疗风湿病的故事。在国外，古埃及、古印度、古罗马以及文艺复兴

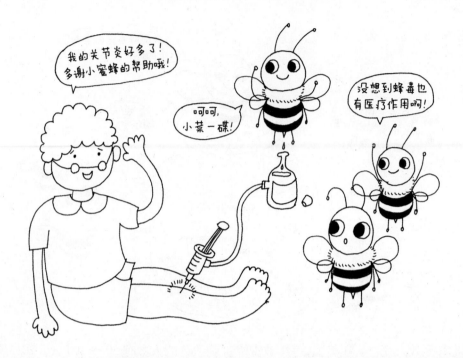

时代的文物,都记载了当时用蜂针治疗风湿病的案例,后经传入俄国被历代沙皇所采用。在中国福建农林大学蜂疗研究所,缪晓青教授运用了现代科研将蜂毒提取出来后与传统的中药相结合,所制成的神蜂精曾被中国女排队用作疗伤专用药。在江苏江阴石庄养蜂场,一位养蜂多年、经验丰富的蜂疗师,曾利用他所养的蜜蜂给多位常年患风湿病关节炎的病人治好了他们的病。

具有数千年历史的生物蜂疗在同现代科学技术结合后,如今已经成为临床医学上的一门新科学。在受到国家有关部门的认可和批准后,中国生物中医蜂疗学已成为中国中医学的一个分支,可以预料在不久的将来,生物蜂疗这一门独特而宝贵的医疗资源和技术定会在祖国中医发展史上绽放出鲜艳奇葩。

84. 神奇珍贵、用途广泛的蜂蜡

蜂蜡是由蜂群中适龄工蜂腹部的四对蜡腺分泌出来的一种脂肪性物质,主要成分有酸类、游离脂肪酸、游离脂肪醇和碳水化合物,此外还有类胡萝卜素、维生素、芳香物质等。对蜜蜂来说,蜂蜡的主要用途是造房子。这是一项非常艰苦的工作,首先它们要把

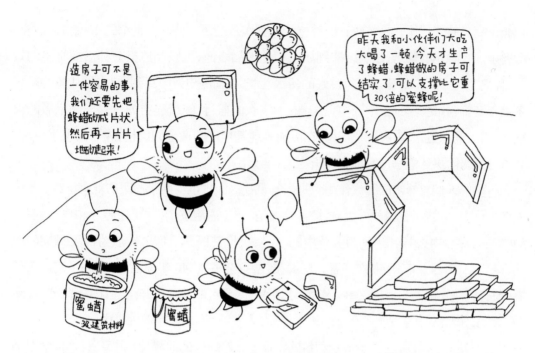

蜂蜡做成一小片一小片，就像砖瓦一样，然后一片一片地砌起来。在蜂群社会里，一只出房 12～18 天的工蜂，就要肩负起这项繁重的工作了。一旦蜂群分巢，蜂王的产卵速度加快，工蜂就会意识到蜂房又要扩大了，它们会先去贮藏室里大吃一顿，吃完后再静静地躺下睡一大觉，这一睡就是 24 小时，目的是要让糖分产生代谢变化，转化为蜂蜡。加工好的蜂蜡最初是暖暖的液体状，经空气冷却后凝结为细小的蜡鳞，这些细小的蜡鳞是不规则的椭圆形，有亮亮的光泽，就像云母片或是玉米粒的表皮。大多数蜡鳞只比针头大一点，一百片放到一起也只相当于一颗麦粒的重量，因此蜂蜡的获得是极其珍贵不易的，一群蜜蜂吃到 8 斤的花蜜才能生产出约 1 斤的蜂蜡来，而 1 斤蜂蜡则可以筑成 3.5 万个蜂室，尽管每个蜂室都轻薄如纸，却能支撑起比它本身重 30 倍的蜜蜂，这就是蜂蜡的神奇之处。

早在 7000 年前的新石器中期，人类就能依靠绳索攀登到崖壁、高树猎取蜂蜜和蜂蜡，他们已经发现了蜂蜡有许多用途。据比利时作家梅特林克在《蜜蜂的一生》中记载，蜜蜂会在把侵入蜂房的老鼠杀死后，用蜂蜡来处理它的尸体，否则巢房很快会被毒化。它们处理的方法是利用蜂胶和蜂蜡把尸体严严实实地裹好并将它竖起来，就像城市公墓中竖着的墓碑。古埃及人就是从蜜蜂的这个办法中获得的灵感，他们用浸过蜂蜡的布帛包裹王室贵族的尸体,再用蜂蜡把棺材封上,制作木乃伊。公元5世纪的古希腊,人类在颜料里加入融化的蜂蜡,趁热涂抹到墙上和艺术品表面,可以创造出一种富丽堂皇的效果,称之为"上釉"。蜂蜡还具有良好的防水性能,在荷马史诗中写到,特洛伊战争的船只各处都装饰着蜡画。到了欧洲中世纪,由于宗教的盛行,蜂蜡纯洁的色彩成为宗教的象征,蜂蜡的需求量大增,身价也倍增,在英国等地甚至赶超黄金的价格,成了仅限于皇家、教堂等高级阶层才能享用的稀有物资。

古时候人们对蜂蜡的医疗作用也是极其重视的。古俄罗斯手抄医书就有记载:蜂蜡能使人体组织柔软、温暖并再生,减轻各种痛楚,它还能治疮疖,并可使静脉和伤口软化。《神农本草经》中把"蜜蜡"列为医药中的上品,可见其医药价值。蜡烛为西汉时期的岭南(今广东、广西一带)所制作。晋人葛洪在《西京杂记》(340年前后)中记载了南越王献高帝石蜜五斛、蜜烛二百枚之事。蜂蜡用于民间印染可能从汉代开始,古称"蜡缬",现称"蜡染"。宋代的毕昇发明了活字印刷术之后,古人曾用蜂蜡作为印刷模板。

纳尔逊·纳格斯在《人类最初塑料的发展:天然蜂蜡的浪漫史》中写道:"化学家把古人留下的东西迅速捡起,开发出了蜂蜡的多种用途。"蜂蜡在现代具有更为广泛的用途,在化妆品制造业,许多美容用品中都含有蜂蜡,如洗浴液、口红、胭脂等;在蜡烛加工业中,以蜂蜡为主要原料可以制造各种类型的蜡烛;在医药工业中,蜂蜡可用于制造牙科铸造蜡、基托蜡、粘蜡以及药丸的外壳;在食品工业中,蜂蜡可用作食品的涂料、包装和外衣等;在农业及畜牧业上,可用作制造果树接木蜡和害虫黏着剂;在养蜂业上,可制造巢础、蜡碗。此外,蜂蜡还用于生产地板蜡、各种上光蜡、蜡笔和熨烫用蜡等。

85. 用蜂蜜酿出来的酒象征着爱情的甜蜜

以蜂蜜为原料的酿酒历史源远流长。

据考证,中国酿产蜂蜜酒始见于公元前780年西周周幽王宫宴中,这是在"猿酒"的启发下试酿成功的。在《楚辞·招魂》中有"瑶浆蜜勺"之句,"蜜勺"可能是用蜜调和未经酿制的蜜酒。其时还用蜂蜜与稻、黍熬煎成粔籹、蜜饵等古代蜂蜜食品。到了唐代,药学家苏恭除分述"酒有秫、黍、粳、粟、蜜、葡萄等色"外,还从酿造中得出了"凡作酒醴须曲,而葡萄、蜜等酒独不用曲"的自然发酵的经验。孟诜在《食疗草本》中阐述了蜂蜜酒的

食疗价值。宋代寇宗奭也提到了治病方法中用过蜂蜜酒。明代李时珍的《本草纲目》把蜂蜜酒列为专条,引证了唐代孙思邈用蜂蜜酒治风疹、风癣等疾病,并提供了蜂蜜酿酒的土方。

古人对蜂蜜酒最感兴趣的要数宋代苏东坡了。神宗元丰三年(公元1080年),他因"乌台诗案"贬谪黄州(今湖北黄冈)任团练副史时,是一个"不得签书公事"的无事官。他在东得清闲时,研究了蜂蜜酿酒的改进方法,亲自酿出了"开瓮香满城"的蜂蜜酒,写下了令人欲醉的《蜜酒歌》。并题诗云:"巧夺天工术已新,酿成玉液长精神。迎宾莫道无佳物,蜜酒三杯一醉君。"与他相交的秦少游饮过他的蜂蜜酒后,发出感慨:"酒评功过笑仪康,错在杯中毁万粮。蜂蜜而今酿玉液,金丹何如此酒强。"

元代宋伯仁的《酒小史》中也记有蜂蜜酒。元代元贞元年(公元1295年)遣学者周达观去真蜡国(柬埔寨),中国蜂蜜酒的酿造法再次传到国外。至清代袁枚的《随园食单》一书中,又郑重其事地谈到了应用蜂蜜酒。蜂蜜酒确是中国特有的传统产品,可惜在清代以后,竟失其所传。

罗马、希腊、埃及等古国,在公元前200—前100年间,出现了以蜂蜜为原料配入粮食或果品中酿制的混合酒。英国在1485年国家获得统一后,出现了蜂蜜配制酒;1877年占领印度后,又酿出全蜂蜜酒。波兰在1795年被俄、普、奥第三次分割之后,出现蜂蜜酒。英国与波兰虽是国外最先有蜂蜜酒的国家,但都远远地迟于中国。

现在的蜂蜜酒是在总结古代酿造方法的基础上,加以科学提炼的。在营养价值上,蜂蜜酒比原蜂蜜要高多了:每千克蜂蜜酒热量提高75.58卡,氨基酸提高193.05毫克,除保存原有维生素 C 外，B 族维生素等提高 165.1 毫克；钙、磷、铁等微量元素提高 42.5 毫克。据饮用过蜂蜜酒的人反映，蜂蜜酒对失眠、健忘、精神不振和性功能衰退等有疗效；胃肠慢性病病人饮用后病情有明显好转；对慢性支气管炎和哮喘等痼疾亦有良好作用。还能使皮肤红润、永葆青春，并能增强抗衰老和抗感冒能力。

美酒佳肴伴佳人。美酒历来象征着王权贵族、达贵官人所享受的一种权势，同时也是各民族中表达爱情和欢快必不可少的饮料。由于蜜蜂和蜂蜜与爱情的甜蜜紧密相连，所以蜂蜜酒又与人们的爱情和蜜月联系在了一起，由此引发了许多有关蜂蜜酒与爱情的故事。相传古时凡新婚夫妇，每日必饮蜜酒，并以 30 日为期，故称谓"蜜月"，这是从英国古代条顿族的抢婚习俗中遗留下来的。当时，在条顿族里丈夫为了避免抢来的妻子被对方再抢回去，会在新婚期间带着妻子到外地过一段隐居的生活，每日三餐喝蜂蜜酿成的酒，度"蜜月"由此而来。

有人要问，为何古代的蜜月夫妻饮用的是蜂蜜酿成的酒，而不是其他的酒呢？因为当时英格兰无法栽培葡萄，蜂蜜却到处都有，所以自古以来英国人就有饮用蜂蜜的习惯。他们取下蜂窝，从里面取出蜂蜜，再用开水来煮蜂窝，使蜂窝发酵成为蜂蜜酒。很久以来，在英国人心目中，蜂蜜酒仍有其传统地位，而蜜月和蜂蜜酒在风俗习惯上也是有所关联的。从此以后，度"蜜月"这词就成为今天的新婚夫妇结婚休假的代名词了。

86. 古今中外有关蜂产品医用的记载

（1）《神农本草经》是两千年前中国第一部药典，该药典中收集并记载了有关蜜蜂治病和保健的效果：蜂蜜"安五脏，益气补中，除百病，和白药，久服强志轻身，不老延年"。

（2）《新修本草》是唐代苏敬等所编著，世称《唐本草》。收载：松花花粉，又名松黄，

"甘温无毒,润心肺,除风止血,亦可酿酒,酒服令人轻身"。

（3）《抱朴子》为晋代医学家葛洪所著,其中记载:"南阳郦县山中有甘谷,水所以甘者,因谷上左右皆生苍松、甘菊,花粉堕入其中历史弥久,故水质为变,谷中居民,食者无不上寿。"

（4）唐代元载之宠姬薛瑶英,幼时长期食用其母所做的"香丸"（用花粉发酵处理后做成的内服美容丸）,长大以后肌肤柔润,笑语生香,元载称她为"香珠"。

（5）唐代女皇武则天每逢盛花季节令宫女在御花园中采集花粉和米捣碎,蒸成糕,名曰花粉糕,供自己享用。她40岁参政,后为女皇,日理万机,老而不衰,在她82岁寿终正寝前始终威慑群臣。

（6）唐代诗人李商隐,25岁中进士,只做过几次小官,因不得志而长期抑郁伤身。他身患黄肿和阳痿等病,白药无效,后食玉米花粉而愈。在《古今秘苑》一书中收载他介绍玉米花粉药用价值的诗句:"标林蜀黍满山冈,穗条迎风散异香。借问健身何物好?无(天)心摇落玉花黄。"

（7）唐代诗人孟郊,50岁中进士,任溧阳县尉时患头晕健忘症,有人送蜂蜜花粉给他食用。后来在清明节前他去济源,亲眼见到养蜂人家收集花粉,兴奋中写下了《济源寒食

七首》,其中就有"蜜蜂辛苦踏花来,抛却黄糜一瓷碗"。

(8)苏东坡写过一首《花粉歌》:"松树花粉不可少,曲贮蒲黄切莫炒,槐粉杏粉添一点,两斤蜂蜜一起捣,吃也好浴也好,红光满面乐到老。"他还曾分辨过花粉与蜂花粉(蜂粮),并对蜂巢花粉这样赞颂过:"粉脾尝新滋腹口,仙人何如养蜂人。"

(9)《本草纲目》是明朝伟大的医药学家李时珍所著,其中论述松黄"润心肺,益气,除风,止血,亦可酿酒"。"蜂蜜入药之功有五:清热也;补中也;润燥也;解毒也;止痛也。生则性凉,故能清热。熟则性温,故能补中。味甘而和平,故能解毒。柔而濡泽,故能润燥。缓可以去急,故能止心腹肌肉创伤之痛,和可以致中,故能调和百药,而与甘草同功。"

(10)《普济方》是明朝朱棣等人所著,其中的"美容方",系以红、白莲花蕊及桃花、梨花、梅花等花蕊配置的复方,专门用来治粉刺和雀斑等面部皮肤病。

(11)清代德龄公主在《御香飘渺录》中记述了慈禧太后食用和浴用的"耐冬花露",就是先用黄酒浸泡花粉,再研碎调制而成。

(12)清代王士雄的《长寿诗》云:"长生不老有新方,可惜今人却渺茫。细将松黄经曲捣,朝朝服食保康祥。"

(13)《红楼梦》中,薛宝钗治病的"冷香丸"是由牡丹花蕊、荷花蕊、木芙蓉花蕊、梅花蕊,加入蜂蜜调匀密封后制成。

(14)清代乾隆年间的萧美人有"出自婵娟乞巧楼,遂将食品擅千秋"的技巧,她常将药曲发酵处理花粉为食品,令人垂涎欲滴,连当时著有《随园食单》的七十老翁袁枚也远涉仪征订购三千香糕。

(15)《圣经》《古兰经》《犹太教大法典》中都记载着花粉的价值,都赞美花粉是永葆青春和健康的佳品。其中也有蜂王浆的记载。

(16)《吠陀经》是印度教的著名经典。在印度传统中,有关宇宙的神秘知识称为吠陀(韦达),意思相当于知识、知道、智慧、智力、思想和看到真理的人。《吠陀经》中说蜂蜜可以益寿延年。

(17)中国古代名医陶景弘说过:"道家之丸,多用蜂蜜,修仙之人,单食蜂蜜,谓能长生。"

(18)《金匮要略》是汉代圣医张仲景中医经典古籍之一,其中提到用蜂蜜治疗糖尿病。

(19)《伤寒论》是一部阐述多种外感疾病的专著,为张仲景所撰。其中记述了蜂蜜治病的多种方剂,他还发明了用蜂蜜栓剂治疗便秘。

(20)《礼记·内则》中载有:"子事父母……枣栗饴蜜以甘之","雀、鷃、蜩、范,皆可供应用,则自古食之矣","蜩、范鲜之,人君燕食"。

(21)《五十二病方》是中国现存最早的医学方书,于1973年底在湖南长沙马王堆三号汉墓出土,其中记有用蜂子和蜂蜜治病的配方。

(22)《治百病方》于1972年在甘肃武威县旱滩坡东汉墓中出土,现存92枚手写医简,所以又称武威汉代医简。其中有多处介绍治疗咳嗽的蜜丸方和汤剂,目前可辨认的约有36种医方,介绍的多种丸剂是用白蜜调和药粉制成的。

(23)《齐民要术》是中国保存得最完整的古农书巨著,由北魏官员贾思勰著写。其中记载了多种蜂蜜食品及相关制造方法,如蜜姜、蜜梨、蜜瓜、蜜饼、蜜煎鱼和蜜苦酒等。当时已有官方开办的蜂蜜食品加工厂"蜜煎局"。

(24)《刘禹锡传信方》(刘禹锡著于841年)中,详细记述了蜂蜡疗法。

(25)《太平圣惠方》(992年)是宋太宗年间由太医院组织编纂、颁行的大型综合类方书,在食疗养生抗衰老方中重视使用蜜、蜡和蜂巢。

(26)《食物本草》由金朝名医李东垣所著,其中记载了用蜂蜜、糯米饭、凉开水加酒曲酿制的蜜酒可治疗风疹和头癣。

（27）《赤水玄珠全集》是明代医家孙一奎的著述，其中收集了民间用蜜蜂成虫治病和用蜜蜂治疗淋巴腺结核的两个验方。

（28）《便民图纂》（明代邝璠于弘治七年汇编）中记载了民间应用蜂蜜治病的处方和加工蜂蜜的方法。

（29）清初名医喻昌所著医书中，记载了用蜂蜜、牛酥、杏仁配制的医治咳嗽的处方。

（30）《中药大辞典》《中医大辞典》《中药大全》《中草药大成》《名医名方大全》《新编药物学》《药典》等医药书籍中，也对蜂毒及蜂产品的药性、药理及临床应用等做了详细的记载。

87. 蜂产品知识问答

（1）蜂蜜的结晶是正常现象吗？

新鲜蜂蜜是透明或半透明具有黏稠状的液体，内含丰富的葡萄糖、蔗糖以及多种维生素和微量元素、活性酶等，如椴树蜜、油菜蜜、棉花蜜、葵花蜜、野桂花蜜等，蜂蜜中的葡萄糖分子会加速围绕结晶核运动，在逐渐增大后，从蜂蜜中分离出来形成结晶，这就是蜂蜜的自然结晶，所以它是一种正常的物理现象，不影响蜂蜜的质量。而果糖或麦芽糖含量较高的蜂蜜则不易结晶，如纯度高的洋槐蜜、枣花蜜、党参蜜等。

一般来说，纯正的蜂蜜是永远不会变质的，但如果纯度不够，则特别容易发酵、变质。结晶蜂蜜与非结晶蜂蜜具有一样的营养成分，吃时只要取出结晶的蜂蜜，放入50℃～60℃的温水中，结晶的蜂蜜便会逐渐融化。

（2）怎样识别真假蜂蜜？

一看：掺有淀粉的蜂蜜显得浑浊不清，透明度极差；掺有蔗糖的蜂蜜色泽浅淡，光泽油亮，透明度佳。

当倾斜装蜜的瓶子时，流动快的为不成熟蜜，流动慢的则为成熟蜜。如果在流动时出现起伏波动或有颗粒，则说明掺有异物。

用一根筷子或玻璃棒插入蜂蜜中，然后提起，向下流速度慢、拉丝，而且断丝后回缩的为成熟蜜；反之，则为不成熟蜜。

二闻：纯正单一蜂蜜多与其花气味相同，如发酵变质，便有一股发酵酸味或酒精味；如掺入过多的白糖或淀粉，便失去花蜜特有的香气。

三尝：判断纯正的蜂蜜味道包括口感、喉感和余味。纯正的蜂蜜味甜，有蜂蜜特有香味，且口感绵软细腻，喉感略带麻辣感，后味悠长，给人一种芳香甜润的感觉，或有极轻微的淡酸味；而掺入蔗糖的蜂蜜，虽有甜感却不香，后味短暂；若掺入糖精，后味较长，但带有苦味；若掺入淀粉，甜味下降，香味减弱。

四触：取少许结晶蜜样置于拇指与食指间搓压捻磨，如果是自然结晶，则手感细腻，并很快搓化结晶粒；若是掺糖的"结晶蜜"，则手感粗糙，结晶粒难以溶化。

（3）蜂蜜的用法与用量。

服用蜂蜜的方法多种多样，最好的方法是早晚用蜜2～3匙，温开水冲服，这样能迅速被人体吸收，滋补效果更强。也可以把蜂蜜加入需要甜味的食品，如面包、馒头、豆浆、牛奶中食用，但切忌高温，以不超过60℃为宜，否则蜂蜜中的维生素和酶类将会受到破坏，失去原有的营养价值。如果在夏天，可加在一些果汁中做清凉饮料用。总之，凡是需要甜味的食品，都可以以蜜代糖。

蜂蜜还可用来外涂，混合香油或者蜂胶对治疗烫伤、创伤效果很好，可避免创面的感染,促进伤口愈合,防止留疤。

（4）什么时间服用蜂蜜为好？

饭前1～1.5小时或饭后2～3小时比较适宜。对于胃酸过多或肥大型胃炎,特别是胃或十二指肠溃疡的患者,宜在饭前1.5小时服用;胃酸缺乏或萎缩性胃炎的患者宜食用冷蜂蜜水后立即进食;神经衰弱者宜在每天睡觉前食用蜂蜜。

（5）怎样保存蜂蜜？

蜂蜜是弱酸性的液体,能与金属起化学反应,因此应选用非金属容器,如玻璃瓶或塑料桶等保存;蜂蜜容易吸收空气中的水分而发酵变质,应放在干燥、阴凉、无阳光直射的地方;不要与带挥发性气味的物品,如肥皂、汽油等放在一起,以免串味。

（6）怎样辨别蜂王浆？

新鲜优质的蜂王浆呈乳白色或淡黄色,而且整瓶颜色均匀一致,状态呈半流体、微黏稠乳浆状,外观酷似奶油,有明显的光泽感。只有个别的因蜜粉源植物的花种、取浆时间等不同而呈现微红色,但这并非变质。

（7）蜂王浆怎样贮存保鲜？

蜂王浆必须采取冷冻保存,否则易失去活性,功效也将大打折扣。要想完整地保存蜂王浆活性,必须要在以下的四个环节中都做到冷冻：蜂农采收源头冷冻—运输冷冻—销售时冷冻—顾客食用冷冻,缺失任何环节都会影响蜂王浆的功效。但顾客怎么知道养蜂人在采收蜂王浆的源头及运输过程中是否经过冷冻呢？实践证明：在源头上即时冷冻的蜂王浆,呈"珍珠"型花纹。这是与蜂农采收蜂王浆时使用"珍珠"大小的采浆匙有关。如果蜂农把刚采出的蜂王浆采取即时冷冻,那么其原始"珍珠"型花纹就会被完整地冷存下来;如果蜂王浆被人为过滤并从中提取有效成分或常温下储存时间过久,其"珍珠"型花纹就会逐渐消融至消失。

（8）蜂王浆中的激素是否对人体有害？

很多人认为蜂王浆中含有激素,激素对不同年龄段或不同人群会有一定的副作用,其实这种观点并不正确。科学地讲,人体需要补充激素,适量的补充对人体有益,过量补充才对人体有害。只有每月服用量超过875千克,才会对人体产生不良影响。对于中老年人来说,补充激素有益于他们身体健康。老年人容易患骨质疏松,其根本原因就是缺乏性激素,服用蜂王浆能补充这些性激素,减慢骨质疏松速度,预防骨质疏松症。

（9）服用蜂王浆应注意些什么？

一是，蜂王浆兑蜂蜜服用时要搅拌均匀，因为蜂王浆和蜂蜜的相对质量密度不同，蜂王浆易浮于蜂蜜的上部，如搅拌不均匀，会影响服用剂量和效果；二是，绝对不能用沸水冲服，否则会破坏蜂王浆中的活性物质以致影响其效果，如果需要冲服的话，也只能用温开水或凉水，最好是直接服用后喝点温开水，这样既简单效果又好；三是，要坚持，不能只服几天便停服，一定要根据病情或身体情况完成所需服用的剂量和时段。

（10）哪些人群不宜服用蜂王浆？

蜂王浆虽然营养全面，但也不是每个人都适合吃的。以下人群就不适宜吃蜂王浆：

① 过敏体质者。这些人可能对蜂王浆中的一些物质起反应，出现气喘、呼吸困难、皮疹、皮肤瘙痒等过敏症状。

② 低血压患者。蜂王浆中含有类似乙酰胆碱样物质，能使血压降低，因此可导致低血压患者病情加重。

③ 腹泻、腹痛及胃肠功能紊乱者。蜂王浆可引起胃肠道强烈收缩，会使原有症状加重。

④ 肥胖者。蜂王浆可使机体内部调节能力加强，会使胖人变得能吃能睡，体重增加，易罹患其他疾病。

⑤ 糖尿病患者。蜂王浆中含有大量葡萄糖，服食后可使血糖升高。

⑥ 发热、咯血及黄疸病患者。服用蜂王浆后会促使病情绵延不愈，甚至有恶化的可能。

⑦ 孕妇。蜂王浆中的激素会刺激子宫，引起宫缩，干扰胎儿在子宫内的正常发育。

⑧ 正常发育的儿童。蜂王浆中含有性激素，易造成少儿早熟。

此外，蜂王浆应该在空腹时服用，否则可能会引起腹泻；睡前服用不适用于血液黏稠的患者。

（11）糖尿病患者可以吃蜂王浆吗？

糖尿病是一种全身代谢性疾病，可使患者丧失工作能力，严重影响病人的生活质量。随着人们生活水平的提高，饮食结构的改变，糖尿病患者越来越多，给很多患者和家庭带来了巨大的痛苦。目前，治疗糖尿病还是医学界一个十分棘手的问题，虽然胰岛素和一些降糖药物能够一时控制患者的症状，但并不能彻底治愈，久服还会产生一些副作用。

临床证明,蜂王浆可以调节人体的糖代谢,明显降低血糖,对糖尿病有显著的治疗效果,且无任何副作用。

(12) 蜂王浆最好空腹喝。

蜂王浆又名蜂皇浆、蜂乳。作为一种天然物质,蜂王浆可直接食用并且很容易被人体吸收。一般早晚各一次,成人每次可食5克左右,空腹服用效果更佳。蜂王浆中有多种含氮的活性蛋白和活性多肽,空腹服用可以减少胃酸对它的分解破坏,还有利于消化道的黏膜对蜂王浆的直接吸收。如果是饭后服用,由于胃中有大量食物存在,不但会消耗大量消化液,还会阻碍蜂王浆成分与肠壁的接触,不利于营养元素的吸收。因此,蜂王浆最好在早饭前空腹服用和晚饭后1小时左右(空腹)服用;重病或体弱者可适量增加服用次数,如午餐前加服1次。为改善口感,可与蜂蜜混合服用,但忌用温度太高的水送服,以免破坏蜂王浆的有效成分。但是,并非所有人都适合空腹服用蜂王浆。尤其对胃酸太多的胃病患者,空腹食用会对胃、肠造成较强刺激,所以饭后食用较好。有些人服用后胃部感到不适,也可酌情减少用量,或用蜂蜜稀释后服用。

(13) 蜂王浆的用法与用量。

食用剂量:成人每次5克,儿童减半,体弱多病者每次10～20克。

食用方法:空腹服用。早餐前和晚上睡觉前各口服蜂王浆一次;或以1∶4的比例注入蜂蜜,搅拌均匀,可改变口感。

(14) 什么是蜂花粉?

蜂花粉是有花植物雄蕊中的雄性生殖细胞,它不仅携带着生命的遗传信息,而且包含着孕育新生命所必需的全部营养物质,是植物传宗接代的根本,热能的源泉。蜂花粉是有营养价值和药效价值的物质所组成的浓缩物,它含蛋白质、碳水化合物、矿物质、维生素和其他活性物质。蜂花粉既是极好的天然营养食品,同时也是一种理想的滋补品,并具有一定的医疗作用。

(15) 蜂花粉对人体有哪些益处?

一益免疫:花粉能促进免疫器官的发育;阻止免疫抑制剂对免疫器官的损害;加速抗体的产生和延缓抗体的消失;促进淋巴细胞和巨噬细胞的增加,并能提高巨噬细胞的吞噬能力,从而全面提高机体的免疫功能。

二益血管:花粉中含有芸香甙和黄酮类物质,能明显降低血脂含量,防治心血管硬化、高血压、脑溢血、静脉曲张、中风后遗症等。

三益抗老：近年来研究表明，人体内超氧化物歧化酶（SOD）、过氧化脂质（LPO）和脂褐质含量与抗衰老有关，SOD活性的提高，LPO及脂褐质含量的降低，有助于延缓机体衰老，花粉中由于所含营养成分有助于提高SOD的活性，并降低LPO和脂褐质的含量，因而具有增强体质和抗衰老的作用。

四益肠胃：花粉既能增进食欲又能增强消化功能，对于胃口不佳、消化吸收力差的消瘦症有很好的康复作用。同时花粉对胃肠功能紊乱、溃疡病、便秘也有良好的治疗作用。

五益肝脏：花粉可防止脂肪在肝脏内积累，对肝脏起到良好的保护作用。同时花粉是恢复肝功能的高级营养剂，对肝炎有良好的疗效。

六益美容：花粉中既含有丰富的能被皮肤细胞直接吸收的氨基酸，又有各种活性酶和植物激素，因而能促进皮肤细胞新陈代谢，延缓皮肤细胞衰老，增加皮肤的弹性，使皮肤柔软、细腻、洁白、鲜润，并能清除各种褐斑、粉刺，减少皱纹，因此被誉为"美容之源"。

七益减肥：花粉中的生物活性物质对机体的各种生理机能、各个器官系统的生理活动具有很好的调节作用，使人体的新陈代谢正常，特别是可以去除体内多余的脂肪。

八益抗癌：花粉能激活免疫系统，增强免疫力，诱生干扰素；阻止癌细胞的分裂与生长，因而使花粉表现出良好的抗癌作用。

九益大脑：花粉中含有丰富的蛋白质、氨基酸、维生素和微量元素等营养物质，还含有合成神经质的原料，因此能改善记忆功能，增强智力，并对老年性痴呆症有良好的防治效果。

（16）如何食用蜂花粉？

正常情况下，成人以保健为目的，剂量是10～15克/日；强体力劳动者以增强体质为目的（如运动员）或用于治疗疾病（如前列腺炎等），可增加到20～30克/日。3到5岁儿童在5～8克/日，6到10岁儿童在8～12克/日为宜。蜂花粉是天然营养品，适量多用一些对人体并无妨碍。食用蜂花粉最适宜时间是早晨空腹服用，或早、中、晚分次用温水、牛奶或蜜水调服。蜂花粉可用于增强体质、恢复健康和治疗疾病，但蜂花粉不是速效药，并不能马上见效，应该连续、长期服用，逐渐见效，以达到健身、治病的目的。因此，食用蜂花粉前必须进行花粉种类鉴定，保证不会混入有毒花粉，确保食用安全。

(17) 什么是蜂胶,它的功效是什么?

蜂胶是蜜蜂从一些能分泌胶状物的树干上采集而来的树脂类物质,注入腺体分泌物后,反复加工转化而成的胶状物质。一个拥有几万只蜜蜂的蜂群,每天只能采集0.2克左右的树脂类物质。因为得来不易,故而有"紫色黄金"之称。蜂胶内含300多种黄酮类和萜烯类化合物及多种氨基酸、维生素、微量元素。《中华本草》一书中已充分肯定了蜂胶的八大功效:抗病原微生物,镇静、麻醉及其他神经系统,促进组织修复,改善心脑血管系统功能,保护肝脏,抗肿瘤、清除自由基、提高免疫力、调节内分泌、促进新陈代谢等。

(18) 蜂胶黄酮含量高就好吗?

黄酮含量高就是好蜂胶的说法是不科学的。蜂胶的功效是靠其多种珍贵成分的综合作用,而黄酮只是其中的一种。另外,纯正蜂胶黄酮的含量也相对固定,一般在每百克1.5毫克左右。如果一种蜂胶黄酮含量很高,很有可能添加了其他物质,如杨树芽提取物、甘草等,虽然它们的黄酮含量很高,但药用价值很低。

(19) 蜂胶适合糖尿病患者吗?

糖尿病是综合性疾病,有"百病之母"之称,其并发症涉及血管、神经、代谢、免疫四大系统。蜂胶的优势就在于它能在稳定血糖的同时,保护血管、修复神经、促进组织修复,一物多效。对糖尿病患者来说,无疑可取得更全面的保健作用。与此同时,蜂胶百分之百源于大自然,温和、无毒、不良反应少,适合糖尿病患者长年服用,与很多单一功效的保健品相比,无疑更适合糖尿病患者。

(21) 选择复方蜂胶还是纯正蜂胶?

目前市场上各种复方蜂胶层出不穷,以添加人参、鹿茸、灵芝、冬虫夏草等为主,对待这些蜂胶,消费者要明白:由于现代药物合成技术的局限性,不少复合型产品仍存在吸收率低的技术瓶颈,而且多种营养元素组合,往往可能互相抑制各自的生物活性,达不到组合效果。所以,建议消费者在购买蜂胶时,尽量选用纯正的蜂胶。

(22) 蜂胶价格相差较大的原因?

蜂胶是非常珍贵和稀少的天然物质,一箱蜂每年只能产蜂胶100~500克。原料如此稀缺,注定销售到市场上的蜂胶制成品不可能太便宜。如遇特别便宜的蜂胶,消费者应从以下几方面辨别真伪:一是原料来源:蜂场在城乡马路边的,相比来自深山、高原、草原的质量要差很多。二是假胶、劣胶：媒体曾曝光有用杨树熬胶，以假乱真的现象。三是生产工艺简陋：如小作坊的加工环境、工艺均比较差。四是蜂胶含量少：靠人工添加化学黄酮来达到国家对"功效成分"的要求。五是在选择蜂胶时，要选购在包装盒上印有经国家食品药品监督局批准文号的正规企业生产的产品。

第六篇

蜜蜂的文化，博大精深

听妈妈讲那蜜蜂王国里的趣事 / Hearing Mama's account of the interesting stories in Bee Kingdom

88. 名人说蜜蜂

爱因斯坦曾说:"如果蜜蜂从地球上消失,那人类只能再活四年。"

马克思曾指出:"在蜂房的建筑上,蜜蜂的本事,曾使许多以建筑为业的人惭愧。"

达尔文说:"巢脾的精巧结构十分符合需要,如果一个人看到巢脾而不备加赞扬,那他一定是个糊涂虫。"

恩格斯把蜜蜂称为"能用器官工具生产的动物"。

列宁指出:"蜜蜂终日繁忙,辛勤地往来在蜂巢和蜜粉源之间,是从不浪费点滴时间的劳动者,是可靠的向导。"

周恩来总理指出:新闻工作者"要象蜜蜂那样辛勤劳动,更好地为人民服务!"

朱德曾题词:"蜜蜂——农业增产之翼。"他指出:"养蜂事业,仅就它的直接收益来说,就高于一般农业的收益,但更重要的是它对农业增产有巨大的作用,蜜蜂是各种农作物授粉的'月下老人'。"

1999年12月8日，江泽民为北京蜂疗研究所题词："发展祖国医学,弘扬民族精神。"

著名诗人郭沫若1961年11月10日视察从凤院"蜜蜂大厦"后题词《游凤院果树园》："晨兴来凤院,橘树八千章。袅袅风枝重,累累果实黄。颂君怀正则,奴汝笑荒伧。想见花开日,游蜂必甚狂。"

数学家华罗庚夸赞蜜蜂："小小的蜜蜂在人类有史以前已经解决的问题,为什么竟要18世纪的数学家用高等数学才能解决呢！"

著名的"医学之父"希波克拉提斯将蜂针称为"十分神奇的药"。

它们是一个王国,

还有各式各样的官长,

它们有的像郡守,管理内政,有的像士兵,把刺针当作武器,炎夏的百花丛成了它们的掠夺场；

它们迈着欢快的步伐,满载而归,把胜利品献到国王陛下的殿堂。

国王陛下日理万机,正监督唱着歌建造金黄宝殿的工匠；

大批治下臣民,在酿造着蜜糖；

可怜的搬运工背负重荷,在狭窄的门前来来往往。

脸色铁青的法官大发雷霆,把游手好闲直打瞌睡的雄蜂送上刑场……

（莎士比亚·《亨利五世》）

自然的伟大,就在于它充满了美好,而且伟大的现象会经常发生在小事情里重复出现。

（歌德）

蜜蜂从花中啜蜜,离开时营营的道谢。浮夸的蝴蝶却相信花是应该向他道谢的。

（泰戈尔）

生活之所以成为鲜花,乃是因为有了蜜蜂这样的爱情。　　（维克多·雨果）

养蜂大师首先必须是个爱蜂人,否则他将一事无成。

（帝克纳·爱德华兹《蜜蜂知识》）

乡村中有蜂巢；约拿单伸出手中的手杖,用杖头蘸在蜂房里,转手送入口内,眼睛就明亮了。　　　　　　　　　　　　　　　（《圣经》撒母耳记）

如果你想收获蜂蜜,就不要踢翻蜂巢。　　　　　　　（亚伯拉罕·林肯）

没有蜜蜂的种种贡献,我们肯定只能居住在一个全然不同的、较少风采、较少兴味的世界上。　　　　　　　　　　　　　　　　　　　　　　（兰斯特罗什·《蜂房与蜜蜂》）

花的亮丽形状与色彩,不正是蜜蜂的审美选择的最好记录。　　（佛雷德里克·特纳）

创造一方大草原,只要

一棵三叶草,一只小蜜蜂;

一棵三叶草,一只小蜜蜂,一个白日梦。　　　　　　　　　　（艾米丽·狄金森）

授粉推进了植物世界,方能使人类与动物得以生存。　　　　　　　（达尔文）

一位蜂王飞到奥林帕斯,带来些新鲜的蜂蜜作为礼物送给罗马神话中的主神朱庇特。朱庇特对这个礼物十分高兴,答应蜂王要求什么就给她什么。蜂王说:"如果朱庇特赐给蜜蜂螫针,让蜜蜂能杀死掠夺蜂蜜的人,那么她就感激不尽了。"朱庇特对这个请求很不高兴,因为他喜爱人类,但是他已有诺言在先,于是说:"她们可以拥有螫刺。但是这种螫刺只能让人受伤,而放出螫刺的蜜蜂必须死去。"　　　　　　（伊索寓言）

只有蜂蜜比金钱更甜美。　　　　　　　　　　　　　　　　　（本杰明·富兰克林）

幸好我们选择了使蜂窝内充满蜂蜜与蜂蜡,如此方能使人类获得两样最高贵的东西:一是甜味;一是光明。　　　　　　　　　　　　　　　　　（乔纳森·斯威夫特）

问人的灵魂同身体是否为一体的,正如问蜂蜡与蜂蜡上刻印的人像是否为一体的,这是一个不成问题的问题。　　　　　　　　　　　　　　　　　　　（亚里士多德）

曾经有人说起,一个手巧的工匠能修理工具,却难以用真正的蜂蜡造出蜂巢,蜂巢是一伙蜜蜂在光线暗淡的蜂洞中筑成的。　　　　　　　　　　　　　　（达尔文）

从它们的腹部产生出一种液体,具有各种色彩,那便是治病的药。　　（《可兰经》）

89. 与蜜蜂有关的名言

蜜蜂酿蜜,不为己食。　　　　　　　　　　　　　　　　　　　　　　（民谚）

从同一朵花中,蜜蜂吸蜜蛇吸毒。　　　　　　　　　　　　　　　　（亚美尼亚）

一头钻进花蕊里的蜜蜂,忘记了天黑被裹进花瓣的危险。　　　（中国维吾尔族）

三月桃花朵朵鲜,蜜蜂采花花才甜;雨过三月花落地,不讲人嫌鬼也嫌。（广西情歌）

蜜蜂因夏天勤劳才能冬天食蜜。　　　　　　　　　　　　　　　　　　（英国）

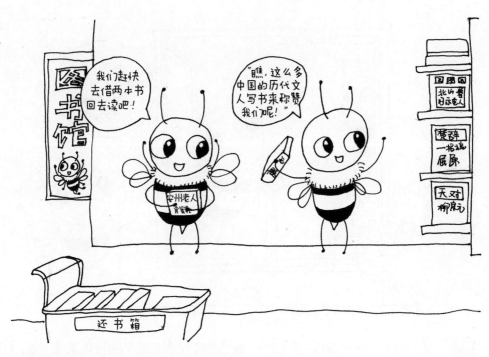

辛勤的蜜蜂永没有时间悲哀。 （布莱克）

我们不应该像蚂蚁,单只收集；也不可像蜘蛛,只从自己肚中抽丝；而应该像蜜蜂,既采集又整理,这样才能酿出香甜蜂蜜来。 （培根）

忙于采撷和酿造的蜜蜂,不会躺倒在花丛之中。 （民谚）

不去实践的科学家,就象不酿蜜的蜜蜂。 （民谚）

蜜蜂小,能为王。 （柯尔克孜族）

对于无名的花,蜜蜂也一样亲近它。 （民谚）

蜜蜂见花团团转,花见蜜蜂朵朵开。 （民谚）

好花不怕蜜蜂采,蜂来越密花越开。 （民谚）

90. 历代文人赞蜜蜂

《楚辞·招魂》,战国时期屈原作,其中有这样的描述:"米巨米女蜜饵,有食长食皇些。""瑶浆蜜勺,实羽觞些。""瑶浆蜜勺"和"米巨米女蜜饵"即以蜜酿制蜜酒,用蜜和米面制作蜜糕。

《天问》中写有："蜂蛾微命,力何固?"(意思是蜂蚁那样的小生命聚集在一起,力量为什么如此强大?)

唐代诗人孟浩然写有这样的诗句："燕入巢窝处,蜂来造蜜房。"(意为燕子筑巢的邻近之处,蜜蜂也造起了酿蜜的蜂房)

唐代诗人杜甫在诗中曾用如下诗句描述蜜蜂:"花蕊上蜂须""风落收松子,天寒割蜜房"。(意思分别是:蜜蜂的触角上沾满花粉;风停了收拾松子,天寒了采割蜂蜜)

《天对》中唐诗人柳宗元用这样的诗句描述蜂哲(蜇)的情景:"细腰群哲,夫何足病。"(即一群细腰蜂的蜇刺,有什么值得担忧呢)

梁诗人简文帝在《咏蜂》中写道:"逐风从泛漾,照日乍依微。知君不留盼,衔花空自飞。"(意思是蜜蜂随风在空中荡漾,山野洒满明媚的阳光。我知道你不会长久在一地,带着花粉飞来飞去为他人奔忙)

《北山暮旧示道人》中宋诗人王安石这样写道:"千山复万山,行路有无间。花发蜂递绕,果垂猿对攀。"(意思是群山起伏复连绵,行路有阻行路难,花开时节招蜂采,果熟群猴争相攀)

《见蜂采桧花偶作》中宋代诗人陆游这样写道:"来禽海棠相续开,轻狂蛱蝶去还来。山蜂却是有风味,偏采桧花供蜜材。"(意思是沙果海棠花相继开放,轻狂的蝴蝶飞去又飞

回。可是小小蜜蜂却不一样,偏偏采桧树花把蜜酿)

《咏蜂》中吴承恩这样描述蜜蜂:"穿花度柳飞如箭,粘絮寻香似落星。小小微躯能负重,器器薄翅会乘风。""声虽不入律,嘴亦有剑?穿花非浪游,奋飞为酿蜜。"

苏轼所作《安州老人食蜜歌》:"安州老人心似铁,老人心肝小儿舌。不食五谷惟食蜜,笑指蜜蜂作檀越。蜜中有诗人不知,千花百草争含姿。老人咀嚼时一吐,还引世间痴小儿。小儿得诗如得蜜,蜜中有药治百疾。东坡先生取人廉,几人相欢几人嫌。恰似饮茶芋苦杂,不如食蜜中边甜。因君寄与双龙饼,镜空一照双龙影。三吴六月水如汤,老人心以双龙井。"

《木兰花令》词上片云:"垂柳阴阴日初永,蔗浆酪粉金盘冷。帘额低垂紫烟忙,蜜脾已满黄蜂静。"最后一句的"蜜脾"和现代叫法一样,指蜜蜂以蜂蜡造成片巢房,其形状象"脾"故名。黄蜂指黄色蜜蜂,应该是避免同一句使用两个蜜字的修辞问题,不会指胡蜂,因为胡蜂不采蜜。

咏蜂二首

作者：李澍一

1. 蜜蜂颂

蜂儿妙,巧制糖,日间采蜜夜煽凉。足扫千娇蕊,舌探百媚芳。勤蠕转,慢封仓,双腿毛篮集粉香。老幼衔食培后嗣,中青炼蜡筑巢房。伸针不穴疗重症,关节风湿注王浆。

(《新芽》1982年第一期·上)

2. 乐蜂吟

草原黄菊开,荞麦遍山白,若絮①飘翔晴空雨,层楼②满地聚宝台③。去复来,挖潜力搜珍扑丹桂;急又快,翩高崖撮糖剑口摘④。看!门卫点礼⑤巢堂摆尾舞⑥,伸舌梳腿粉团⑦巧安排。瞧!万绿丛中含春足揵蕊,百卉行间谱曲翅选裁。嗡嗡嗡吟情语,寻芳斗艳;探花郎⑧吻浆唇⑨,笑颜舒怀。嗡嗡嗡访薰乡⑩,群鲜⑪争吐蜜;戏红妆⑫吮娇涎⑬,集锦歌来。喜明媚,人勤惊羽士⑭,叹秋霜⑮,叶落归尘埃。唤醒青壮幼,航天莫畏险。古稀变白蜂,行空战恶台。

注：① 若絮：蜜蜂满天飞,若柳絮之飞舞。

② 层楼：蜂箱摞起来,就像高楼层层林立。

③ 聚宝台：喻比一台台的蜂箱就是聚宝箱。

④ 剑口摘：蜂儿吐舌似剑采蜜。

⑤ 点礼：守卫蜂伸舌一点一点的,辨别来蜂的气味。

⑥ 摆尾舞：蜂儿给信号时的舞姿。

⑦ 梳腿粉团：梳理后腿上带的花粉团。

⑧ 探花郎：喻指蜜蜂。

⑨ 吻浆唇：吸吮花萼中的蜜浆。

⑩ 薰乡：薰指香草;乡指蜜源地。

⑪ 群鲜：遍地鲜花。

⑫ 红妆：山丹花开,满山红透,大地像披上了红色的艳妆。

⑬ 吮娇涎：吸吮喜人的蜜涎。

⑭ 惊羽士：人翻动巢板时,会惊扰带翅的士兵。

⑮ 秋霜：作者自叹年迈,愿化作一只白色老蜂,凭借着多年的经验,去战胜恶劣的台风,来保护青壮幼年的蜂群。

91. 以蜜蜂为题材的散文选

蜜 蜂
丰子恺

　　正在写稿的时候,耳朵近旁觉得有"嗡嗡"之声,间以"得得"之声。因为文思正畅快,只管看着笔底下,无暇抬头来探究这是什么声音。然而"嗡嗡""得得",也只管在我耳旁继续作声,不稍间断。过了几分钟之后,它们已把我的耳鼓刺得麻木,在我似觉这是写稿时耳旁应有的声音,或者一种天籁,无须去探究了。

　　等到文章告一段落,我放下自来水笔,照例伸手向罐中取香烟的时候,我才举头看见这"嗡嗡""得得"之声的来源。原来有一只蜜蜂,向我案旁的玻璃窗上求出路,正在那里乱撞乱叫。

　　我以前只管自己的工作,不起来为它谋出路,任它乱撞乱叫到这许久时光,心中觉得有些抱歉。然而已经挨到现在,况且一时我也想不出怎样可以使它攒得出去的方法,也就再停一会儿,等到点着了香烟再说。

　　我一边点香烟,一边旁观它的乱撞乱叫。我看它每一次攒,先飞到离玻璃一二寸的地方,然后直冲过去,把它的小头在玻璃上"得,得"地撞两下,然后沿着玻璃"嗡嗡"地向四处飞鸣。其意思是想在那里找一个出身的洞。也许不是找洞,为的是玻璃上很光滑,使它立脚不住,只得向四处乱舞。乱舞了一回之后,大概它悟到了此路不通,于是再飞开来,飞到离玻璃一二寸的地方,重整旗鼓,向玻璃的另一处地方直撞过去。因此"嗡嗡""得得",一直继续到现在。

　　我看了这模样觉得非常可怜。求生活真不容易,只做一只小小的蜜蜂,为了生活也须碰到这许多钉子。我诅咒那玻璃,它一面使它清楚地看见窗外花台里含着许多蜜汁的花,以及天空中自由翱翔的同类,一面又周密地拦阻它,永远使它可望而不可即。这真是何等恶毒的东西!

　　因了诅咒玻璃,我又羡慕起物质文明未兴时的幼年生活的诗趣来。我家祖母年年养

蚕。每当蚕宝宝上山的时候,堂前装纸窗以防风。为了一双燕子常要出入,特地在纸窗上开一个碗来大的洞,当作燕子的门,那双燕子似乎通人意的,来去时自会把翼稍稍敛住,穿过这洞。这般情景,现在回想了使我何等憧憬。假如我案旁的窗不用玻璃而换了从前的纸窗,我们这蜜蜂总可攒得出去。即使撞两下,也是软软地,没有什么苦痛。求生活在从前容易得多,不但人类社会如此,连虫类社会也如此。

我点着了香烟之后就开始为它谋出路。但这是一件很不容易的事。叫它不要在这里钻,应该回头来从门里出去,它听不懂我的话。用手硬把它捉住了到门外去放,它一定误会我要害它,会用蜇反害我,使我的手肿痛的不能工作。除非给他开窗;但是这扇窗不容易开,窗外堆叠着许多笨重的东西,须得先把这些东西除去,方可开窗。这些笨重的东西不是我一人之力所能除去的。

于是我起身来请同室的人帮忙,大家合力除去窗外的笨重的东西,好把窗开开,让我们这蜜蜂得到出路。但是同室的人大家不肯,他们说,"我们做工都很疲倦了,哪有余力去搬重物而救蜜蜂呢?"

忽然门里走进一个人来和我说话。为了不能避免的事,我立刻被他拉了一同出门去,就把蜜蜂的事忘却了。等到我回来的时候,这蜜蜂已不见。不知道是飞去了,被救了,还是撞杀了。

(选自《丰子恺散文》,有删改)

蜜蜂礼赞

麻 毅

中学时代,在语文课本中曾经读过散文大家杨朔所写的一篇题为"荔枝蜜"的课文,在那篇文章的字里行间,流露出了作家对蜜蜂的品德和精神的赞美。光阴似箭,岁月如梭,如今已经整整五十年过去了,劳碌一生,不知不觉,自己也步入了老年,开始注意保健养生,吃起了蜂蜜、蜂王浆,这些东西都是从养蜂场的蜂窝里直接掏出来的,我相信就凭蜂蜜这种与生俱来的品德,它们绝不会去坑蒙拐骗、掺杂使假的。

吃着吃着,我开始对蜜蜂有所了解;吃着吃着,慢慢地觉得我的健康指数倍增;吃着吃着,我对蜜蜂的精神和品德有了更多的感悟,从心底里由衷地感叹。温故而知新,我觉得当年杨朔先生在他那篇散文中对蜜蜂精神的赞美还不够,于是写下了这篇文章,以示对蜜蜂精神的崇敬,也希望当今社会有更多的"蜜蜂"去传承蜜蜂精神,让"蜜蜂精神"在我们的社会蔚然成风。

蜜蜂是人类的朋友,它与人类的生活与健康密切相关。人类食物链上游的1300多种植物中,有1100种植物要靠蜜蜂采花授粉来完成第一道工序后才能结出丰硕的果实。没有它们辛勤的劳作,我们所吃的食物就不会像今天这样丰富,生活就不会那么绚烂多彩;没有它们,我们这个"地球村"仅凭现有的耕地就很难养活当今世界上的70亿人口。

人类对蜜蜂了解、关注和研究的历史源远流长。考古学家从古生物化石中发现,蜜蜂在我们这个星球已生存了一亿二千多万年,比人类要早得多。早在三千六百多年前甲骨文中就有关于"蜜"和"蜂"这两个字的记载;在古埃及,埃及人懂得用蜂胶来保存法老的尸体,使之不致被细菌侵蚀而腐败,最终成为木乃伊;远在二千多年前的战国时期,《黄帝内经》中就有当时的帝王将相、达官权贵如何食用蜂蜜的介绍;而在明代李时珍所著的

《本草纲目》和马可波罗游记中也都记载了如何利用蜂产品来治病、保健和养生;唐代著名诗人罗隐也忍不住要提笔写下赞美蜜蜂的千古诗句:"不论平地与大山,无限风光尽被占。采得百花成蜜后,为谁辛苦为谁甜。"

自20世纪以来,随着生物技术的发展,科学家们通过对蜜蜂生物习性进行深入的研究后发现,蜜蜂王国是一个母系社会,它的所有"臣民"都是一种高度社会化的"社会昆虫",在一个蜂群里,它们会推选出唯一的蜂王,蜂王既是"国王"又是"国母",它享有"总统"特权,"臣民们"对它的寝食起居照顾无微不至,体贴入微,它的出入行踪,不仅戒备森严,更有警戒的卫士贴身,一路上可谓是"蜂拥而至,万民叩首,夹道护送",但蜂王对它的"臣民们"又绝不发号施令,它一生唯一的天职就是每天要产下2000多枚卵来保障它的"王朝"香火有续,人丁兴旺,国泰民安。

在蜂群中,无论是工蜂还是雄蜂,它们分工明确,各司其职,忠于职守;团结互助,无私奉献,勤奋终生。它们用尽毕生的精力,采集、加工、酿造出各种具有养生、保健功用的佳品,包括蜂蜜、蜂王浆、蜂胶、花粉等,无私地奉献给人类,而且还从不计较。它们的行为与精神对我们人类来说可谓是感人至深。而对蜂群自身来说,它们的一举一动都体现出对"族人"的无限忠诚:为了群体的强盛,它们通力合作,自觉分工,任劳任怨,勤奋实干;当外来的敌人入侵或其他"族群"的蜜蜂来盗蜜时,它们又同仇敌忾,爱憎分明;对自己的"母亲"则是关怀备至,体贴入微。为了抵御低温与酷热,它们齐心协力、分工协作、密切配合,一夜之间竟能赶造出成千上万间舒适、漂亮、牢固的蜂房;当花季来临时,它们又各司其职、协同作战,加班加点、不计辛劳,在一天的时间里就可酿造出在数月内都享用不尽的蜂蜜。尽管这样,它们并不以此为满足,依然耕耘不止、劳作不息,就连刚刚羽化出来不久甚至胎衣未除的小蜜蜂都会很快地忙碌起来。你看它们会保温的干保温,会育虫的去育虫,各自分工,绝不投机取巧,更不挑精拣肥;对一些青壮龄蜂来说,它们更是闻鸡起舞、日落不息、珍惜生命、抓住青春;在蜂巢中最为难干的技术活则往往是老龄蜂义不容辞、当仁不让,蜂巢外一旦发生危险时,它们更是老当益壮、勇往直前,对一些脏活、重活、危险活,它们也总是自告奋勇、一马当先。有时为采一点点黏度极强的树脂,它们不惜冒着被粘连下身上一块肌肤的危险,挺身而出;当它们感到生命即将终结的时候,为了让自己的尸身不占据已经拥挤不堪的蜂房,也为了减少同伴们的抬尸之劳,便会慢慢地挣扎着飞出蜂巢,默默地长逝于鲜花绿丛中,回归大自然的怀抱。它们始终抱着一个信念:"生为群体做贡献,死为群体减负担",凡此种种,不一而足。笔者每每向人讲述起它们这种"鞠躬尽瘁,死而后已"感人至深的行为和精神时,所有的人无不叹为观止,肃然起敬,并为之动容。

在蜜蜂王国里,勤劳、勇敢、顽强、谦让、团结、责任、担当、无私、忠诚、奉献是蜜蜂"社会"群体的崇高精神。在这个群体里,可以说人人都是"雷锋",个个都是英雄,它们相互帮助,不计得失,兢兢业业,任劳任怨,至死不渝,直至终生,它们的这种品质和道德精神已经形成了一个自觉的信念,并在族群中蔚然成风。在这个国度里,没有"劳动模范""道德模范"之说,更没有谁想到要去评选最"美"和最"佳",它们人人都是"最美",个个都是"最佳",它们的行为都值得"模范"。它们这种与生俱来的高尚品质和崇高精神,恰恰是我们人类所倡导的最难能可贵的精神。相比之下,在人类社会,"养蜂人"不断把蜜蜂辛勤劳动的成果(蜂蜜、王浆、蜂胶和花粉)窃为己有,攫取一空,变成商品从中获取丰厚的利润;有的甚至掺杂使假,制作假冒伪劣的产品,从中牟利;更有一些被称为"蜂疗师"的人,拿着蜜蜂的各种劳动果实,通过"包装"后进行大肆宣传,作为养生、保健、美容、治病的"良药"。凡此种种,它们从不计较,更没有要"对簿公堂",它们仍然以一种淡定、平常的心态,继续它们的生活,并以此为乐,以此为荣,它们只有一个信念,只要自己生活得好,只要对人类有贡献,足矣!朋友,文章读到这里,我想你也一定和我一样,不由自主地会感受到蜜蜂的伟大。但纵有千言万语,也难以表达对蜜蜂的崇敬之心啊!

92. 历代诗人咏蜂诗词(十二首)

(1) 咏蜂
明·吴承恩

穿花度柳飞如箭,
粘絮寻香似落星。
小小微躯能负重,
器器薄翅会乘风。

（2）咏蜂

唐末五代·罗隐

不论平地与山尖，
无限风光尽被占。
采得百花成蜜后，
为谁辛苦为谁甜？

（3）咏蜂

明·王锦

纷纷穿飞万花间，
终生未得半日闲。
世人都夸蜜味好，
釜底添薪有谁怜。

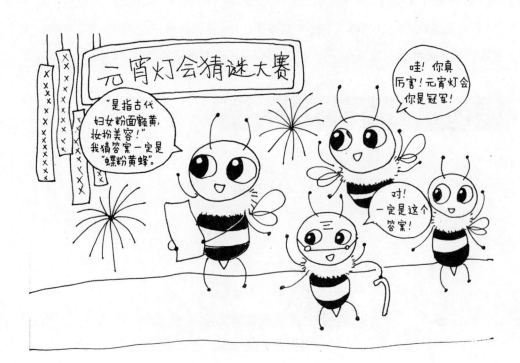

(4) 咏蜂
明·王欣

采酿春忙小蜜蜂，
何消振翅蛰邻童。
应愁百卉花时尽，
最恨烧烟取蜡翁。

(5) 咏蜂
宋·姚勉

百花头上选群芳，
收拾香腴入洞房。
但得蜜成甘众口，
一身虽苦又何妨。

(6) 咏蜂
佚名

朝霞采露花意浓，
昕风忆雨野草平。
翼翅翻飞翩翩舞，
兰芳杏蕊惹蝶蜂。

(7) 咏蜂
佚名

春潮欲雨雾转浓，
烟波碧水连桥平。
小舟急渡载香去，
落日江东又遇蜂。

(8) 咏蜂

佚名

莺啼燕喟春梦浓,
肌寒困醒秋野平。
满江红叶飘零过,
萧风暮雨不留蜂。

(9) 咏蜂

佚名

陌前月下情意浓,
浓至腻时忽转平。
从来只是花香好,
谁曾闲眼觑群蜂。

(10) 咏蜂

佚名

纷飞瑞雪冬景浓,
银妆素野暮霭平。
小梅才开暗香渡,
天涯何处有闲蜂。

(11) 咏蜂

佚名

樱红柳绿春色浓,
烟水连波共天平。
远山一字空啼雁,
飞落花巢惊鹊蜂。

（12）咏蜂

佚名

西风古道醉酒浓，
夕阳半落晚霞平。
饮断悲肠奔赤兔，
飞红一片引愁蜂。

93. 与蜜蜂有关的成语和歇后语

（1）蝶粉蜂黄(dié fěn fēng huáng)

释义：指古代妇女粉面额黄，妆扮美容。

典故：蝶粉蜂黄拌付与,浅颦深笑总难知,教人何处忖情痴。（清·徐釚《词苑丛谈·叶元礼〈浣溪沙〉》）

（2）蝶恋蜂狂(dié liàn fēng kuáng)

释义：指留恋繁花似锦的春光。

典故：明·张凤翼《灌园记·太史赏花》："知否,算蝶恋蜂狂,少不得为韶光一逗溜。"

（3）蜂出泉流(fēng chū quán liú)

释义：像群蜂倾巢,如泉水涌流。形容一时并作。

典故：清·龚自珍《古史钩沉论二》："孔子殁,七十子不见用,衰世著书之徒,蜂出泉流。"

（4）蜂虿有毒(fēng chài yǒu dú)

释义：比喻恶物虽小,但能害人。

用法：主谓式;作分句、宾语;含贬义。

典故：左丘明《左传·僖公二十二年》："君其无谓邾小,蜂虿有毒,而况国乎？"

（5）蜂攒蚁集(fēng cuán yǐ jí)

释义：形容人群蜂蚁般杂乱地聚集在一起。同"蜂屯蚁聚"。

典故：明·冯梦龙《醒世恒言》第十八卷："四方商贾来收买的,蜂攒蚁集,挨挤不开。"

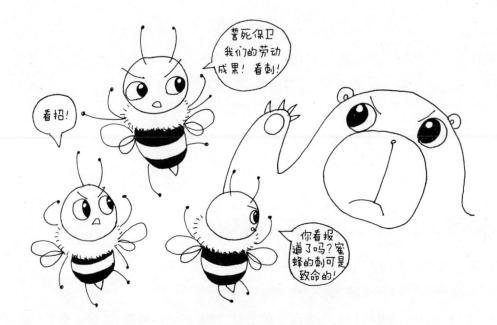

（6）蜂攒蚁聚（fēng cuán yǐ jù）

释义：形容人群蜂蚁般杂乱地聚集在一起。同"蜂屯蚁聚"。

典故：明·冯梦龙《东周列国志》第三十三回："那跟随楚王人众，何止千人，一个个俱脱衣露甲，手执暗器，如蜂攒蚁聚，飞奔上坛。"

（7）蜂附云集（fēng fù yún jí）

释义：比喻大众从各处聚集。

典故：明·归有光《昆山县倭寇始末书》："夜则桅灯如列星，旦则吹螺举号，蜂附云集。"

（8）蜂房蚁穴（fēng fáng yǐ xué）

释义：比喻各自占据一方。

典故：明·杨慎《丹铅续录·春秋·隐公元年》："自共和以来，诸侯如蜂房蚁穴，不用天子之元年矣。"

（9）蜂合豕突（fēng hé shǐ tū）

释义：如群蜂聚集，似野猪奔突。比喻众人杂沓会合，横冲直撞。

典故：明·刘基《春秋明经·公会齐侯楚人败徐于娄林》："今不然矣，中国之虚实在楚人目中矣！于是荆户乘广之旅，蜂合豕突以败徐于娄林。"

(10) 蜂合蚁聚(fēng hé yǐ jù)

释义：形容人群蜂蚁般杂乱地聚集在一起。同"蜂屯蚁聚"。

典故：前蜀·杜光庭《中和周天醮词》："蠢彼不庭,敢违天道……欲恃其蜂合蚁聚之势,仗锄耰白挺之徒,垂二十年不宾睿化。"

(11) 蜂狂蝶乱(fēng kuáng dié luàn)

释义：旧指男女间行为放荡。

典故：明·王玉峰《焚香记·允谐》："那淫奔坞,多少蜂狂蝶乱,毕竟傍谁虚度。"

(12) 蜂窠蚁穴(fēng kē yǐ xué)

释义：比喻占据的地方极为窄小,借以对偏安一隅的地方势力的蔑称。

典故：宋·曾慥《类说·见闻录·胡讷》："开宝八年,王师围金陵。朝廷殿试《桥梁渡长江赋》《习水战诗》;江南亦试《王德惟亲赋》《谈笑却秦诗》。太祖笑曰：'江南畜文臣武将,迨同飞走,岂不知中原有真主耶？'赵普曰：'蜂窠蚁穴不足挂圣虑。'"

(13) 蜂目豺声(fēng mù chái shēng)

释义：眼睛象蜂,声音象豺。形容坏人的面貌声音。

典故：左丘明《左传·文公元年》："蜂目而豺声,忍人也。"

(14) 蜂迷蝶猜(fēng mí dié cāi)

释义：比喻男子对女子的思慕。

典故：明·高明《琵琶记·丞相教女》："绛罗深护奇葩小,不许蜂迷蝶猜。"

(15) 蜂迷蝶恋(fēng mí dié liàn)

释义：旧指男女间行为放荡。同"蜂狂蝶乱"。

典故：《白雪遗音·岭儿调·草桥惊梦》："说不尽梦儿里半推半就,蜂迷蝶恋花心动。"

(16) 蜂媒蝶使(fēng méi dié shǐ)

释义：花间飞舞的蜂蝶。比喻为男女双方居间撮合或传递书信的人。

典故：宋·周邦彦《六丑·蔷薇谢后作》词："多情为谁追惜？但蜂媒蝶使,时叩窗槅。"元·吴昌龄《张天师》第三折："偏是你瘦影疏枝,不受那蜂媒蝶使。"

(17) 蜂起云涌(fēng qǐ yún yǒng)

释义：比喻许多事物相继兴起,声势很大。

典故：鲁迅《二心集·我们要批评家》："然而,大部分是因为市场的需要,社会科学的译著又蜂起云涌了。"

(18) 蜂趋蚁附(fēng qū yǐ fù)

释义：比喻很多人迎合投靠。

典故：《三元里人民抗英斗争史料·联升社学和钟镛社学》："果然蜂趋蚁附,攘攘熙熙,诚不出神灵所料者矣。"

(19) 蜂识莺猜(fēng shí yīng cāi)

释义：比喻男子对女子的思慕。同"蜂迷蝶猜"。

典故：元本·高明《琵琶记·牛相教女》："绛罗深护奇葩小,不许蜂识莺猜。"

(20) 蜂扇蚁聚(fēng shān yǐ jù)

释义：蜂翅扇动,蚂蚁聚合。比喻人虽众多但起不了大作用。

典故：《隋书·房彦谦传》："况乎蕞尔一隅,蜂扇蚁聚,杨谅之愚鄙,群小之凶慝,而欲凭陵畿甸,觊幸非望者哉！"

(21) 蜂屯乌合(fēng tún wū hé)

释义：形容人群蜂蚁般杂乱地聚集在一起。同"蜂屯蚁聚"。

典故：宋·王禹偁《贺圣驾还京表》："蕞尔林胡,无名内侮,蜂屯乌合,鼠窃狗偷；必

想边民夺挺以殴攘,亭长持绳而絷缚。"

（22）蜂屯蚁附（fēng tún yǐ fù）

释义：形容人群蜂蚁般杂乱地聚集在一起。同"蜂屯蚁聚"。

典故：宋·李纲《上道君太上皇帝札子》："犬戎之众,蜂屯蚁附,渡壕临城,梯长如云,箭落如雨。"

（23）蜂屯蚁聚（fēng tún yǐ jù）

释义：形容成群的人聚集在一处。

典故：《宋书·索虏传》："首尾逼畏,蜂屯蚁聚,假息旦夕,岂复能超蹈长河,以当堂堂之阵哉。"

（24）蜂屯蚁杂（fēng tún yǐ zá）

释义：形容人群蜂蚁般杂乱地聚集在一起。同"蜂屯蚁聚"。

典故：唐·韩愈《送郑尚书序》："撞搪呼号以相和应;蜂屯蚁杂,不可爬梳。"

（25）蜂拥而来（fēng yōng ér lái）

释义：象蜂群似的拥挤着过来。形容许多人一起过来。

（26）蜂拥而上（fēng yōng ér shàng）

释义：形容许多人一起涌上来。

典故：清·曹雪芹《红楼梦》第九回："墨雨遂掇起一根门闩,扫红、锄药手中都是马鞭子,蜂拥而上。"

（27）蜂拥而至（fēng yōng ér zhì）

释义：像一窝蜂似地一拥而来。形容很多人乱哄哄地朝一个地方聚拢。

典故：清·李汝珍《镜花缘》第二十六回："徐承志等他去远,刚要回船,前面尘头滚滚,喊声渐近,又来许多草寇。个个头戴浩然巾,手机器械,蜂拥而至。"

（28）蜂腰削背（fēng yāo xuē bèi）

释义：细腰窄背。形容轻盈俊俏。同"蜂腰猿背"。

典故：清·曹雪芹《红楼梦》第四十六回："蜂腰削背,鸭蛋脸,乌油头发,高高的鼻子,两边腮上微微的几点雀斑。"

（29）蜂腰猿背（fēng yāo yuán bèi）

释义：细腰窄背。形容轻盈俊俏。

典故：清·曹雪芹《红楼梦》第四十九回："腰里紧紧束着一条蝴蝶结子长穗五色宫绦，脚下也穿着鹿皮小靴：越显得蜂腰猿背，鹤势螂形。"

(30) 蜂营蚁队（fēng yíng yǐ duì）

释义：比喻乌合之众。

典故：明·宋濂《次刘经历韵诗》："一朝闻寇掠乡部，蜂营蚁队来无涯。"

(31) 蜂拥蚁聚（fēng yōng yǐ jù）

释义：形容人群蜂蚁般杂乱地聚集在一起。同"蜂屯蚁聚"。

典故：罗振常《史可法别传》："城下死者山积，攻者反藉叠尸以登，蜂拥蚁聚，城遂陷。"

(32) 蜂拥蚁屯（fēng yōng yǐ tún）

释义：形容人群蜂蚁般杂乱地聚集在一起。同"蜂屯蚁聚"。

典故：清·昭梿《啸亭杂录·缅甸归诚本末》："帆樯衔接，倏然蜂拥蚁屯者数千人。"

(33) 戏蝶游蜂（xì dié yóu fēng）

释义：飞舞游戏的蝴蝶和蜜蜂。后用以比喻浪荡子弟。

典故：唐·岑参《山房春事二首》："风恬日暖荡春光，戏蝶游蜂乱人房。"

(34) 鹤膝蜂腰（hè xī fēng yāo）

释义：① 泛指诗歌声律上所犯的毛病。② 书法中的两种病笔。

(35) 稷蜂社鼠（jì fēng shè shǔ）

释义：谷神庙里的马蜂，土地庙里的老鼠。比喻倚势作恶的人。

用法：联合式；作主语、宾语。

典故：汉·韩婴《韩诗外传》第八卷："稷蜂不攻，而社鼠不熏，非以稷蜂社鼠之神，其所托者善也。"

(36) 狂蜂浪蝶（kuáng fēng làng dié）

释义：比喻轻薄放荡的女子。

典故：元·高明《琵琶记·牛小姐规劝侍俾》："惊起娇莺语燕，打开浪蝶狂蜂。"

(37) 浪蝶狂蜂（làng dié kuáng fēng）

释义：轻狂的蜂蝶。比喻轻狂的男子。

典故：元·高明《琵琶记·牛小姐规劝侍俾》："惊起娇莺语燕，打开浪蝶狂蜂。"

（38）浪蝶游蜂（làng dié yóu fēng）

释义：犹言浪蝶狂蜂。比喻寻花问柳的浪荡子。

（39）撩蜂吃螫（liáo fēng chī shì）

释义：犹言撩蜂剔蝎。比喻惹犯恶人，自取祸殃。

典故：清·西周生《醒世姻缘传》第十一回："那晁住娘子是刘六、刘七裹革出来的婆娘，他肯去撩蜂吃螫？说道：'你不好问去？只是指使我！'"

（40）撩蜂剔蝎（liáo fēng tī xiē）

释义：比喻招惹恶人，自讨苦吃。

典故：元·白朴《墙头马上》第三折："撩蜂剔蝎，打草惊蛇，坏了咱墙头上传情简帖。"

（41）狼猛蜂毒（láng měng fēng dú）

释义：形容人凶狠毒辣。

（42）鼠窜蜂逝（shǔ cuàn fēng shì）

释义：形容纷纷跑散。

（43）蛇口蜂针（shé kǒu fēng zhēn）

释义：比喻恶毒的言辞和手段。

（44）剔蝎撩蜂（tī xiē liáo fēng）

释义：比喻惹是生非。

（45）蚁附蜂屯（yǐ fù fēng tún）

释义：像蚂蚁、螽斯一般集聚。比喻集结者之众多。

典故：严复《原强》："一旦有急，则蚁附蜂屯，授之以扞格不操之利器，曳兵而走，转以奉敌。"

（46）游蜂戏蝶（yóu fēng xì dié）

释义：① 指围着花丛飞舞游动的蜜蜂和蝴蝶。② 见"游蜂浪蝶"。

（47）游蜂浪蝶（yóu fēng làng dié）

释义：比喻态度轻佻好挑逗女子的人。

典故：明·顾大典《青衫记·裴兴私叹》："不相饶，游蜂浪蝶簇花梢，生来懒去追欢笑。"

（48）蚁聚蜂攒(yǐ jù fēng cuán)

释义：像蚂蚁、蠡斯一般集聚。比喻集结者之众多。

典故：南朝·齐·孔稚珪《上和房表》："蚁聚蜂攒，穷诛不尽。马足毛群，难与竞逐。"

（49）蚁集蜂攒(yǐ jí fēng cuán)

释义：像蚂蚁、蠡斯一般集聚。比喻集结者之众多。

典故：明·宋濂《赠行军镇抚迈里古思平寇诗序》："梏寇复兴，蚁集蜂攒，众号数万，遂陷婺之永康。"

（50）蚁聚蜂屯(yǐ jù fēng tún)

释义：屯：聚集。像蚂蚁、蠡斯一般集聚。比喻集结者之众多。

典故：清·吴伟业《雁门尚书行》："蚁聚蜂屯已入城，持矛瞋目呼狂贼。"

（51）蚁拥蜂攒(yǐ yōng fēng cuán)

释义：比喻集结者之众多。同"蚁萃蠡集"。

典故：《三元里人民抗英斗争史料·广东军务记》："乡民蚁拥蜂攒，布满山麓，约有十余万众。"

（52）招蜂惹蝶(zhāo fēng rě dié)

释义：犹招蜂引蝶。

典故：《花城》1981年第3期："她漂亮，美……在那穷乡僻壤之中，又焉能不招蜂惹蝶？"

（53）一窝蜂(yī wō fēng)

释义：一个蜂巢里的蜂一下子都飞出来了。形容许多人乱哄哄地同时说话或行动。

典故："那些小妖，就是一窝蜂，齐齐拥上。"（明·吴承恩《西游记》第28回）

（54）蜂虿作于怀袖(fēng chài zuò yú huái xiù)

释义：虿：毒虫；作：发作。比喻出乎意外的惊吓。

典故：《晋书·刘毅传》："蜂虿作于怀袖，勇夫为之惊骇，出于意外故也。"

（55）歇后语集锦

蜜蜂窝——窟窿

蜜蜂蜇人——逼急

蜜蜂的眼睛——突出

蜜蜂的窝——窟窿多

蜜蜂的屁股——刺儿头

无王的蜜蜂——乱了群

出巢的蜜蜂——满天飞

春天的蜜蜂——闲不住

蜜蜂酿蜜——为别人操劳

蜜蜂叮镜中花——白费功夫

蜜蜂飞到彩画上——空欢喜

蚂蚁的腿,蜜蜂的嘴——一天忙到晚闲不住

蜜蜂叮在玻璃窗——看到光明,无出路

94. 古今中外与蜜蜂有关的音乐

音乐可以陶冶人们的性情,调整人们的心境,提高人们的修养。在众多的音乐作品中,有不少与蜜蜂有关。

中国许多深受民众喜爱并广为流传的情歌中,大多用了蜜蜂与花的关系来比喻人的爱情,寄寓对爱情的忠贞。叙事长诗《阿诗玛》是彝族分支撒尼人传世之作,其中阿诗玛唱道:"热布巴拉家,不是好人家,栽花引蜜蜂,蜜蜂不理他。"歌曲《马铃儿响来玉鸟唱》中有:"马铃儿响来玉鸟唱,我和阿诗玛回家乡,远远离开热布巴拉家,从此妈妈不忧伤,不忧伤,蜜蜂儿不落刺蓬棵,蜜蜂落在鲜花上。"电影《芦笙恋歌》描写了新中国成立前发生在我国云南澜沧江流域拉祜族的故事,主题曲《婚誓》是根据拉祜族的芦笙曲调创作的,具有浓郁的云南地方特色。在影片中,扎妥和娜娃是一对初恋的情人,扎妥吹着笙,娜娃幸福地唱起了定情的恋歌:"阿哥阿妹情意长……世上最甜的要数蜜,阿哥心比蜜还甜,花开放蜜蜂来,鲜花蜜蜂分不开。蜜蜂生来就恋鲜花,鲜花为着蜜蜂开。"

现代歌曲中常借蜜蜂来赞美勤劳和爱情,在风景描绘和形容人的可爱时也常出现蜜蜂。

第六篇 蜜蜂的文化，博大精深

有歌唱劳动的。由陈镇川作词、庾澄庆作曲的歌曲《小蜜蜂》，歌中写道："一只小蜜蜂呀，飞到花丛中……绝不怕劳动……别说什么冷静，你不了解我们蜜蜂的纯情。"陈明演唱的歌曲《孩子》中，"路边的菊花开得正艳，匆忙的蜂儿飞在中间"，描绘了蜜蜂辛勤劳作的场面。歌手老狼在歌曲《等待》中唱道："我们都是蜂箱口的蜜蜂，忙忙碌碌为了团聚。"

有表达对爱情的执著的。歌手刘德华在《虎头蜂》中唱道："请你别怪我像只虎头蜂，我的针对准你，纯粹只针对你，一见你我就杠在那里等着你，请你别怕我对你嗡嗡嗡，请你别怪我像只虎头蜂，有天我会成功，有天你会感动，希望有天我们能筑个蜂窝。"歌曲以蜜蜂的口气进行求爱，其执著的精神令人感动，蜜蜂成为执著爱情的象征。在邓丽君作词、作曲并演唱的《午夜香吻》中，以"多少蝶儿为花死，多少蜂儿为花生"来形容爱情至高无上，为了爱情不惜牺牲生命的精神，蜜蜂成为追求爱情的象征。在汤泽作词、李白作曲的歌曲《三只蜜蜂》中，通过"三只小蜜蜂，飞在花丛中，追寻爱的足迹，收获爱的甜蜜。三只小蜜蜂，飞呀嗡嗡嗡，寻找失踪的你，呼唤封冻的心"来表达对爱的真心。歌曲《蜜蜂》以第一人称很好地诠释了蜜蜂的生活，歌词写道："就像一股神秘的力量，你活在我生命的中央，我愿一生绕着你打转，到最后一秒也无妨。我太渺小卑微，你有太多爱簇拥身边，对你我只会奉献，给了就算完美。今生只为你呼吸，是宿命。我愿意，辛苦时想

起你,都是鼓励。就算葬身在冬天里,翅膀已停息,被忘记,也甘心。至少在我心里,全心全意我爱过你。"

有表现对大自然的热爱的。歌手姜昕在歌曲《春天》中唱道:"鸡蛋伏在绿草中,蜜蜂停在黄花上,你的笑尽在不言中,化成美妙的天空",其中有关蜜蜂的歌词形成了一幅优美的图画;在其专辑《我不是随便的花朵》中有一首《蜜蜂》,以欢快的气氛渲染了夏天的到来,其中"蜜蜂蜜蜂好久没见,蝴蝶蝴蝶飞舞翩翩",将蜜蜂和夏天联系在一起。巴布作词、萧蔓萱作曲的歌曲《为你美丽》中,以"黄莺笑着在我身旁飞过去,蝶儿丰收回家的甜蜜,蜜蜂们在细语,柳树儿在摇曳"描绘了一幅优美欢快的画面,表达了一种快乐的心情。车行作词、雷远生作曲的《万紫千红》,以"一脉脉山水倾听初春的风情,一缕缕花香溜出农家的果林,虹缠七彩线蜂纫绣花针,白鸽子处处有知音"描绘出一幅优美的乡村风景画。歌手周璇演唱的歌曲《可爱的早晨》中:"这里的早晨真自在,这里的早晨真可爱……好花在歌声中开,蜜蜂儿向着琴声里来……"表达了对早晨的喜爱。青燕子演唱组演唱的歌曲《故乡的亲人》以"何时再相见,蜜蜂歌唱在蜂窝边",表达了对故乡的思念。

有比喻人的可爱的。李坤城作词、罗大佑作曲的《心肝宝贝》中写道:"春天的花,爱吃的蜂",将孩子比喻成春天的蜜蜂,表达了对孩子的疼爱和喜欢。吉狄康帅作曲、且萨乌牛和吉狄康帅作词的歌曲《我的阿惹妞》以"你站在山谷蜜蜂围,站在坝上蝴蝶围"来形容阿惹妞的美丽。亚东作词、胡小海作曲的歌曲《皮夹克》中,有"八月十五嘛庙门开嘛,庙里飞出只蜜蜂来,呃要问蜜蜂你哪里去嘛,姑娘头上我采花蜜",将小伙子风趣地比喻成蜜蜂。

95. 蜂舞、蜂鼓与中国的鼓文化

鼓是精神的象征,舞是力量的表现,鼓舞结合开舞蹈文化之先河。按古文献记载,最早的鼓,是进入陶器时代用陶土烧制的"土鼓",土鼓标志着农耕文化型舞蹈之开端。从《周易》"鼓之舞之以尽神"的记述可知,早在商周时代不仅出现了原始的鼓舞形式,而且鼓与舞相结合的乐舞形式,已成为鼓舞、激励人们团结奋进的精神力量。原始社会,人们只知敲击石器给舞蹈助兴;进入陶器时代后,人们能用陶土烧制成"土鼓",并用蒉草制成鼓槌来敲打；进入周代，土鼓已用于国家的各种祭祀与礼仪，国家专门建立了管理鼓乐的机构，设置了名为"鼓人"的官职，并制定了一套鼓乐的制度，从此鼓舞更加规范地用于各种祭祀、军事、劳作及其他活动中。土鼓是鼓的起源，革鼓与鼓舞代表黄河流域农耕文化的类型，中国西南出现的铜鼓与铜鼓舞有长江流域楚文化的色彩，用整段树干挖空制成木鼓与木鼓舞是原始农耕文化的遗存，源于萨满教的抓鼓与抓鼓舞则是草原文化型的鼓与舞的形式。随着国内各民族之间、中国与周边国家之间交往日益频繁，鼓的造型与制作工艺，鼓舞的表演形式更加丰富多彩。现在流传的鼓舞中，鼓的质地有土（陶）、木、铜、铁、竹之分，并因其造型与表演形式之不同又有各种名称。如：木鼓舞（佤族等）、铜鼓舞（壮族等）、铁鼓舞（维吾尔族、藏族）、陶质的蜂鼓舞（壮族、瑶族）、竹筒舞（哈尼族）、象脚鼓舞（傣族等）、单鼓（汉族、满族、蒙古族）、手鼓舞（维吾尔族）、长鼓舞（瑶族）、猴鼓舞（苗族、瑶族）等。

　　蜂鼓是流传在广西壮族自治区的细腰鼓。蜂鼓在古代不仅叫作"仗鼓"，还有"拍鼓""正鼓"等名称，在北魏流行一时，因而又有"魏鼓"之称。至今已有一千多年的历史。壮族蜂鼓因鼓身形似蜂腰而得名，又以横置胸前演奏而有"横鼓"之称。蜂鼓鼓身有陶制、木制两种，形如蜂腰，能发出两种音色。蜂鼓鼓身多为陶制，广首纤腰，全长62~64

厘米。鼓腔的一端呈圆球状,鼓面较小,直径只有8～9厘米;鼓腔的另一端呈喇叭形,鼓面较大,直径达16～19厘米。中间衔接处较细而实,形如蜂腰。鼓的两端蒙以牛皮或羊皮,鼓皮附于圆形铁圈之上,铁圈四周置铁钩数个,通过绳索联结系紧,并可调节鼓皮的张力。用陶瓷制作蜂鼓由来已久,至今广西河池、武鸣一带的蜂鼓仍保持着烧陶鼓腔的传统。在广西靖西县等地,也有木制的蜂鼓,鼓皮不用绳索牵连,直接用鼓针固定在鼓两端。鼓身漆以红色,两端并有黄色菱形图饰。蜂鼓形体较小,常用于民间歌舞伴奏。演奏蜂鼓时,将鼓横挂于胸前拍击,圆球状的一端鼓面发出"哒哒"的高音,喇叭状的一端鼓面发出"嗵嗵"的低音。陶制的蜂鼓,音色清晰、明亮;木制的蜂鼓,音色柔和、动听。演奏方法既可用双手拍鼓,也可右手持竹制圆头鼓箭敲击、用左手拍打。壮族人民逢年过节、婚丧之事、祈祷丰收或杀猪做酒等,都要击鼓舞唱。此外,蜂鼓在瑶族、毛南族民间也很流行。由于壮族人民聚居的文化发展不平衡,风俗习惯和审美情趣的差异,各地"师公舞"的表演形式、风格特点各有不同,师公舞一般都用蜂鼓、扁鼓、锣、镲等打击乐器伴奏,其中蜂鼓起主导作用。

蜂鼓说唱是来自壮族民间的一种特有的演唱形式,为一人多角演唱。音乐是在师腔和欢腔的基础上发展而成的,音乐形象单一,曲式为上下结构,曲调的落音一般落在主音或属音上,调式稳定,调性纯朴,叙述性强,易唱易记。

96. 蜜蜂是许多少数民族信奉的神灵

云南西部的怒江大峡谷,生活着一个古老的怒族,自称是蜜蜂的后代,图腾崇拜蜜蜂。怒语"别阿起"就是"蜂氏族"。《怒族简史》记载:"相传在远古时代,天降蜂群,歇在怒江边的加拉底村,后来蜂与蛇交配。又一传说蜂与虎交配,生下怒族的女始祖茂充英。茂充英长大后,又与虎、蜂、蛇、马鹿等动物交配,所生后代子女繁衍,即形成了虎氏族、蜂氏族、蛇氏族、马鹿氏族。"而茂充英即成为怒族各氏族公认的女始祖受各氏族的图腾崇拜,都与其先民的生活环境相关。怒江两岸的高黎贡山和碧罗雪山,森林茂密,植物繁多,百花常开,蜜源丰富,自古以来有大理的岩蜂(黑大蜜蜂)栖息于岩间,也有丰富的中蜂(中华蜜蜂)生存于原始密林的树洞、岩隙间。"蜂氏族"从古至今以擅长采集岩蜂的蜂蜜、蜂蜡和饲养中蜂、制蜂蜡而闻名。蜂蜜是人们的直接生活来源之一。因此,把蜂作为氏族的图腾崇拜,显然是与怒族的社会结构、生活环境和经济生活有着密切的关系。《彝族六祖迁徙过程典籍选编》中记载,彝族在其演变的历史迁徙过程中,对蜜蜂的自然崇拜是十分深刻的。例如:"梨树花灿烂,蜜蜂采花忙。蜂儿不采粉,果实鸟不食,结果不值钱,此树就该死。"说明彝族古先民已观察到蜜蜂采集花粉为果树传粉才能结出好的果实。光未然先生整理的彝族的另一分支阿细人的叙事长诗《阿细的先基》("先基"即"歌"的意思)中唱道:"蜜蜂采花的时候,脚踩着花根,手扶着花口,眼睛望着花蕊,用嘴巴吸花汁,最先采花的就是蜜蜂了。"又唱道:"绿叶中开白花,蜜蜂到白花顶上盘庄稼,盘庄稼的时候他们没有脚,就用翅膀当脚走。他们没有刀,就用嘴当刀使。他们没有口袋,就用肚子当袋装。庄稼盘好了,盘着回家去了。世上的人们啊,不会做活计,快跟蜜蜂学。"这段叙事诗是阿细人的祖先对蜜蜂辛勤采集花蜜行为进行仔细观察之后,以唱歌的形式赞颂蜜蜂,号召人们学习蜜蜂,努力种好庄稼。

《东巴经》是生活在云南西北部的纳西族所创造的具有丰富文化内涵的形象表意的经书。在《东巴经》里记述的许多神话,古代氏族之间的战争、民间传说的故事中都有蜜蜂的身影,体现了纳西族人民对蜜蜂的自然崇拜。"不要砍山上的树,不要射杀白鸥鸟,不要用火(烧)树洞里的蜜蜂,这样会受到自然神的惩罚。"把保护蜜蜂同保护生态与环境联系在一起,并用"经书"的形式固定下来,说明纳西族先民不仅崇拜蜜蜂,也有意识保护蜜蜂。

《东巴经》中的神话故事，如《东术战争》《杜鹃鸟的来历》等，记述了蜜蜂不畏强敌、惩恶扬善的精神。纳西族的民间文学中以《蜂花相会》最负盛名，通过采用象征拟人的手法，以蜂花关系寓意爱情，歌颂了纳西族青年追求幸福和坚贞不渝的爱情。"蜂子离开花不酿蜜，花离开蜜蜂不结实。"充分唱出了蜜蜂与鲜花之间的相互依存关系，也寓意男女恋人不可分离之情。就连纳西族女子身穿的服饰也寓意了他们民族的情怀：她们身穿浅色大襟绣边长褂，外加红色橙借边坎肩，披肩还绣有蜂蝶图案，象征披星戴月。

不仅如此，在各民族文学中都记录有人类对蜜蜂的深情厚谊。诸如撒尼人的《阿诗玛》、傈僳族的《捕蜂调》、独龙族的《家禽与野蜂》、布依族的《肥猪与蜜蜂》、白族的《采花歌》《蜜蜂恋花花恋蜂》、苗的《酒礼歌》、布朗族的《别割断盟过誓的衷肠》、傣族的《南娥洛桑》、哈尼族的《阿波仰者》、拉祜族的《牡帕蜜帕》、壮族的《花见蜜蜂朵朵开》、畲族的《又是甜来又是香》、德昂族的《祝酒歌》、松佬族的《桃子树下》、羌族的《羊角花又开十八次了》以及汉族的《红花不香不惹蜂》和《蜜蜂圆媒》等故事中，都有歌颂蜜蜂的精句。由此可见，从古至今中华各民族对蜜蜂的崇拜。

第七篇

蜜蜂事业，前程远大

97. 中国的蜜蜂资源

960多万平方公里的中国大地，是由宽广的平原、高原、丘陵和山地构成，其地貌复杂，各种地形交错分布，总趋势是西高东低，呈阶梯状。广阔的国土，从南向北跨越了热带、亚热带、暖温带、中温带及寒温带5个气候带。优越的自然条件，为中国孕育了丰富的蜂种资源，中国境内饲养的蜜蜂，主要有中华蜜蜂、意大利蜂、东北黑蜂和新疆黑蜂。主要的野生蜂种有大蜜蜂、黑大蜜蜂、小蜜蜂和黑小蜜蜂。

（1）中华蜜蜂

中华蜜蜂，简称中蜂。在中国，除最西部的新疆维吾尔自治区外，从东南沿海到青藏高原的30个省、自治区、直辖市均有分布。中蜂的分布，北线至黑龙江省的小兴安岭，西北至甘肃省武威、青海省乐都和海南藏族自治州，西南线至雅鲁藏布江中下游的墨脱、摄拉木，南至海南省，东到台湾省。集中分布区则在西南部及长江以南省区，以云南、贵州、四川、广西、福建、广东、湖北、安徽、湖南、江西等省区数量最多。全国饲养量200多万群，占全国蜂群总数的1/3左右。工蜂腹部颜色因地区不同而有差异，有的较黄，有的偏黑；吻长平均5毫米。蜂王有两种体色：一种是腹节有明显的褐黄环，整个腹部呈暗褐色；另一种是腹节无明显褐黄环，整个腹部呈黑色。雄蜂一般为黑色。南方蜂种一般比北方的小，工蜂体长10～13毫米，雄蜂体长约11～13.5毫米，蜂王体长13～16毫米。中蜂飞行敏捷，嗅觉灵敏，出巢早、归巢迟，每日外出采集的时间比意大利蜂多2～3小时，善于利用零星蜜源。造脾能力强，喜欢新脾，爱啃旧脾；抗蜂螨和美洲幼虫腐臭病能力强，但容易感染中蜂囊状幼虫病，易受蜡螟危害；喜欢迁飞，在缺蜜或受病敌害威胁时特别容易弃巢迁居；易发生自然分蜂和盗蜂；不采树胶，分泌蜂王浆的能力较差；蜂王日产卵量比西方蜜蜂少，群势小。

（2）意大利蜂

意大利蜂种适应于中国大部分地区的气候、蜜源特点，因此当20世纪初由日本和美国引入后，深受各地欢迎，推广极快。在20世纪70年代以前，中国绝大部分地区饲养的西方蜜蜂都是意大利蜂。工蜂第2～4腹节的背板有棕黄色环带，黄色区域的大小和颜色深浅有很大的变化，一般以两个黄环为最多；体表绒毛淡黄色；工蜂吻长6.3～6.6毫

米。蜂王的腹部多为黄色至暗棕色,尾部黑色,只有少数全部是黄色。工蜂体长12~13毫米,雄蜂体长14~16毫米,蜂王体长16~17毫米。意大利蜂性情温驯,产卵力强,育虫节律平缓,分蜂性弱,能维持大群;工蜂勤奋,采集力强,善于利用流蜜期长的大宗蜜源;分泌蜂王浆能力强;产蜡多,造脾快;保卫和清巢力强。其主要缺点是盗性较强,定向力较差,在高纬度地区越冬较困难,消耗饲料多,抗病力较弱。蜜房封盖呈干型或中间型。在定地结合短途转地的放蜂条件下,一般每群蜂年产蜜可达50千克以上,丰年可达70千克;长途转地的蜂场一般群年均产蜜约100千克,最高的可达150千克,试验群的产量曾超过200千克。20世纪80年代以来,浙江省在本地意蜂的基础上,选育出蜂王浆高产的"浆蜂"品系,在短途转地的饲养条件下,单群平均年产蜂王浆超过3千克,最高达4千克以上。

(3) 东北黑蜂

该蜂种是19世纪末至20世纪初,由俄罗斯引入黑龙江与吉林两省山区的黑色蜜蜂,经长期自然选择和人工培育而成。80年代末,在黑龙江省饶河县保护区内约有纯种东北黑蜂5000多群。东北黑蜂约有1/3的蜂王为黑色,2/3为褐色。工蜂分黑、褐两种,几丁质黑色,少数的第2~3腹节背板两侧有淡褐色小斑,绒毛淡褐色,少数的为灰色。东北黑蜂耐低温,越冬安全,节省饲料,死亡率低;早春繁殖快,群势发展与当地主要蜜源泌蜜规律一致;勤奋,采集力强,既能利用椴树等大宗蜜源,也能充分利用零星蜜源;性情温驯,抗逆性强,能维持大群。较抗幼虫病,易感染麻痹病和孢子虫病。东北黑蜂在引进饲养的近百年里,表现出惊人的生产能力:1955年,饶河邹兆云养蜂200多群,平均群产蜜200千克;1977年毛水苏流蜜期,饶河县小佳河公社永丰大队的27群蜂,产蜜9450千克,单花期群产蜜350千克。同年,大佳河公社养蜂员翁殿喜饲养的一群蜂,产蜜超过500千克。东北黑蜂对蜜源变化的反应敏感,泌浆量波动较大,在饶河县的蜂王浆生产期从6月中旬至8月中旬,仅两个月,群产蜂王浆最高纪录为750克。东北黑蜂与世界四大著名西方蜂种相比,具有其特殊形态特征、生物学特性和稳定的遗传性。为了加强该蜂种的保护和选育工作,成立了饶河县东北黑蜂保护监察站和饶河县东北黑蜂原种场。

1980年,黑龙江省政府决定,将饶河、虎林、宝清三县划为东北黑蜂保护区,在保护区内还划定了两块面积分别为800和1000平方公里的中心繁殖区。

(4) 新疆黑蜂

新疆黑蜂主要分布在新疆维吾尔自治区的伊犁、塔城及阿勒泰地区的特克斯、尼勒克、昭苏、伊宁、布尔津等地。该蜂种于20世纪初由俄国引入。新疆黑蜂的工蜂体色呈棕黑色,少数的在第2~3腹节背板两侧有小黄斑。雄蜂纯黑色。蜂下有纯黑和棕黑两种。工蜂吻长6.03~6.44毫米,初生重109~127毫米。新疆黑蜂在新疆已有几十年饲养历史,对当地气候、蜜源等自然环境具有极强的适应性。抗寒力强,越冬性能好;体形大,采集力强,爱采树胶;分蜂性弱,繁殖快,特别能抗螨害。缺点是性情暴躁,爱蜇人;流蜜期蜜卵争巢,影响蜂王产卵。新疆黑蜂对大片和零星蜜源均能充分利用,丰年群均产蜜150千克左右,歉年50~80千克。1980年5月27日,新疆维吾尔自治区发布文告,建立了西至霍城县五台、东至和静县巴伦台的"新疆黑蜂资源保护区"。但由于保护措施不力,外省大量的西方蜂种不断进入新疆黑蜂保护区,纯血统的新疆黑蜂已越来越少。

(5) 大蜜蜂

别名排蜂、马岔蜂。分布于中国云南省的东南、西南、南部等海拔1000~2000米的山区及海南省、广西壮族自治区的南部,西藏自治区的南部和东南部。这些地区的年平均气温为15℃~20℃,最热月为18℃~28℃,最冷月平均4℃~15℃。大蜜蜂工蜂体躯大小与西方蜜蜂的蜂王接近,平均体长15.5毫米,吻长5.70~6.40毫米,头胸部黑色,第1~2腹节背板为橘红色。雄蜂体色全黑。蜂王平均体长20.10毫米;体色与工蜂相同。多栖息于悬岩或高大的乔木上,营单一纵向裸露巢脾,脾长0.5~2.0米,宽0.4~1.5米,脾的上部和两侧为蜜、粉圈,中间和下缘是产卵圈,工蜂房与雄蜂房大小相同。流蜜期的群势可达7万只蜜蜂,冬季可保持3~5万只蜜蜂。大蜜蜂具有很强的抗逆性、飞翔能力和防御敌害能力。喜几十群甚至上百群聚居在一处。群体有随季节迁移的习性。一群野生的大蜜蜂每年平均产蜜35~65千克,仅油菜一个花期可取蜜15~20千克。蜡质优良,含蜂胶较少。此外,大蜜蜂为名贵药材砂仁等授粉增产作用显著。

(6) 黑大蜜蜂

别名岩蜂、喜马排蜂、大排蜂。分布于云南西部和南部、广西西部、西藏南部与东南部。该蜂躯体均为黑色。工蜂体长15~17.9毫米,吻长6.50~7.00毫米。多筑巢于海拔1000~3600米离地面较高的避风石岩处,喜集中聚居。蜂巢为单脾,脾宽约60厘米,脾长达90厘米,巢房分化不明显。其他习性与大蜜蜂雷同,但较凶暴。黑大蜜蜂的蜜、蜡产量及品质与大蜜蜂近似。因该蜂种筑巢于悬崖峭壁处,取蜜难度较大。

(7) 小蜜蜂

别名小挂蜂、小草蜂等。分布于云南省的怒江、澜沧江、元江三大流域的广大地区,以及广西壮族自治区的龙州,四川的西昌、渡口等地。工蜂体长7~10毫米,平均吻长2.86毫米,头部和胸部黑色,第1~2腹节背板暗红色。蜂王的体色与工蜂相同,后足采粉器退化。雄蜂体色全黑。

多栖息于半山坡、溪涧旁、次生灌木丛和杂草丛中,营巢于距地面1~4米高的树枝或草茎上,为单一纵向的裸露巢脾,面积如同手掌大小,巢脾上部是蜜、粉圈,下部是子圈。小蜜蜂护巢性能强,遇到不良环境或敌害时,即在巢脾上形成紧密的蜂团。其采集活动受气温影响较大,冬季清晨因气温偏低,它们往往停止采集。每群蜂每年可取蜜2~3次,全年取蜜约1.5千克,蜜味甘甜。普通小蜜蜂个体小、动作灵敏,采集时能深入花管,是砂仁和蔬菜瓜果较理想的授粉昆虫。

(8) 黑小蜜蜂

别名小排蜂、黑色小蜜蜂。分布于云南省的西双版纳州和临沧地区。工蜂呈黑色,体长8.20~10.00毫米,平均吻长2.41毫米,蜂王呈褐色,体长14~15毫米,后肢采粉器

退化。雄蜂体色全黑,体长 11～12 毫米。栖息于距地面约 3 米高的树枝和草茎上。营造单一纵向裸露巢脾,其面积与小蜜蜂的近似,巢房区别明显。该蜂种护巢力很强,若触及其蜂巢,工蜂则追击甚远。每群蜂每年取蜜 2～3 次,每次可取蜜 0.5 千克。黑小蜜蜂体小灵活,是一种优良的授粉蜜蜂资源。

98. 蜜蜂生物学术语

蜜蜂 (Bee)

昆虫纲,膜翅目,蜜蜂总科,蜜蜂属(Apis)昆虫的通称。

蜡腺 (Wax Gland)

昆虫体内分泌蜡质的腺体。包括分泌上表皮蜡层,或向体表分泌蜡粉、蜡带、蜡壳的各种表皮腺。其腺体结构和分泌方式均因种类不同而异。如蜜蜂分泌的蜂蜡是单细胞腺体,是已特化的下皮层。有 4 对,分别位于工蜂第四至第七腹节腹板上。蜡腺外有透明的几丁质镜膜。蜡腺分泌液状蜡质,通过细胞孔渗出到镜膜上,与空气接触后,凝结成蜡鳞,用于筑造蜂巢等。雄蜂和蜂王的蜡腺已退化。

螫针 (Sting)

雌性蜜蜂腹部末端具有螫刺作用的器官。由产卵器特化而成。其基部与毒囊等相连,近端部具有倒钩。毒囊接受由毒腺分泌的毒液。不用时,螫针隐藏于第七腹节折入的刺囊内,并纳于背产卵瓣之间。工蜂受侵袭而被迫行刺时,腹部末端朝下弯曲,螫针露出刺入敌体,毒液通过螫针注入敌体,针越刺越深,由于有倒钩而不能退出,整个螫针连同基部的毒囊等,一并被拉出,留在敌体上。此时,连接螫针和毒囊的肌肉在交感神经的作用下,还会有节奏地收缩,使螫针继续深入、射毒。失却螫针的工蜂,不久便会死亡。蜂王的螫针比工蜂粗,略弯曲,倒钩比工蜂少且小,一般只在与其他蜂王搏斗或破坏王台时施用。

螫针钩 (Stinger Hook)

俗称背钩。蜂王人工授精仪的一个附件。钩形。进行蜂王人工授精时,用它钩住蜂王螫针鞘基部,把螫针拉向右侧,将螫针腔打开,暴露阴道口,便于进行人工授精。

螯针腔(Sting Cavity)

蜂王腹部末端背板与腹板闭合成的腔室。室内正中央长有一根具3个顺齿的螯针。螯针上方近背部一侧的开口是通向直肠的肛门。将螯针拉向背侧即可掩盖肛门,暴露在螯针鞘基部靠腹面一侧的三角形凹窝中央一个开口即阴道口,阴道口的直径为0.65~0.68毫米。在阴道口两侧的稍下方各有一裂缝样的开口称侧交配囊。

蜜囊(Honey Sac)

蜜蜂体内贮存花蜜等液体物质的嗉囊。位于食管与前胃之间。工蜂采集的花蜜或水贮存在蜜囊中携带归巢。通过蜜囊的收缩,蜜汁或水可返回口腔。蜜囊有很大的胀缩性,平常的容积约14~18微升,吸饱蜜汁后,可胀大到55~60微升。工蜂的蜜囊较蜂王和雄蜂发达。

涎腺(Salivary Gland)

又称唾液腺。蜜蜂分泌涎液的两对腺体。一对位于头腔背侧,由两串扁平的梨状腺体组成,称头涎腺,形成于蛹期。另一对位于胸腔腹侧,由两串管状腺体组成,称胸涎腺,形成于幼虫期。两对涎腺以4根导管通入涎管。涎液中含有转化酶,混入花蜜中,起促使蔗糖转化成葡萄糖和果糖的作用。涎液还可以作为糖粒的溶剂。

营养腺(Food Gland)

又称王浆腺。工蜂分泌王浆的一对腺体。位于头内两侧,由两串葡萄状腺体组成。其分泌的王浆营养丰富,用以喂饲蜂王、蜂王幼虫、雄蜂幼龄幼虫和工蜂幼龄幼虫。营养腺的两条中轴导管分别开口于口底部的口片侧角上。由于口片属于舌,所以营养腺是舌腺,也被称为咽下腺。

蜜蜂幼虫(Bee Larva)

又称蜂胎、蜂子。蜜蜂的卵孵化后3~4天发育阶段的幼虫。在蜂王浆生产时将其镊出收集,因而可以视为蜂王浆生产的副产品。蜜蜂幼虫是营养价值很高的天然食品,其化学成分与蜂王浆相接近,富含蛋白质游离氨基酸、脂肪、多种维生素和微量元素等,是蜂产品之一。可加工成蜜蜂幼虫冻干粉或蜜蜂幼虫罐头等产品,也可作为营养强化剂添加到其他食品中。

雄蜂(Drone)

由未受精卵发育而成的蜜蜂。具单倍染色体。体型粗壮,体色较工蜂深。头近圆形,复眼比工蜂和蜂王大,触角的鞭节有11个分节。翅宽大,腿粗短,无螫针、蜡腺和臭腺。在正常的蜂群中,雄蜂的数量从几百至上千只不等。专司与处女蜂王交配,以繁殖雌性后代。寿命可达3~4个月。正常的蜂群出现雄蜂有明显季节性,一般出现于春末和夏季,消失于秋末。华南的中蜂,入夏雄蜂消失,秋季繁殖期会再度出现,冬季蜜源结束后,又再度消失。通常雄蜂羽化出房后12日龄性成熟。有机会与处女王交配的雄蜂,交配后即死亡。

酿蜜(Ripening Nectar)

工蜂将采集到的花蜜转化、浓缩成蜂蜜的过程。花蜜被酿成蜂蜜主要有两方面的变化:一是花蜜中的蔗糖转化为葡萄糖和果糖;二是浓度显著提高,含水量降低到20%以下。花蜜被采集蜂吸进蜜囊后,混入了含有转化酶的涎液,其蔗糖的转化过程就此开始。酿蜜工作由内勤蜂承担。采集花蜜的工蜂回巢后,把花蜜分给一至数只内勤蜂。内勤蜂接受花蜜后,爬

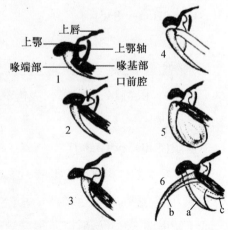

工蜂口器酿蜜图解

往巢脾上不拥挤处,头朝上,保持一定姿势,然后张开上颚,借喙端部弯褶部分的张合进行酿蜜。酿蜜过程如图所示:酿蜜前喙端部处于闭合状态(1);酿蜜时,喙端部弯褶部分逐渐张开,口前腔出现一小滴花蜜(2);随着张开角度的不断增大,蜜珠也不断增大(3、4、5)。蜜珠增大到一定限度,其下方形成凹面(6a),蜜珠形状消失(6b),喙端部仍处于休止状态(6c)。酿蜜工蜂口器一次完成这一系列动作,一般历时5~10秒。这种过程反复进行,持续20分钟左右。在此过程中,一方面蜜珠里加入了更多的转化酶,加快了蔗糖的转化;另一方面,蜜珠的蒸发面扩大,加速了水分的蒸发。此外,部分蜜蜂加强扇风,排除巢内湿气,使蜜汁很快浓缩。酿制过程结束后,酿蜜工蜂就把蜜暂时存放在巢房里。蔗糖转化及蜜汁浓缩过程继续进行。至蜂蜜成熟后,工蜂再把它逐渐转移集中在卵圈上部或边脾的巢房里,并用蜡封盖。当进蜜快速,蜜汁稀薄时,内勤蜂不一定立刻酿制,常常把蜜汁分成小滴,分挂在几个巢房的上壁,使蜜汁增加表面积,加速水分的蒸发,以后再收集起来,反复酿制。蜂蜜的成熟过程一般需5~7天。另外,工蜂还酿制甘露蜜。

蜜蜂生物学(Biology of Bee)

蜜蜂学的一门分支学科。主要研究蜜蜂各组织、器官和系统的基本结构与功能;蜜蜂生命过程中的物质代谢、能量代谢、信息传递以及神经和内分泌系统调节控制的基本过程和原理;蜜蜂的个体生长发育,群体繁殖;蜜蜂的活动和行为习性,蜂群的周年生活规律;蜜蜂个体和群体与外界环境的相互关系;蜜蜂的分类;蜜蜂的起源与演进等内容。为科学养蜂提供理论依据,让蜜蜂更好地为人类服务。

罗盘定向(Compass Orientation)

蜜蜂识别方向的一种方式。指蜜蜂利用太阳方位和地球磁场识别方向的本能行为。蜜蜂的眼睛在一天中的各个时辰都能辨认出太阳的位置,而且对紫外光线极其敏感,即使空中云层密布,依然能"看见"太阳。蜜蜂腹腔里有磁铁矿成分,它们在筑巢、飞行等活动中,能以地球磁场确定方向。

蜜蜂告警信息素(Bee Alarm Pheromone)

蜜蜂受侵扰时所释放的起传递信息作用的化学物质。现已知工蜂能释放两种告警信息素。一种是工蜂行螫时从其螫针腺中释放出来的,成分比较复杂,已鉴定出来的有乙酸异戊酯、乙酸正丁酯、正丁醇、苯甲酸等20多种化合物,能迅速传递告警信息,并激起其他工蜂的螫刺反应。不过,这些物质在蜂群里存在的时间不长,它们一旦消失,"警报"也随之解除。另一种是由工蜂上颚腺分泌出来的,当工蜂利用螫针进攻时,常用上颚咬住敌体,并将一些化学物质留在敌体上,以引导其他蜜蜂前去攻击。这种化学物质的主要成分是 2-庚酮。这种告警信息素除了标志攻击目标外,还有驱避企图入侵的其他昆虫等作用。

蜜蜂引导信息素(Bee Attraction Pheromone)

工蜂臭腺(纳氏腺)分泌的起传递信息作用的化学物质。成分复杂,已经分离出来的多为萜烯衍生物,如牻牛儿醇、橙花醇、法呢醇、柠檬醛、牻牛儿酸和橙花酸等等。借空气传播,起引导蜜蜂团集、采集,以及招引工蜂和蜂王返巢等作用。

排泄飞行(Cleaning Flight)

指蜜蜂在飞行中排泄粪便的行为。健康的工蜂、雄蜂不在巢内排粪。在蜜蜂可以出巢活动的季节里,当工蜂和雄蜂后肠积存的粪便重量达到体重的 20%~25% 时,就出巢飞行排泄。羽化后 4~5 日龄的工蜂、4~6 日龄的处女王和 6~7 日龄的雄蜂,以及越冬后的工蜂都要进行排泄飞行。越冬前的排泄飞行有利于幼龄蜂越冬。在正常情况下,越冬蜂不排粪,其直肠腺分泌的过氧化氢酶能防止后肠粪便的腐败。只要有优质的成熟蜂蜜作为越冬饲料,健康蜜蜂的后肠就能够容纳一个冬季的粪便。蜜蜂的排泄飞行多在晴暖无风的天气里进行。

认巢飞行(Orientation Flight)

蜜蜂识别蜂巢的方向位置、颜色及其周围环境的飞翔活动。羽化后约 7 天的工蜂和雄蜂,出巢作第一次认巢飞行。通常在晴暖天的午后,新蜂成批涌出巢外,头朝巢门,时高时低,飞翔一阵后,便纷纷归巢。往后,认巢飞翔的时间逐渐加长,范围愈加扩大。经过数次认巢飞行之后,周围的环境即可熟悉。被远距离移位的蜂群,外勤蜂亦须先作认巢飞行,尔后,才从事采集活动。

群势(Population of a Beecolony)

蜂群内工蜂及子脾的数量状况。通常以框计。

育虫节律(Brood Rearing Rhythm)

蜜蜂育虫能力的周期性变化。表现在不同蜂种所特有的群势消长规律上。它是各蜂种原产地环境年周期变化的直接后果,受自然选择结果保留下来的遗传因子所控制,不因饲养地点的变动而出现明显改变。如意大利蜂无论养在何处,都是早春开始育虫,不受流蜜影响。直至深秋,仍保持大面积的子脾。这是由于它的原产地地中海沿岸冬季短促、温和而潮湿,夏季流蜜期长而干旱,从而形成与环境条件相适应的生理现象。而卡尼鄂拉蜂则需在春季采进花粉时才开始育虫,随后发展很快,直至夏季;在粉蜜缺乏时,育虫就受到限制;在秋季群势下降很快,即使外界蜜源充足也无法养成大群。这是由于它的原产地阿尔卑斯山南部和巴尔干北部地区的严冬长、春季短而夏季热,从而形成了与大陆性气候环境条件相适应的生理现象。

子脾（Brood Comb）

巢房内有蜜蜂卵或幼虫与蛹的巢脾。通常把巢房内全是未孵化卵的巢脾称为卵脾;已基本孵化为幼虫的巢脾称为虫脾;已全部发育成蜂蛹,并有工蜂巢房上用蜂蜡封上盖的巢脾称为蛹脾（又称为封盖子脾）。无论是卵脾、虫脾、蛹脾,还是卵、幼虫、蛹兼有的巢脾统称为子脾。

迷巢（Drifting）

归巢蜜蜂误入他群的现象。工蜂、雄蜂和蜂王都可能迷巢。开始认巢飞翔的幼龄工蜂迷巢现象较为严重。外勤蜂也会迷巢。工蜂迷巢,常导致一些蜂群的蜂数锐减,另一些蜂群的蜂数猛增,有时还会引起围王,既影响蜂群的正常生活,又给管理造成困难。雄蜂迷巢极为普遍,但它们可以进出任何一个蜂群而不受守卫蜂的攻击。蜂王迷巢常遭该群工蜂的围杀。蜂群排列过密、蜂箱目标不显著、调换不同颜色的蜂箱、刮大风等是导致迷巢的主要原因。管理蜂群宜针对迷巢的不同原因采取相应措施,避免迷巢的发生。

逃群（Absconding Colony）

又称飞逃。蜜蜂逃避恶劣生活环境的一种方式。是蜜蜂的本能行为。当蜂群严重缺蜜,或遭受病害、虫害、敌害等的严重侵袭,或经常遭受烟熏、震动,或长时间受到烈日暴晒、寒风劲吹,其生存或正常生活受到严重影响时,就可能飞逃。在多数情况下,蜂群飞逃前有一定的征兆,如工蜂出勤明显减少,蜂王停止产卵,群内停止哺育幼虫等。待蜂巢里的蛹基本上都羽化出房后,就弃巢飞逃。中蜂对环境条件的反应远比意大利蜜蜂敏感,较容易发生飞逃。加强饲养管理是预防飞逃的关键。

王台（Queen Cells）

蜂群中培育新蜂王时所筑造的一种临时性巢房。王台数量有数个至数十个不等,常筑在巢脾的下沿或两侧,特殊情况也筑在巢脾中央。工蜂筑造王台时先筑造圆杯状的台基,口朝下,当蜂王在台基内产下受精卵开始培育蜂王时即称为王台。随着卵的孵化和幼虫的生长发育,工蜂用蜂蜡逐渐将王台加长(人工育王时,可用人工台基先加入育王群,经蜜蜂修整和清理后,再移入卵或小幼虫)。幼虫发育到5天半后,工蜂将王台口封闭,蜂王幼虫在里面继续发育。封口后的王台形如乳头状,表面有凹凸皱纹。蜂王羽化出房后,王台壳即被工蜂咬毁。蜂群在自然分蜂期筑造的王台称为自然王台(亦称分蜂王台);在失王期,工蜂将含有3日龄以内幼虫的工蜂房改造成的王台,称为急造王台;当蜂群需要培育新蜂王更替已衰老或伤残的老蜂王时筑造的王台称为交替王台。

围王(Balling of Queen)

工蜂包围蜂王而形成小蜂团的现象。发生原因大致有两种:一种属于保护性的,即当蜂群农药中毒和受盗蜂、敌害侵袭时,工蜂为了保护本群的蜂王而发生围王。另一种属于攻击性的,即当蜂群诱入新蜂王时,对群内自然王台清除未尽、诱王方法不当;或处女王交配归巢时误入他群,蜂王常被工蜂包围咬蜇致死或因被包围得过紧、时间过长而闷死。在蜂群饲养中,宜采取妥善的管理措施,避免发生围王。一旦发生围王,应立即向蜂团喷以清水或将蜂团投入水中,使围王的工蜂散开,以便救出蜂王另做处理。

无王群(Queenless Colony)

失去蜂王的蜂群。正常的蜂群都有蜂王,但由于蜂王衰老,遭受病敌害侵袭或管理失误,可能导致蜂王死亡,使蜂群成为无王群。有时因蜂王被人为提走,蜂群也会成为无王群。无王群的工蜂常骚动不安,许多工蜂不断振翅,蜂性变凶,出巢采集的工蜂明显减少,造脾、守卫等活动的程度降低。通常在失王5~6小时,工蜂便将数个具有3日龄以内小幼虫或卵的工蜂房改造成王台,培育新蜂王。若群内无培育新蜂王的条件,又不给予人为补救,经过一段时间(意蜂15~20日,中蜂快的只3~5日)一些工蜂就会产卵。工蜂产的卵通常只能发育成雄蜂。因此,一旦发生蜂群失王,宜及时诱入新蜂王或成熟的王台,或者并入正常的蜂群。